KB163450

조해일문학전집 8

장편소설

지붕 위의 남자

하

일러두기

- 《조해일문학전집》은 한국문학사에 커다란 문학적 성취를 남긴 조해일의 작품 세계를 독자들에게 소개함과 동시에 문학적 의의를 정리하는 데 목표를 둔다.
- 《조해일문학전집》은 생전에 발표했던 중·단편과 장편소설, 그리고 웹사이트에 게시된 미발표 소설 등과 기타 작품으로 구성되어 있다.
- 《조해일문학전집》은 출간일(발표일) 기준 가장 최신 작품을 저본으로 정하였다.
- 맞춤법, 띄어쓰기, 외래어 표기는 현행 맞춤법과 표기법을 따랐다.
- 한글 표기를 원칙으로 하였고, 한자로만 된 단어는 '한글(한자)' 형식으로 수정하였다.
- 수정하면 어감이 달라지거나 문학적으로 허용되는 일부 표기(표현)는 원문대로 두었다.
- 간접 인용과 강조는 ' ', 대화와 직접 인용은 " ", 단편소설은 「 」, 장편소설과 잡지는 『 』, 미술 작품과 영화·연극 등은 〈 〉, 시·노래 제목은 ' '로 표기하였다.

지붕 위의 남자

하

차례

조해일문학전집 8권

처녀의 방　007

미래의 어머니　061

초설　108

두 가지 사건　163

바다의 지붕　208

에필로그　267

작가후기　274

해설　276

처녀의 방

전람회를 마친 이튿날 동표는 느지막이 잠에서 깨어났다. 간밤에 전람회를 성공리에 마친 기념으로 출품자들끼리 늦게까지 술자리를 벌였던 것이다. 그리고 흠뻑들 취하여 헤어졌었던 것이다.

동표는 심한 갈증을 느끼고 자리에서 일어났다. 기억이 확실친 않지만 아마 정미가 그를 자리 속에 데려다 눕혔을 것이다.

그는 방문을 열고 응접실로 나갔다. 그리고 부엌 쪽으로 향하려 했을 때 마악 부엌에서 마주 나오는 정미와 시선이 마주쳤다. 그녀는 냉수가 가득 담긴 유리컵을 쟁반에 받쳐 들고나오는 참이었다.

"어마, 한 발짝 늦었네요."

그녀가 두 눈을 호동그리며 말했다.

"조금 아까 들어가 봤더니 간밤에 떠다 놓은 냉수가 싹 비었길래 다시 떠다 놓으려던 참인데. 이제 깨나실 때도 된 것 같아서."

"아, 내가 몹시 취했었던 모양이지? 냉수 마신 기억도 없는 걸 보면."

"어마, 냉수 마신 기억 안 나세요?"

"전혀 안 나는걸. 떠다 놓은 게 없어졌다면 마시긴 분명 내가 마셨을 텐데."

"어마, 정말 취하긴 단단히 취하셨었군요. 하긴 간밤에 돌아오셨을 때도 용케 집까지 찾아오셨구나 하는 생각이 들 정도였지만. 아무튼 이 냉수나 드세요. 목말라서 나오는 길이죠?"

"그래, 고마워."

동표는 그녀로부터 냉수 컵을 옮겨 받아서 단숨에 벌컥벌컥 들이켰다. 식도에 이어 배 속이 시원하게 풀리는 걸 느낄 수 있었다.

"어, 시원하다. 고마워."

동표는 빈 컵을 다시 그녀에게 돌려주며 말했다. 그러자 그녀는 컵을 옮겨 받으며 다시 한번 두 눈을 호동그려 약간 놀랍다는 표정을 지었다.

"어머, 웬일이죠? 오늘은 나한테 인사를 다 깍듯이 차리고. 그것도 거푸 두 번씩이나."

"응? 아, 그야 고마우니까 고맙달밖에."

"냉수 떠다 준 게 그렇게 고마우세요?"

"고맙잖구. 밤에 떠다 놔 준 것만도 고마운데 일어나자마자 또 이렇게 때맞춰 갖다주니 얼마나 고마운 일이야. 별걸 다 시비로군."

"시비요? 어색해서 그래요. 별안간 안 차리던 인사를 차리니까."

"아, 그동안 참 내가 정미한테 너무 예의 없이 굴었나……."

"어머? 오늘 정말 왜 이러죠?"

"미안해. 앞으론 내 정미한테 되도록 예의를 지키지, 그동안 내가 좀 무례했던 것 같아."

"이상해요. 오늘 정말 갑자기 무슨 인생관이 바뀐 사람처럼……."

"글쎄, 그런지도 또 모르지.

그러자 그녀는 천착하듯 동표의 얼굴을 잠시 쳐다보더니 부엌 쪽으로 몸을 돌이키며 말했다.

"……아무튼 난 콩나물국이나 끓이겠어요. 다 준비됐으니까 곧 끓을 거예요."

그리고 그녀는 부엌으로 향했다. 동표는 잠시 그녀의 뒷모습을 바라본 뒤 천천히 소파 쪽으로 걸어가 앉았다. 그리고 탁자 위의 전화기에서 송수화기를 집어 들고 천천히 안경림의 병원 전화번호를 돌렸다.

마침 안경림 그녀가 전화를 받았다.

"아, 안경림 씨군요. 저 민입니다."

"어마, 민 선생님. 전람회 무사히 마치셨나요?"

"네, 모두들 성공적이었다고 하더군요. 무난히 끝난 셈이죠."

"어마, 잘되셨어요. 다시 한번 축하드리겠어요."

"네, 고맙습니다. 그런데 실은 그 때문에 한 가지 드릴 얘기가 있어서 전화드리는 겁니다."

"무슨 말씀인데요?"

"저, 실은 전람회에 냈던 사진 가운데 한 점을 경림 씨한테 드릴까 하구요. 제 생각엔 그 '노을'이란 컬러 사진이 괜찮을 것 같은데 어떠세요?"

"어마, 그 사진 정말 저 주시는 건가요?"

"네, 드리고 싶습니다. 경림 씨만 괜찮다고 하시면."

"어마, 그럼 기쁘게 받겠어요."

"이따 그럼 퇴근 무렵에 제가 그쪽으로 갈까요?"

"편하신 장소로 하세요. 제가 그리로 갈게요."

"아, 전 상관없습니다. 제가 퇴근 무렵에 그쪽으로 가죠."

"네, 그럼 좋으신 대로 하세요. 제가 저녁 사 드릴게요."

"아, 그러시겠어요?"

"네, 맛있는 걸로 사 드릴게요. 하지만 사진을 받는 대가로 사 드리는 거라곤 생각하지 마세요. 사진을 받는 것하고 저녁 사 드리는 것하곤 서로 비교도 안 되니까요."

"하하, 아무래도 전 좋습니다. 그럼 이따 뵙죠."

"네, 안녕히 계세요."

동표는 송수화기를 내려놓은 다음 잠시 그대로 소파 위에 앉아 있었다. 부엌에 있는 정미가 약간 마음에 걸렸다. 그녀가 만일 전화 내용을 엿들었다면 오늘 아침의 자신의 태도를 안경림 그녀와 결부시켜 생각할 가능성이 없지 않았기 때문이다.

그러나 부엌 쪽에서는 냉장고 여닫히는 소리 등 그녀가 분주히 아침 준비를 하고 있는 소리만이 들려왔다.

동표는 천천히 소파에서 일어나 욕실로 향했다. 욕실로 들어가 양치질을 마치고 머리를 감았다. 간밤에 마신 술이 아직도 채 깨지 않은 듯 머리가 찌뿌드드했기 때문이다.

머리 감기를 마치고 나오자 정미가 아침 준비가 다 되었다고 말했다. 동표는 수건으로 머리를 대강 훔친 다음 식탁으로 걸어갔다.

콩나물국을 곁들인 조촐한 아침식사가 식탁에는 차려져 있었다. 동표는 정미와 마주 앉아 더운 콩나물 국물을 한 모금 후루룩 마셔 보고 나서 말했다.

"어, 시원하고 좋은데."

"괜찮으세요?"

"응, 아주 좋아. 속이 다 훈훈해지는군."

"어서 더 드세요. 그럼 속이 좀 풀릴 거예요."

"그래, 정미도 어서 들어."

"네."

그들은 함께 식사하기 시작했다. 그리고 그들이 식사를 마친 것은 12시가 가까워서였다. 동표가 일어난 시간이 워낙 늦었기 때문이었다.

식사를 마친 동표는 정미가 끓여 주는 커피까지를 달게 마시고 나서 천천히 외출 준비를 하였다.

그리고 그가 아파트를 나선 것은 거리에 오후의 햇살이 가득 퍼졌을 무렵이었다.

안경림과 만나기로 한 시간까지는 여유가 아직 많았으나 그전에 들러야 할 곳들이 있었다. 우선 이번 전람회 멤버들의 임시 연락처로 되어 있는 충무로 DP점에 들러 경림에게 줄 사진부터 찾아야 했다. 어제 전람회가 끝나자마자 바로 술자리로 옮겨 갔었기 때문에 사진들을 우선 그 DP점으로 운반해 두었던 것이다. 그리고 은행에 들러 돈도 좀 찾아야 했다.

그는 은행부터 들렀다. 그리고 당분간 쓸 만큼의 돈을 찾은 후 충무로 DP점으로 갔다. 그의 예금 잔고는 이제 상당히 줄어 있었으나 그는 별로 개의하진 않았다. 왜냐하면 그는 애초에 그것이 그대로 남아 있길 바랐던 게 아니었으므로. 증권회사에 다니는 친구의 권유를 듣지 않은 것도 바로 그러한 이유 때문이었으므로.

DP점에 도착한 동표는 우선 주인에게 그간 이번에 보인 노고에 대한 치사부터 하였다. 왜냐하면 그는 이번 전람회의 온갖 성가신 일을 도맡아 준 총무 격이나 다름없었으므로. 또 동표의 사진들을 직접 현상해 준 것도 다름 아닌 바로 그였으므로.

주인은 동표의 치사를 당치않다고 고사했다. 그리고 전람회를 성공적으로 마칠 수 있은 것은 모든 회원 여러분의 아낌없는 노력의 결과이며 자신은 뒷바라지의 작은 역할밖에 한 것이 없다고 끝내 겸양해했다.

그는 말했다.

"더구나 전 제 장사를 한 셈이기도 한 걸요. 민 선생님의 경우처럼 현상을 맡아 드린 경우도 그렇고, 또 대부분의 회원들이 평소 제 고객이니까요."

"하하, 너무 겸양하시는군요. 하지만 어쨌든 이번 전람횐 아저씨

없인 가능하지도 않았을 겁니다. 아저씨가 산파 역할을 하신 셈이죠."

그리고 동표는 그가 다시 사양할 말미를 주지 않고 계속해서 말했다.

"자, 그건 그렇고 저 오늘 우선 사진 한 점만 가져가겠습니다. 누구 줄 사람이 좀 있어서요."

"아, 그러세요? 그럼 어떤 사진을 먼저 가져가시게요?"

"흑백 두 갠 나중에 가져가겠습니다. 오늘은 우선 그 컬러 하나만 좀 찾아 주세요."

"아, 그 특선 작품 말씀이군요. 네, 곧 꺼내다 드리죠."

그리고 주인은 종업원 한 사람에게 안에 들어가서 이러저러한 사진을 찾아 가지고 나오라고 일렀다. 그리고 나서 동표에게 물었다.

"누구, 그 전람회 첫날 찾아왔던 아가씨 주시려구요?"

"하하, 네. 용하게 아시는군요."

"제 눈이 틀림없죠. 지난봄에 저희 가게에도 같이 한 번 오신 일이 있잖습니까."

"하하, 그랬죠."

"아주 참한 아가씨 같더군요. 언제 국수 좀 먹게 해 주십시오."

"글쎄요, 하하."

"그 아가씨 주신다니까 할 말은 없지만 그 작품은 사실 제가 갖고 싶었는데요. 작품값을 드리고서라도 말이죠. 가게에 걸어 두고 오시는 손님들한테두 좀 구경시킬 겸."

"아이구, 그러셨습니까? 이거 미안합니다."

사진을 찾아 가지고 DP점에서 나온 동표는 아직도 시간이 꽤 남았으므로 근처에 있는 한 고전음악실로 찾아갔다. 전에 그가 이따금 들르곤 하던 곳이었다.

시간이 남아서 그곳 생각이 나기도 했지만 오랜만에 음악을 들으면서 마음을 좀 세척해 두고 싶은 생각도 들었기 때문이다. 뭐라고 할까, 그녀를 만나기 전에 마음의 때를 좀 벗겨 두고 싶었다고 할까.

평소 같았으면 스스로도 좀 우습게 여길 생각이었지만 왠지 그런 자의식은 조금도 들지 않았다. 마치 사춘기의 소년시절처럼. 깨끗한 것 앞엔 깨끗한 마음으로 가지 않으면 안 된다고 생각하던 사춘기의 저 소년시절처럼.

음악감상실은 비교적 조용한 편이었고 그곳에서 그는 오랜만에 브람스와 멘델스존과 바흐를 들었다. 모차르트와 슈베르트도 들었다. 그리고 음악의 맑은 흐름 속에 자신의 마음을 조용히 씻겨 가게 했다. 마치 맑은 시냇물에 빨래를 헹구던 옛 아낙네들이 그랬던 것처럼.

그리고 그가 그렇게 음악의 맑은 시냇물에 마음을 헹구고 천천히 음악감상실을 나온 것은 6시가 가까워서였다. 줄잡아 서너 시간은 음악감상실에 앉아 있었던 셈이었다.

그러나 아직 마음이 충분히 헹구어졌다곤 생각되지 않았다. 여기저기 아직도 불길한 것들의 잔재가 남아 있다는 느낌이었다. 그리고 그것은 음악만으로는 완전히 제거해 버릴 수는 없는 것들일 터이었다.

그는 택시를 잡았다.

그리고 그가 그녀와 만나기로 한 병원 근처의 다방에 도착한 것은 6시가 좀 지나서였다.

그녀는 아직 다방에 와 있지 않았다. 아직도 조금 이른 모양이었다. 그는 탁자 하나를 차지하고 앉아서 기다렸다. 조용히, 되도록 음악감상실에서 얻은 마음의 맑음을 잃지 않도록 애쓰면서 기다렸다.

그녀가 나타난 것은 10분쯤 후였다. 그녀는 숨김없는 맑은 미소와 함께 나타났다.

"어마, 오래 기다리셨어요?"

"아뇨, 저도 도착한 지 얼마 안 됐습니다."

동표는 그녀의 목례에 답하면서 말했다. 그리고 그녀가 맞은편 의자에 앉기를 기다려서 물었다.

"저 때문에 괜히 급하게 나오신 거 아닙니까?"

"아녜요. 퇴근시간 지켜서 나온 거예요. 저보다도 민 선생님이 여기까지 오시느라고 불편하셨겠어요."

"아닙니다. 전 오히려 여기까지 오느라고 지루한 시간을 줄일 수 있어서 좋았습니다. 아까 전화한 뒤부터 지금까지의 시간이 제겐 무척 지루한 시간이었으니까요. 시간 보내느라고 여기저기 들르기도 하고 심지어는 근래 안 가던 음악감상실까지 가서 몇 시간 죽치고 앉아 있었죠."

"어마, 그러셨어요. 미안해서 어쩌죠?"

"아뇨, 괜찮습니다. 오랜만에 음악을 들었더니 마음도 맑아지는 것 같고 좋더군요. 경림 씨하고 언제 한번 같이 와 봤으면 하는 생각마저 들더군요."

"어마, 그럼 저도 한번 데려가 주세요."

"아, 그러시죠, 그럼."

그때 레지가 다가와서 무엇을 시키겠느냐고 물었다.

그들은 커피를 시켜 마시고 자리에서 일어났다. 그녀가 약속한 대로 저녁을 사겠다고 말했기 때문이다.

동표는 포장한 사진 꾸러미를 옆에 낀 채 그녀와 나란히 다방을 나오면서 말했다.

"이건 그럼 이따 헤어질 때 드리기로 하죠. 지금 드리면 불편하실 테니까."

"어머 참, 저 주세요. 제가 들게요. 갖고 나오시는 데만도 불편하셨을 텐데."

"아닙니다. 제가 갖고 다니다 이따 헤어질 때 드리겠습니다. 무겁진 않지만 부피가 있어서 좀 불편하실 테니까요."

"아녜요. 그 사진 저 주시는 것만 해도 고마운데 어떻게 갖고 다니시는 수고까지 끼치겠어요. 이리 주세요."

"아닙니다. 수고랄 것 조금도 없습니다. 염려 마시고 어서 맛있는 저녁 사실 생각이나 하십시오."

그러자 그녀는 잠시 동표의 얼굴을 맑은 시선으로 쳐다보고 나서 더 고집부리지는 않겠다는 듯 말했다.

"좋아요, 그럼 이따 주세요. 그 대신 맛있는 저녁 사 드릴게요. 그런데 참, 민 선생님 무슨 음식 좋아하시죠?"

"전 아무거나 좋습니다. 경림 씨가 사 주시는 거면 어떤 거든 제겐 맛있는 저녁이 됩니다. 그런데 단 하나 그 호칭만은 이제 좀 바꿔 주셨으면 좋겠습니다."

"호칭이라뇨? 제가 민 선생님이라고 부르는 것 말인가요?"

"네, 바로 그 민 선생님이라는 호칭이 전 거북해서 못 견디겠습니다. 다른 호칭 좀 없을까요?"

"예를 들면요?"

"뭐 예를 든다기보다 그냥 이름을 부르든가."

"어떻게요? 동표 씨, 라고요?"

"그래 주시면 저도 기분이 좀 덜 거북하겠습니다."

"하지만……."

그녀는 잠시 망설이는 표정을 짓고 나서 말을 이었다.

"……그럼 민 선생님도 저한테 너무 깍듯한 존댓말을 쓰지 마셔야죠. '저'라든지, '그래 주시면'이라든지……."

"그야 갑작스럽게 그렇게 되나요."

"그럼 저도 마찬가지죠, 뭐."

"하하, 그럼 그렇게 하십시다. 경림 씬 호칭을 바꿔 주시고 전 존대를 조금 줄이기로. 선생님이라는 호칭은 제겐 너무 과분하고 거북해서 통……."

"어마, 그러시면서도 여전히 저보곤 깍듯이 존댓말을 쓰시네요. 여전히 '저'라는 둥, '바꿔 주시고'라는 둥……."

"아, 그랬나요."

동표는 손을 머리로 가져가서 뒤통수를 만지는 시늉을 했다.

"……습관이라는 게 그렇게 쉽게 고쳐지는 게 아닌가 보죠? 하지만 아무튼 그렇게 하기로 한 이상 실행에 한번 옮겨 보기로 하죠."

그러자 그녀는 맑게 웃으며 대답했다.

"네, 그래요, 동표 씨."

동표는 얼굴을 활짝 펴며 받았다.

"아, 이제야 귀가 좀 자유로워지는 것 같군요. 진작에 그래 주실 일이지……."

"어마, 또."

"아, 그래 줄 일이지……."

그들은 즐겁게 웃었다.

그리고 그들은 곧 비프스테이크 전문 경양식집 한 군데를 찾아갔다. 그녀가 제의했고 동표가 그에 동의했던 것이다.

실내 장식이 야단스럽지 않은 비교적 깨끗하고 조용한 집이었고 그들이 나온 다방으로부터 그다지 멀지 않은 거리에 있는 집이었다.

갓을 씌운 촛불 모양의 전등이 켜져 있는 테이블 하나를 차지하고 마주 앉았을 때 그녀가 말했다.

"우리 과장 선생님이 언젠가 한턱 쓰신다고 해서 한번 따라와 본 집인데 비프스테이크를 제대로 하는 집이래요. 전 잘 모르고 그저 얻어먹기만 했지만요."

"아, 저도, 아니 나도 잘 모릅니다. 어떤 비프스테이크가 제대로 하는 비프스테이큰지. 그저 음식이고 고기니까 먹는 거죠."

"어마, 저랑 마찬가지시네요, 그럼."

"그렇죠. 하지만 이 집이 제대로 하는 집이라니까 앞으론 이 집 것을 기준으로 삼으면 되겠죠, 하하. 아무튼 오늘 경림 씨 덕분에 제대로 하는 비프스테이크가 어떤 건질 알게 되겠는데요."

그들은 곧 다가온 웨이터에게 비프스테이크 2인분을 주문했다. 웨이터는 살짝 구울까요, 바짝 구울까요, 또는 중간으로 구울까요, 등을 물었고 수프는 야채수프로 할까요, 크림수프로 할까요, 따위를 물었다. 그들은 두 사람 다 바짝 구워 달라고 말했고 수프는 야채수프로 달라고 말했다. 그리고 그녀가 맥주도 한 병 갖다 달라고 덧붙였다.

식사와 맥주가 도착했을 때 그녀가 말했다.

"자, 드세요. 전람회 성공적으로 마치신 일 다시 한번 축하드려요."

그리고 그녀는 맥주병을 집어 동표의 잔에 맥주를 따라 주었다. 동표는 감사하다고 말하고 그녀가 따라 주는 맥주잔을 받았다. 그리고 맥주병을 옮겨 받아 그녀에게도 권했다.

"자, 경림 씨도 한 잔만 드시죠. 진정으로 축하하신다면."

"어마, 또 축하하신다면이에요?"

"아, 축하한다면."

"네, 그럼 저도 꼭 한 잔만 하겠어요."

그리고 그녀는 잔을 집어 동표가 따라 주는 맥주를 받았다.

두 사람은 건배했다.

"자, 경림 씨의 건강과 행복을 위해서."

"네, 동표 씨의 건강한 잠을 위해서."

"네?"

"아이, 앞으론 불면증 없이 건강하게 잘 주무시란 말이죠, 뭐."

"아, 난 또 무슨 말인가 했죠. 하하, 아무튼 고맙습니다."

그들은 웃으며 각기 잔을 입으로 가져갔다. 그리고 맥주잔을 내려 놓은 다음 곧 식사하기 시작했다.

고기는 연하고 향긋하게 구워져 있었다. 제대로 한다는 비프스테이크답다는 생각이 들었다. 그리고 그녀와 함께하는 식사는 더욱 즐거운 그것이었다.

동표는 맥주를 반주 삼아 고기를 깨끗이 다 비웠다. 그리고 그녀도 식사를 마쳤을 때 말했다.

"자, 이제 배도 불렀고 하니 바람이나 좀 쐬고 싶군요. 드라이브 삼아 북악카이웨이나 한번 가 볼까요? 시간도 아직 이르고 한데."

"북악스카이웨이요?

"네, 그 꼭대기 팔각정에 올라가면 서울 야경(夜景)이 멀찌감치 제법 그럴듯해 보이죠."

"좋아요, 그럼 데려다 주세요. 저 아직 거기 한 번도 못 가 봤어요."

그녀는 흔연히 동의했다.

그들은 곧 그 경양식집을 나와 택시 한 대를 잡았다. 그리고 운전사에게 북악스카이웨이 꼭대기에 있는 팔각정으로 가 달라고 부탁했다. 운전사는 예, 하고 대답하고 곧 택시를 몰기 시작했고 그들은 시트에 편안히 몸을 기댔다.

차창 밖은 이제 완전히 어두워져 있어서 상점의 진열장들에 모두 전등이 켜져 있었고 그들이 탄 택시도 헤드라이트를 켠 채 달리고 있었다.

그리고 그들이 탄 택시가 자동차의 물결 속을 빠져나와 북악스카이웨이로 접어들었을 때는 도로 좌우로 거뭇거뭇 어두운 숲이 나타나기 시작했고 도로 전면에는 그들이 탄 택시가 비치는 헤드라이트 불빛만이 일직선으로 그들의 앞길을 비춰 줄 뿐이었다. 그곳부터는 인적은 물론 다른 차량의 통행조차가 아주 드물었기 때문이다.

그녀가 나직이 말했다.

"서울에도 이렇게 조용한 자동차 길이 다 있었군요. 무슨 별세계로 들어가는 기분이네요."

동표는 웃으며 대꾸했다.

"하하, 별세겐 별세계죠. 어쨌든 사람들이 늘 오는 곳은 아니니까요. 도심에서 별로 먼 편은 아니지만 일부러 마음먹지 않곤 잘 오게 되는 곳이 아니니까요. 게다가 걸어서는 올라올 수가 없게 돼 있는 곳이고……."

"어마, 그럼 여긴 자동차만 다닐 수 있는 길인가요?"

"아직 모르셨군요. 여긴 말하자면 자동차 전용 도로라고 할 수 있죠."

"그렇군요."

"뭐라고 할까, 최소한 택시값이라도 있어야 올라와 볼 수 있는 곳이라고 할까요. 그러니까 택시값도 없는 사람에겐 그림의 떡이라고 할 수 있을지 모르죠. 그런 의미에선 우린 비교적 복받은 층에 속한다고 할까요. 이렇게 택시라도 타고 올라와 볼 수 있으니 말입니다.”

“……”

“하하, 그렇다고 우울해할 것까진 없겠죠. 택시값이 없어서 여길 못 올라와 보는 사람은 많지 않을 테니까요.”

“정말 많지 않을까요?”

“그런 사람이 얼마나 되겠습니까? 자, 오늘 기분이 무척 즐거운데 내 노래솜씨나 좀 들어 보겠습니까? 슬그머니 노래가 한마디 하고 싶은데요. 잘은 못하지만.”

그러자 그녀는 맑은 표정으로 그를 쳐다보며 말했다.

“어마, 정말이세요? 그럼 경청하겠어요.”

“좋습니다. 그럼 자그마하게 불러 볼 테니까 한번 들어 보세요. 경림 씨 그 죽은 애인하곤 비교도 안 될 테지만.”

그리고 동표는 성대를 조금 가다듬은 다음 나직한 소리로 ‘그 집 앞’을 부르기 시작했다. 운전사가 힐끗 룸미러를 쳐다보았다. 그러나 동표는 개의치 않고 계속해서 불렀다.

“오가며 그 집 앞을 지나노라면

그리워 나도 몰래 발이 머물고

오히려 눈에 띌까 다시 걸어도

되오면 그 자리에 서졌습니다.”

조금 떨리는 목소리로 그는 1절을 마치고 2절로 넘어가려 했다.

그런데 그녀가 나직이 2절을 선창하기 시작했다.

“오늘도 비 내리는 가을 저녁에

그리워 그 집 앞을 지나는 마음…….”

곱고, 나직이 떨리는 목소리였다. 동표는 따뜻한 전율이 전신에 퍼지는 기쁨을 맛보며 황망히 그녀의 선창에 따랐다.

“잊으려 옛날 일을 잊어버리려

불빛에 빗줄기를 세며 갑니다.”

노래를 마치고 그녀는 맑은 눈빛으로 동표를 바라보며 말했다.

“어마, 노래 아주 잘하시네요.”

동표는 부끄럼 타듯 손을 머리로 가져갔다.

“아, 이거 창피한데요. 노래도 아닌 걸 가지고 노래랍시고 웅얼거렸으니…….”

“어마, 아녜요. 너무 듣기가 좋아서 저도 따라 한 걸요. 제가 좋아하는 노래기도 하지만요.”

“아, 그러세요? 그렇다면 불행 중 다행이군요. 하긴 우리 가곡은 대체로 모두 괜찮은 편이죠. 뭐라고 할까요, 서양 것을 받아들인 예술 장르 가운데선 유일하게 토착화에 성공한 분야라고 할까요. 전반적인 수준으로 봐서 말이죠.”

“네, 그런 것 같아요.”

“하지만 아무튼 내가 노래를 꺼낸 건 실수였던 것 같은데요. 공자 앞에서 문자 쓴 꼴이 됐으니까요.”

“어마, 그렇지 않아요. 전 그냥 동표 씨 노래가 너무 좋아서 따라 한 것뿐예요.”

“하하, 아무튼 덕분에 하긴 경림 씨 노래를 들을 수 있긴 했죠. 자다 올라왔는데요. 저기 저게 팔각정입니다."

그들이 탄 택시는 어느새 팔각정 휴게소에 다 올라와 있었다.

그들은 택시에서 내려 코끝에 와 닿는 신선한 공기를 자신들도 모르게 두어 번 심호흡했다. 그리고 멀리 내려다보이는 시가지의 야경을 신선한 기분으로 바라보았다. 서울의 시가지는 깊은 웅덩이 속의 반딧불 떼처럼 멀리서 반짝거렸다.

"이런 높은 데 올라와 보기는 정말 오랜만예요."

그녀가 말했다.

"더구나 이렇게 밤저녁에는요."

"이렇게 내려다보니까 서울 시가도 그렇게 천박해 보이진 않죠?"

"네, 생각했던 것보다 아름다워 보여요. 무슨 괴물 같지도 않구요."

"멀리 떨어져 보여서 그렇겠죠. 불빛 때문이기도 할 테구요. 생텍쥐페리라는 작가의 어떤 작품에 보면 인간이 사는 도시의 불빛에 대한 아름다운 묘사가 나오죠. 비행기를 타고 밤하늘을 날다가 발견하는 지상의 불빛에 대한."

"어마, 저도 그 사람 작품 읽었어요. 그 대목 생생하게 기억나요. 너무너무 아름답고 잊혀지지 않는 대목이에요. 『인간의 대지』라는 작품이죠?"

"『인간의 대지』에도 나오고 『야간비행』이라는 작품에도 나오죠. 자, 서울 구경 그만하고 우리도 이제 휴게소에 들어가서 좀 쉴까요?"

"네."

그들은 곧 팔각정 휴게소 안으로 들어갔다. 나선식 층계를 통해 2층으로 올라가서, 테이블 하나를 차지하고 앉아 그들은 맥주와 주스를 시켰다. 그녀가 맥주는 더 이상 못 마시겠다고 했기 때문이다.

맥주와 주스를 마시면서 그들은 다시 전망창(展望窓)을 통해 서울의 밤풍경을 내려다보았다.

그녀가 말했다.

"여기서 내다보는 건 아까 밖에서 바라보던 것보단 신선감이 덜하네요. 집 안이라 그런지."

"그런데요. 역시 직접 투명한 공기를 통해서 바라보는 것보단 유리를 통해 내다보는 게 못한 모양이죠?"

"그런가 봐요."

"하지만 그 대신 여긴 의자가 있고 마실 음료가 있으니까 그 보상이 되는 셈이죠. 찬 밤공기도 막아 주고."

"전 아까 별로 추운 줄은 모른걸요. 공기가 신선하게만 느껴졌지."

"조금 더 있었으면 아마 추웠을 겁니다. 산 위의 밤공긴 차니까요. 게다가 요즘은 아침저녁 기온이 꽤 싸늘한 편이고. 하지만 정 여기보다 바깥이 낫다고 생각되면 조금 쉬었다 나가죠, 뭐."

"아녜요. 그렇다고 꼭 바깥으로 되돌아 나가자는 얘긴 아녜요. 맥주 드시면서 천천히 쉬었다 나가세요. 전 아무래도 좋아요."

그때였다. 누군가가 그들 테이블 쪽으로 가까이 걸어오는 모습이 보였다. 어딘가 낯익은 사람이라고 느끼고 동표가 그쪽으로 시선을 바로 들었을 때였다.

"너, 동표 오랜만이로구나. 예서 만날 줄은 몰랐다."

하고 말을 건네온 사람은 외삼촌이었다.

"아, 외삼촌, 웬일이세요."

하고 동표는 마주 일어서며 물었다. 그러자 외삼촌은 안경 낀 눈으로
그녀 쪽을 힐끗 일별한 후 말했다.

"오, 난 친구하고 잠깐 바람 쐬러 올라왔다. 맥주도 한잔할 겸."

그러며 그는 자기가 방금 걸어온 쪽을 눈으로 가리켰다. 그들로부
터 서너 테이블 떨어진 곳에 외삼촌 연배에 몇 사람이 맥주잔을 기울
이고 있는 모습이 보였다.

동표는 손을 머리에 얹으며 말했다.

"죄송합니다, 외삼촌. 한번 찾아가 뵙지도 못하구."

"괜찮다, 난. 하지만……."

"이리 좀 앉으세요."

"아니, 한마디만 하고 저리 곧 가 봐야겠다. 누님한테 편지 좀 쓰려
무나. 너한테서 편지가 안 온다고 걱정이시더구나."

"……어머니가 외삼촌한테 그러셨어요?"

"응, 저번 편지까진 그런 얘기 없더니 이번 편지에 그런 얘길 쓰셨
더구나. 그렇잖아도 내 전화 한번 하려던 참이다. 한데 예서 우연히
만났구나."

"죄송합니다, 외삼촌. 편지 곧 쓰겠습니다."

"그래. 자주는 못 하더라도 틈을 내서 이따금 잘 있다는 소식이나
전하려무나. 부모 마음엔 자식이 늘 어린애처럼만 생각 키우는 법이
다."

"네, 알았습니다, 외삼촌."

"그래. 그럼 난 또 가 봐야겠다. 짬 나면 한번 들르려무나."

"네, 그럼 안녕히 가세요."

외삼촌은 곧 부드러운 미소를 남긴 채 돌아서서 자기 친구들이 있는 테이블 쪽으로 걸어갔다. 동표는 잠시 그의 뒷모습을 바라본 뒤 그녀에게 미안하다는 표정을 지으며 의자에 앉았다.

"미안합니다. 여기서 외삼촌을 만나게 될 줄은 몰랐군요."

그녀는 맑은 눈으로 그를 쳐다보며 물었다.

"어머님께서 어디 멀리 가 계신 모양이죠?"

"아, 내가 얘기 안 했던가요?"

"네, 벌써부터 궁금했지만 물을 기회가 없었어요. 아파트에 혼자 계신 걸 보면 가족들이 모두 멀리 계신 모양이라곤 생각했지만."

"아, 내가 얘길 안 했군요. 식구들이 모두 캐나다에 가 있습니다."

"어마, 그러세요?"

"네, 아버지가 그쪽 병원에 장기계약이 돼서 식구들을 모두 데리고 가셨죠."

"어마, 그러시군요. 아버님께서 의사신가요?"

"네, 여기선 별 재미 못 보던 의사죠. 그 왜 여기선 의사한테도 뛰어난 사업 수완이랄까 그런 게 필요하지 않습니까. 그런 게 부족했던 의사죠."

"개업하고 계셨었나요?"

"네, 그런데 그게 신통치 못했죠. 그래 결국 병원을 정리해 버리고 그쪽으로 가신 거죠."

"그럼 동표 씬 왜 따로 남으셨어요?"

"글쎄요, 뭐라고 할까……. 그냥 혼자 남고 싶었다고 할까요. 이 기회에 식구들과 한번 떨어져 있어 보고 싶었죠. 다행히 아파트도 하나 내 몫으로 남겨졌고 병원 정리한 돈 가운데 일부도 내 몫으로 은행에 예치를 해 주셨고……."

"어마, 그 돈으로 그럼 지금 생활하고 계신 건가요?"

"비상금으로 예치해 주신 거지만 그러고 있는 셈이죠. 식구들 떠난 뒤로 난 바로 직장을 그만뒀으니까요."

"어마, 그건 어째서요?"

"글쎄요, 난 저축형 인간이 못 된다고나 할까요. 쓸 수 있는 돈을 은행에 놔두고 또 돈을 벌기 위해서 직장에 다닐 필요는 없다는 생각이었죠. 또 이런 기회란 쉽사리 찾아오는 것도 아니고. 돈이 떨어지면 직장은 다시 구하면 그만이라는 생각도 있었구요."

"어마, 순 엉터리네요. 그런 데가 어딨어요?"

"하하, 아버지 어머니가 아시면 큰일 날 얘기죠. 하지만 난 은행에 있는 돈을 찾아 쓸 수 있는 동안만의 자유라도 아끼고 싶었던 거죠. 말하자면 돈보다는 자유를 아끼고 싶었다고 할까요. 아버지 어머닌 멀리 계시니까 이런 사실은 모르실 테구요. 모르면 약이죠."

"엉터리예요, 순. 그래서 편지도 안 하셨군요?"

"전혀 안 한 건 아닙니다. 한 번은 했죠. 그 뒤에 좀 바쁘다 보니 못 하게 된 거죠. 늘 쓴다 쓴다 하면서도 그만……."

"그 자유를 누리시느라고 바쁘셨나 보죠?"

"하하, 이거 경림 씨한테 단단히 꾸지람을 듣는데요. 오늘 저녁 돌아가선 틀림없이 쓰겠습니다. 경림 씨의 꾸지람을 생각해서라도."

그러자 그녀는 배시시 웃었다. 그리고 맑은 눈으로 동표를 바라보며 말했다.

"그러세요. 제가 뭐래서가 아니라 멀리 계신 부모님들한테 편지라도 자주 쓰셔야죠. 얼마나 걱정되시겠어요."

"네, 오늘 저녁엔 틀림없이 쓰겠습니다."

"약속하시겠어요?"

"네, 약속하죠."

그들이 휴게소를 나온 것은 얼마 뒤였다. 외삼촌과 외삼촌의 친구들이 자리를 뜬 뒤 얼마 안 있어 그들도 곧 휴게소를 나왔던 것이다.

그러나 시간은 이미 9시가 넘어 있었다. 동표가 말했다.

"자, 이제 그만 내려갈까요."

그러자 그녀는 공기를 맛있게 심호흡하는 시늉을 하면서 대꾸했다.

"조금만 바람 더 쐬고 내려가요, 우리. 조금만요. 공기가 너무너무 시원해서 그냥 내려가기가 아깝네요."

"그러죠, 그럼."

동표는 선선히 그녀의 의견에 좇았다. 그리고 그들은 내려갈 손님을 기다리고 있는 택시를 외면한 채, 휴게소 주변의, 시가지의 야경(夜景)이 내려다보이는 난간을 따라 천천히 걷기 시작했다.

공기는 아까 그들이 처음 그곳에 올라왔을 때보다 더욱 맑아진 것 같았고 시가지의 내려다보이는 불빛들도 더욱 투명해진 것 같았다. 그리고 쳐다보이는 밤하늘에는 또한 별빛이 투명했다.

그들은 어깨를 나란히 한 채 조금씩, 천천히 걸었다. 이따금 난간에 몸을 기댄 채 시가지의 야경을 내려다보고 있는 다른 쌍들도 보였다. 그러나 그들은 개의치 않고 천천히 걸었다. 신선한 공기를 계속 폐 속으로 받아들이면서. 그리고 시가지의 멀고 투명한 불빛에 눈을 팔 면서.

한 5분쯤 그렇게 걸었을 때였다. 한순간 그녀가 몸을 약간 옹송그 리는 시늉을 했다. 야기(夜氣)에 추위를 느끼기 시작한 모양이었다.

동표는 물었다.

"아, 추운 모양인데 그만 내려갈까요?"

그러나 그녀는 어둠 속에서 가만히 웃으며 고개를 저었다.

"아녜요, 괜찮아요."

"정말 괜찮아요?"

"네, 괜찮아요."

"내가 보기엔 추워 보이는데. 자, 그럼 내 이 윗옷이라도 걸치세요."

그러며 동표는 양복 윗저고리를 벗어 그녀의 양어깨에 걸쳐 주었 다. 그녀는 처음엔 사양하는 몸짓을 했으나 곧 얌전히 그가 해 주는 대로 있었다. 그리고 어둠 속에서 그를 향해 조금 부끄럽다는 듯 웃 었다.

"이러심 전 따뜻하지만 대신 동표 씨가 춥잖아요."

"아, 난 괜찮아요. 본래 추위 같은 건 잘 타지 않는 체질에다가 맥주 몇 잔 들어간 게 있어선지 몸이 아주 훈훈한걸요. 경림 씨만 괜찮다면 댁에 돌아갈 때까지 입고 있어도 좋습니다. 어디, 안 걸친 것보단 좀 나은가요?"

"네, 아주 따뜻해요."

하고 그녀는 동표를 쳐다보며 맑게 웃었다. 동표는 그 웃음이 눈부시다고 생각했다.

"아, 그렇습니까. 다행이군요."

"네, 몸이 아주 따뜻하신가 봐요."

"아, 몸이 좀 더운 편이긴 하죠. 이왕이면 그럼 팔까지 한번 끼어 보세요."

"그럴까요."

그러며 그녀는 어깨에 걸쳐진 동표의 윗저고리에 소매를 끼려는 시늉을 했다. 동표는 그녀의 등 뒤로 가서 그녀를 거들어 주었다.

그녀는 마치 이상스레 커다란 반코트라도 걸친 형상이 되었다. 마치 초등학교 아동이 그의 아버지의 옷을 입은 것처럼.

"하하, 그런 모습을 하고 있으니까 꼭 개구쟁이 소녀 같은데요."

"어마, 싫어요. 그럼 나 벗을래요."

"벗긴요, 그러니까 더 예쁜데요."

"정말이세요?"

"물론이죠. 평소보다 몇 곱절 더 예쁜걸요. 사실 아름다움이란 파격이랄까 불균형이 약간 섞인 상태가 더 돋보이는 건지도 모르죠."

"어마, 괜히 그러시는 거죠, 뭐."

"아닙니다. 그러고 있으니까 정말 더 매력 있어 보입니다. 평소에 경림 씨한테서 볼 수 없던 개구쟁이 소녀 같은 매력이라고나 할까요. 하하."

"어마, 그렇게 놀리심 저 그만 벗을래요."

"아, 아닙니다. 그냥 입고 계세요."

"그럼 놀리시지 않죠?"

"하하, 그러죠, 그럼."

그들은 마주 보고 웃었다.

그리고 그들은 그곳에서 좀 더 지체한 다음 시내로 내려오는 택시에 몸을 실었다.

택시에 오르기 직전 그녀는 동표의 윗저고리를 벗으려 했으나 동표가 만류하여 그대로 오르게 했다.

택시 운전사가 룸미러를 통해 자못 흥미롭다는 표정으로 그들을 쳐다보았다. 그러나 동표는 그 시선을 짐짓 묵살하듯 말했다.

"자, 미아리 쪽으로 갑시다, 아저씨."

그제야 운전사는 직분을 되찾은 태도로 황망히 룸미러로부터 시선을 거두며,

"아, 예, 예."

하고 차를 출발시켰다.

택시가 숲속으로 뚫린 길을 미끄러져 내리기 시작했을 때 그녀가 두어 번 콜록콜록 기침을 했다. 동표는 근심스런 표정으로 물었다.

"아, 혹시 감기 걸린 거 아닌가요?"

그러나 그녀는 곧 기침을 멈추고 말했다.

"아닐 거예요. 이렇게 동표 씨 옷까지 껴입고 감기에 걸린대서야 말이나 되겠어요."

그리고 그녀는 부끄럽다는 듯 웃었다. 그러나 동표는 근심스런 표정을 풀지 않은 채 말했다.

"글쎄요, 아니길 바라지만 만일 감기라면 그건 순전히 내 책임인데요. 여길 올라오자고 한 게 나니까요."

"염려 마세요. 아닐 거예요. 또 혹시 감기에 걸렸더라도 그게 어째서 동표 씨 책임이에요. 제 책임이죠. 제가 자꾸 바람 쐬자고 한 책임이죠."

"아니죠, 내 책임이 더 크죠. 애초에 여길 올라오자고 한 게 나고, 또 감기 하나 막아 주지 못한……."

"글쎄, 염려 마세요. 감기 아닐 거예요. 또 동표 씬 이렇게 옷까지 벗어 주셨잖아요."

그때였다. 그때까지 별 무리 없이 달려 내려오던 택시가 갑자기 고장을 일으킨 듯 이상한 소리를 내기 시작했다. 그리고 속력이 줄어들었다.

운전사의 당황한 동작이 알렸다. 그리고 택시는 마침내 도로 한옆으로 세워졌다.

운전사는 투덜거리며 택시에서 내려 택시의 앞쪽 덮개를 열고 여기저기를 기웃거리더니 돌아와 고개만 앞쪽으로 들이민 채 말했다.

"미안합니다. 딴 차로 바꿔 타셔야겠는데요. 고장입니다."

동표가 물었다.

"금방 안 고쳐질 것 같습니까?"

"글쎄요. 아무래도 딴 차로 바꿔 타시는 게 나을 것 같은데요."

그리고 운전사는 들이밀었던 고개를 뺐다. 그들은 하는 수 없이 택시에서 도로 바닥으로 내려섰다. 그리고 도로 위쪽으로 시선을 보내 그들이 편승이라도 할 수 있을 택시가 내려오길 기다렸다.

그러나 그들이 편승할 수 있는 택시는 좀처럼 내려오지 않았다. 이따금 지나가는 개인 승용차는 그들을 못 본 채 통과해 버렸고 어쩌다 나타나는 택시는 또 공교롭게도 그들이 편승할 자리가 남아 있지 않았다.

동표는 팔목을 들어 시계를 보았다. 10시가 다 되어 있었다. 아직 시내로 내려갈 시간은 넉넉했으나 결코 이르다곤 할 수 없는 시간이었다.

야기(夜氣)는 더욱 차게 느껴졌고 그녀는 동표의 윗저고리를 걸친 채로 옹송그리듯 서서 도로의 위쪽과 좌우의 어두운 숲을 바라보았다.

그들을 태우고 내려온 택시의 운전사는 계속해서 택시의 앞 덮개를 연 채 허리를 굽히고 무언가를 만지고 있었다. 그러나 그 일이 좀처럼 일찍 끝날 것 같지는 않았다.

그녀가 다시 두어 번 기침을 했다. 동표 쪽이 마음에 쓰이는 듯 낮게 조심해서 하는 기침이었다.

동표는 그녀 쪽을 돌아보며 걱정스레 말했다.

"이러다 정말 감기 걸리시겠는데요. 택시 안에 타고 계시죠. 차는

나 혼자 잡아도 되니까."

그러나 그녀는 고개를 저으며 가만히 웃었다.

"아녜요. 괜찮아요. 나보다 윗저고리를 벗은 동표 씨가 감기 걸리실까 봐 걱정이에요. 그리고 '걸리시겠는데요'가 뭐예요, '걸리시겠는데요'가. '타고 계시죠'는 또 뭐구요. 약속 벌써 잊으셨어요?"

"아, 내가 또 그랬나요. 아무튼 차가 빨리 잡혀야 할 텐데."

그리고 동표는 초조한 표정으로 다시 길 위쪽을 살폈다. 그러나 그들을 태워 줄 자동차는 좀처럼 나타나지 않았다. 이따금 개인 승용차들만이 빠른 속력으로 그들 앞을 지나칠 따름이었다.

개인 승용차들은 그들을 거들떠보려고도 하지 않았다.

그때 그녀가 말했다.

"우리 천천히 걸어 내려가 봐요. 그러다 차를 잡을 수 있으면 잡구요."

"아, 그건 곤란하죠. 이 도로는 보행이 금지돼 있어서 걸어가다가 적발되면 말을 들을 겁니다."

"그럼 차가 고장났다는 얘기를 하죠, 뭐. 그래서 할 수 없이 걸어 내려오는 거라구요."

"글쎄요, 조금만 더 기다려 보죠. 탈 수 있는 차가 있겠죠."

그리고 동표는 다시 도로 위쪽을 살폈다. 그러나 이제 한동안 자동차의 그림자조차 보이지 않았다.

그녀가 다시 말했다.

"걸어 내려가 보기로 해요, 우리. 그러다 말하는 사람이 있으면 그 사람더러 차를 좀 잡아 달래죠 뭐."

"……."

동표는 잠시 궁리하고 나서 대답했다.

"……그래 볼까요, 그럼."

"네, 그래요, 우리."

하고 그녀는 동표의 한 팔을 두 손으로 가볍게 잡아끄는 시늉마저 했다. 동표는 결단을 내린 듯 발걸음을 떼어 놓으며 말했다.

"그러죠, 그럼. 걸어 내려가면서 차를 잡아 보기로 하죠."

그녀도 걸음을 떼어 놓으면서 말했다.

"그래요. 이런 기회에 우리 이 길 한번 걸어 봐요. 걸어가다가 차를 잡을 수 있음 잡구요."

"그러다 영 못 잡으면요?"

"그럼 내처 걷죠, 뭐."

"그럴 자신 있어요?"

"설마 통금시간 전에 집까지 못 갈라구요."

"만일 못 가게 되면?"

"그땐 노숙(露宿)하죠, 뭐."

"야, 이거 각오가 대단하신데."

"하지만 설마 노숙이야 하게 될라구요. 어떻게든 집까진 가게 되겠죠."

"됐어요. 그럼 마음 놓고 걸읍시다. 그런 각오라면 무서울 게 하나도 없죠. 또 시내까지만 내려가면 차는 얼마든지 있을 거구요."

"네, 차라리 얼마나 잘됐어요. 이런 기회에 남들은 걸어 볼 수 없는 이런 데도 다 걸어 보구요."

"하하, 그렇게 생각할 수도 있군요."

"이런 기회가 아님 언제 여길 걸어 볼 수가 있겠어요. 차라리 택시가 고장나길 잘했는지도 모르죠."

"하하, 경림 씨도……. 그런데 춥지 않겠어요?"

"추운 거야 서 있는 것보단 이렇게 걷는 편이 훨씬 덜하죠, 뭐. 저보단 동표 씨가 추우시겠어요."

"아, 내 걱정은 조금도 마세요. 난 조금도 춥지 않으니까. 그보다 가다가 검문을 당할 일이 은근히 걱정이군요."

"검문하는 사람이 있나요?"

"아마 있을 겁니다. 여긴 보행은 금지된 곳이니까요."

"하지만 우린 어쩔 수가 없었잖아요. 타고 내려오던 택시가 중간에서 고장이 난 걸 어떡해요. 딴 차를 잡을 수도 없었구요."

"하긴 부득이했던 사정을 얘기하면 알아듣겠죠. 차 하나쯤 잡아 줄는지도 모르구요. 자 아무튼 걸어 보죠."

동표는 이 뜻하지 않은 산책을 즐겁게 받아들이기로 했다. 그리고 그녀와 어깨를 나란히 하고 걸었다. 한 손에는 포장한 사진 꾸러미를 든 채. 그리고 상의는 와이셔츠 바람인 채.

그녀는 동표의 윗저고리를 걸친 채로 먼 길을 불평 한마디 없이 타박타박 잘도 걷는 소풍길의 초등학교 아동처럼 근심하는 기색 없이 그의 곁에서 걸었다. 아예 차를 탈 수 있으리라는 희망은 깨끗이 단

넘한 듯한 태도로. 그리고 마치 처음부터 걷기로 예정된 길을 걸어 내려가기라도 하는 듯한 태도로.

동표는 그녀의 그러한 태도가 그지없이 사랑스러웠다. 일찍이 그는 그처럼 완전한 신뢰의 태도를 본 적이 없었던 것이다. 어둠과 낯선 장소와 불의(不意)의 일에 그처럼 신속히 자신을 적응시킬 수 있는 것은 다름 아닌 바로 인간과 세계에 대한 그녀의 신뢰의 바탕에서 연유한 것이 아니고 무엇이겠는가.

그런데 그때 그녀가 재미있는 제안 하나를 했다.

"우리 달리기 시합할래요? 저 아래 모퉁이까지요."

"달리기 시합요?"

"네, 저 이래 봬도 고등학교 땐 달리기 선수였거든요."

"하지만 그런 신발을 신고서야 어디……."

"신발은 벗어 들고 뛰면 되죠, 뭐."

"그럼 양말이 상하지 않겠어요."

"괜찮아요. 한번 해 봐요."

"자동차가 내려올 염려도 있구."

"지금 안 내려오잖아요."

"좋아요. 그럼 한번 뛰어 보죠. 하지만 난 그럼 이거 짐이 있어서 불리한데."

"어마, 전 그 대신 이런 커다란 옷을 입었잖아요. 게다가 신발도 벗어 들고 뛸 거구요."

"하하, 좋아요. 그럼 한번 뛰어 보죠."

"저 아래 꾸부러지는 모퉁이까지예요."

"알았어요. 그 대신 이기는 사람한테 무슨 상이 있어야죠. 하다못해 업어 주기라도 한다든가."

"좋아요. 그럼 지는 사람이 이기는 사람을 업어 주기로 해요. 단 이기는 사람이 권리를 포기하면 그땐 강요 않기구요."

"아주 자신이 만만한 모양이죠? 하지만 그건 안 되죠. 권리를 포기할 수도 있다고 해 놓으면 내가 만일 이길 경우 좀 곤란하니까요. 포기할 수도 있는 권리를 기어이 주장하는 인정머리 없는 남자가 될 테니까."

"어마, 그럼 좋아요. 마음대로 하세요."

"지는 사람이 이기는 사람을 반드시 업어 줍니다."

"네, 좋아요."

"자, 그럼……."

그들은 나란히 섰다. 물론 그녀는 신발을 벗어 들었다.

그리고 그들은 서로 눈짓을 신호 삼아 달리기 시작했다. 그들이 목표로 삼은 지점까지는 거의 100미터쯤 되었다.

그녀는 뜻밖에도 잘 뛰었다. 고등학교 때 달리기 선수였다는 얘기가 거짓말이 아닌 모양이었다. 얕잡아 보다간 큰코다칠 기세였다.

이기려고만 든다면 적당히 뛰어도 이길 수 있으리라고 생각한 건 완전히 빗나간 계산이었다. 동표는 정신이 바짝 차려졌다. 자칫하다간 업어 주기 위해서 져 주는 게 아니라 정말 실력이 모자라서 업어 주게 될 판이었다. 힘껏 뛰는 체하면서 져 줄 심산이었으나 그건 주제넘기 짝 없는 오판이었다.

동표는 있는 힘을 다해 뛰기 시작했다. 그리고 그렇게 해서야 간신히 그녀와 엇비슷이 달릴 수 있었다.

그러나 목표 지점에 거의 이르렀을 무렵에는 아무래도 동표 쪽이 조금 나았다. 조금만 더 힘을 낸다면 한두 발짝 앞서 다다를 수 있다는 자신이 느껴졌다. 그제야 그는 짐짓 뜀박질을 조금 늦출 수가 있었다. 그리고 그녀에게 승리를 양보할 수가 있었다.

약 반 발짝쯤 그녀에 뒤처져서 동표는 목표 지점에 다다랐다. 그리고 숨이 턱에 찬 목소리로 그는 말했다.

"……어휴! 못 당하겠는데요. ……두 손 번쩍 들었어요. 무슨 달리기 그렇게 잘합니까?"

그녀도 상기된 얼굴로 숨을 몰아쉬며 말했다.

"제가 분명 이긴 거죠? 양보하신 거 아니죠?"

"양보가 다 뭡니까. 어휴, 숨이나 좀 돌리고 봅시다."

그리고 동표는 가슴을 쓸어내리는 시늉을 했다.

"……고거 뛰고 이렇게 숨이 차서야 어디……. 체면이 말이 아닌데요."

그러자 그녀는 배시시 웃었다.

"숨찬 건 저도 마찬가진데요, 뭐. 하지만 이제 춥진 않으시죠?"

"네? 아, 추운 게 다 뭡니까. 땀이 다 났는데요. 아하…… 그러고 보니 경림 씬 추위를 쫓기 위해서 달리기 시합을 하자고 한 거군요?"

"꼭 그런 건 아니지만 재미도 있고 어쨌든 추위도 도망가지 않았어요? 보세요, 저도 이렇게 땀이 나지 않았나.”

하고 그녀는 동표의 한 손을 끌어다 자기의 이마를 만져 보게 했다. 그녀의 이마는 따뜻하고 촉촉했다.

동표는 순간 자기가 만지고 있는 것이 매우 소중한 어떤 것이라는 느낌이 들었다. 그것은 거칠게 만져져서나 다쳐서는 안 될 어떤 소중하기 짝 없는 것이란 실감이었다.

그는 머뭇머뭇 그녀의 이마로부터 손을 내리며 짐짓 쾌활한 목소리로 말했다.

“자, 아무튼 그럼 내가 이제 경림 씰 업어 줄 차례로군요.”

그러자 그녀는 한 손에 모아 쥐고 있던 신발을 땅에 내려놓으며 말했다.

“어마, 아녜요. 저 안 업어 주셔도 돼요.”

“아, 그건 안 되죠. 난 진 사람의 의무를 이행해야 하니까요.”

그녀는 신발을 신고 허리를 펴며 일어섰다.

“어마, 아녜요. 저 안 업힐래요. 의무는 이긴 쪽에서 요구할 때만 지키시면 되잖아요.”

“하지만 아깐 분명 권리를 포기할 수 없기로 약속했잖습니까.”

“어마, 그건 그래야 한다고 고집을 피우셨으니까 그랬죠, 뭐. 포기할 수도 없는 권리가 세상에 어딨어요.”

“하하, 하지만 난 의무를 이행할 권리가 있는데요. 경림 씬 권리를 주장할 의무가 있구요.”

“어마, 세상에 그런 법이 어딨어요. 순 엉터리 논리예요. 이긴 사람이 하기 싫다는 일을 진 사람이 강요하는 그런 경우가 세상에 어딨어요."

"하하, 그건 그렇지가 않죠. 법이란 약속이니까. 달리기를 하기 전에 우린 분명 그렇게 하기로 약속을 했던 거니까요. 이제 와서 발뺌을 한다는 건 약속 위반인데요."

"어마, 너무 짓궂으세요. 진 사람이 이긴 사람을 그렇게 윽박질러도 좋다면 이긴 보람이 하나도 없잖아요?"

"왜, 있죠. 이겨서 진 사람한테 업힌다는 게 얼마나 즐거운 일입니까? 그야말로 이긴 보람을 만끽할 수 있는 기회죠. 자, 업히시죠."

그러며 동표는 짐짓 그녀 쪽으로 등을 돌려 대는 자세를 취했다. 그러자 그녀는 서너 발짝 뛰어 달아나며 말했다.

"어마, 싫어요. 제가 어떻게 동표 씨한테 업혀요."

그때 도로 위쪽에서 자동차의 불빛이 나타났다. 그리고 그 불빛은 곧장 그들을 향해 달려 내려와 그들 가까이 멈추었다. 도중에 고장이 났던, 그들이 탔던 택시였다.

운전사가 도어를 열고 말했다.

"아직 차를 못 잡으셨군요. 타시죠."

그들은 반가이 마주 웃으며 택시에 올랐다. 그리고 동표가 운전사에게 물었다.

"이제 완전히 고쳐진 겁니까?"

"예, 정비를 늘 잘하느라고 해도 이따금 그렇게 속을 썩일 때가 있답니다. 아무튼 이거 미안하게 됐습니다."

"천만에요. 그나마 다시 탈 수 있게 돼서 다행입니다. 하마터면 시내까지 걸어 내려가야 할 뻔했습니다."

운전사는 차를 출발시키며 말했다.

"차들이 모두 그냥 내뺐나 부죠?"

"말도 마세요. 택시, 자가용 할 것 없이 모두 그냥 내뺍디다."

"인심들이 고약하군요. 아무튼 미안하게 됐습니다."

"천만에요. 빨리나 좀 몰아 주세요."

"예, 예."

택시는 언제 고장이 났었더냐 싶게 거침없이 잘 달렸다.

동표는 시계를 보았다. 그리고 그녀에게 말했다.

"아직 10시 반이 조금 넘었을 뿐이군요. 다행인데요. 이나마 다시 차를 탈 수 있게 돼서."

"네, 다행이에요."

하고 그녀는 밝게 웃었다.

"그런데 아무튼 오늘, 경림 씬 나한테 약속 위반 한 가질 했다는 사실 잊지 마세요."

"어마, 그게 어째서 약속 위반이에요? 제가 봐드린 거죠."

"하하, 어쨌든 약속 위반은 약속 위반 아닙니까."

"그런 데가 어딨어요."

그들은 웃었다.

그리고 그들이 탄 택시가 스카이웨이를 벗어나 미아리 근처에 이르렀을 무렵 그녀는 동표의 윗저고리를 벗어 주었다. 동표가 좀 더

입고 있으라고 권했으나 그녀는 한사코 듣지 않았다.

그리고 그들이 마침내 미아리 육교 근처에서 택시를 내렸을 때 그녀는 말했다.

"그거 이제 저 주세요. 그리고 늦었으니까 오늘은 그만 여기서 돌아가 보세요. 돌아가셔서 꼭 편지 쓰시구요."

동표는 그러나 사진 꾸러미를 그대로 옆구리에 낀 채 말했다.

"아, 아직 시간 넉넉합니다. 골목 안까지만 바래다드리고 가죠."

그리고 동표는 앞장서 육교를 오르기 시작했다. 그녀는 마지못한 듯 동표를 따랐다.

육교를 건너 맞은편 보도 위에 내려섰을 때 그녀는 다시 그만 돌아가라고 말했으나 동표는 못 들은 체 내처 골목 안으로 걸음을 옮겼다.

그리고 그녀와 헤어져야 할 샛골목 어귀에 이르렀을 때에야 그는 사진 꾸러미를 그녀에게 내밀며 말했다.

"자, 받으세요. 그리고 오늘 정말 여러 가지로 고생만 시킨 셈이 됐습니다."

그러자 그녀는 사진 꾸러미를 넘겨받고 나서 조용히 웃으며 대꾸했다.

"아녜요. 오히려 재밌었어요. 그리고 이 사진은 제 방에 걸어 두고 보겠어요. 고마워요."

"고맙긴요. 고마운 건 나죠. 변변치도 못한 사진을 방에다 걸어 주기까지 한다니. 자 그럼, 안녕."

하고 동표가 마악 돌아서려 할 때였다. 그녀가 나직이 말했다.

"저 안아 주고 가세요."

동표는 돌아서려던 자세 그대로 잠시 못 박힌 듯 섰다가 그녀 쪽으로 돌아섰다.

그녀는 맑고 조용한 눈으로 그를 쳐다보고 있었다. 동표는 가만히 다가서서 그녀를 안았다. 그리고 그녀를 샛골목 안의 어둠 쪽으로 조금 운반했다.

그녀의 몸은 몹시 따뜻하게 느껴졌다. 열이 있는 것 같았다.

순간 동표는 그녀가 감기에 걸렸는지도 모른다고 생각했다. 아까 그녀가 기침을 하던 일이 생각났다.

그는 가만히 그녀의 입술에 입 맞추었다. 그리고 그녀를 놓아주며 말했다.

"몸에 열이 있는 것 같군요. 그만 들어가서 쉬세요, 자."

그녀는 어둠 속에서 조용히 미소 지었다. 그리고 나직이 말했다.

"네, 그럼 안녕히 가세요."

"안녕."

"아버님 어머님께 편지 꼭 쓰셔야 해요."

"염려 말아요."

그녀는 곧 미소를 지은 채 서너 걸음 뒷걸음질하다가 돌아서서 샛골목 저쪽으로 사라졌다.

동표는 마음이 환하게 열리는 느낌을 맛보며 골목을 빠져나왔다.

그리고 아파트로 돌아온 동표는 그날 밤 부모님께 편지를 썼다. 실로 오랜만에 쓰는 편지였다. 외삼촌을 만났을 때 한 얘기처럼 그는 가족들이 캐나다로 간 직후 꼭 한 번 편지를 쓴 외에 여지껏 가족들이 보내온 편지에 대한 답장 한번 변변히 쓰지 않았던 것이다.

　　아버님 어머님께.
　　그동안 안녕하셨는지요? 동생들도 모두 잘 있는지요. 저는 아버님 어머님께서 항상 염려해 주시는 덕분으로 무사히 잘 지내고 있습니다. 회사에도 잘 나가고 몸도 아주 건강합니다. 어머님께서 항상 근심하시는 술도 늘 삼가고 있습니다. 제 걱정은 조금도 하지 마세요.
　　오늘 외삼촌을 만나 뵈었는데 어머님께서 제 걱정을 하시더란 말씀 하시더군요. 늘 편지 드린다 드린다 하면서도 그만 자주 드리지 못했습니다. 용서하세요. 저 나름대로 바쁘다 보니 그렇게 되었습니다. 또 무소식이 희소식이란 얘기도 있지 않습니까.
　　하지만 어머님께서 걱정하신다니까 앞으론 자주 편지 드리겠습니다. 또 자주 소식 전해 드릴 일도 있구요. 여자 친구 하나가 생겼거든요. 잘하면 어머님 며느리가 되는지도 모르는 아가씹니다. 예쁘게 생기고 마음씨도 아주 착하답니다. 어머님이 보시면 아마 홀딱 반하실 거예요. 이 편지도 사실은(야단치지 마세요) 그 아가씨가 쓰라고 권해서 쓰는 겁니다. 부모님들은 자식을 항상 어린애처럼 여기신다면서 꼭 써야 한다고 하더군요. 어떠세요? 말만 들어도 벌써 마음에 드시죠?
　　참, 어머님도 이젠 그곳 생활에 어느 정도 익숙해지셨겠군요. 영어도 어느 정도 말할 수 있게 되셨을 테구요. 아마 지금쯤은 저보다 회화는 훨씬 잘하게 되셨는지도 모르겠군요. 전 회화는 깜깜이니까요. 아버님께서 늘 야단치셨지만 소질이 통 없는 걸 어떡하겠어요. 하하, 어머님이 시장에 가서 영어로 장을 보시는 모습이 눈앞에 떠오르는 것 같군요. 영어로, "배추 주세요" "쌀 주세요" 하시는 모습이요.

식구들 모두 건강하시기를 빕니다. 제 걱정은 조금도 마세요. 그리고 앞으론 편지 자주 드릴게요. 고국에 남아 있는 못난 자식 올림

그다음 날, 동표는 편지를 부치러 우체국으로 갔다가 나오는 길에 공중전화 박스로 들어갔다. 경림에게, 편지를 써서 부쳤다는 보고를 하기 위해서였다.

"약속대로 어젯밤 돌아오는 즉시 편지를 써서 지금 마악 우체국에 부치고 나오는 길입니다."

라고 말하기 위해서였다.

그녀가 칭찬을 하면,

"그런 의미에서 그럼 오늘 저녁 다시 한번 만나 주십시오."

라고 말할 참이었다.

그러나 뜻밖에도 그녀는 병원을 결근하고 있었다. 그가 전화를 내과 외래로 돌려 달래서 그녀를 찾자, 전화를 받은 간호사가,

"미스 안은 오늘 결근인데요."

라고 말했던 것이다. 순간 동표는 어젯밤 그녀가 기침을 했던 일과 몸에 열이 있었던 사실이 불길한 예감과 함께 머리를 스쳐 갔다.

"아, 그럼 혹시 무슨 이유로 결근을 했는지 모르시나요?"

"아침에 전화가 왔었는데 몸이 좀 아프대나 봐요. 전엔 웬만큼 몸이 불편해도 결근을 하는 일은 없었는데. 실례지만 누구시죠?"

"아, 전 민이라는 사람인데요, 아무튼 그럼 알겠습니다."

동표는 전화를 끊고 나서 잠시 공중전화 박스 안에 그대로 서 있었다. 예감대로 그녀는 몸이 불편해서 결근을 했음에 틀림없었다. 아무래도 어젯밤 일로 인해 심한 감기에라도 걸렸음에 분명했다.

동표는 잠시 망설이고 나서 병원으로 다시 전화를 걸었다. 그리고 의사과(醫事課)를 돌려 달래서 그녀의 주소를 물었다. 그녀의 집으로 직접 한번 찾아가 볼 결심에서였다.

아주 급한 일이라고 말하자 의사과에서는 그녀의 주소를 가르쳐 주었다. 동표는 일러 주는 번지의 숫자를 머릿속에 단단히 기억하고 나서 공중전화 박스를 나왔다. 그리고 꽃가게를 찾아 분홍 카네이션 한 묶음을 산 다음 택시를 탔다.

택시의 차창으로 내다보이는 거리는 가을 오후의 환한 햇빛 속에 아무런 일도 없다는 듯 평온해 보였고 여느 때와 다름없는 분주한 모습이었다. 그 도시의 어느 일각에 아픈 사람이 누워 있다는 사실을 일깨워 주는 징후는 조금도 엿보이지 않았다.

동표는 문득, 세상이란 아주 무정한 것이로구나 하는 생각을 잠시 했다.

그녀의 집은 찾기에 그다지 오랜 시간이 걸리지 않았다. 그녀를 바래다주던 골목으로 주욱 들어가서 그녀와 늘 헤어지곤 하던 샛골목 저쪽으로 나서자 몇 집 안 찾아서 그녀의 집은 있었다.

그녀의 집은 그다지 크지 않은 재래식 한옥이었다. 대문에 붙어 있는 문패의 번지가 병원의 의사과에서 알려 준 번지와 일치했고 문패에는 '安鐘桓(안종환)'이라는 이름이 씌어져 있었다. 그녀 아버지의 이름일 터이었다.

대문 한쪽 귀퉁이에 붙어 있는 초인종을 누르자 잠시 후 마당을 가로질러 오는 발짝 소리가 들린 뒤를 이어 곧 대문이 열렸다. 그리고 인자하게 생긴 한 50대 부인의 상반신이 밖으로 내밀어졌다.

"누굴 찾으세요?"

"아, 저 경림 씨 계신가요?"

동표는 부인의 표정을 살피며 물었다.

그러자 부인은 동표의 얼굴을 살피듯 하며 다시 물었다.

"네, 그 앤 아파서 누워 있지만, 어디서 오셨지요?"

"아, 전 경림 씨 친군데요, 어머님이신가요?"

"네, 그런데 웬일루……."

"아, 안녕하세요? 실은 병원으로 전화를 걸었더니 경림 씨가 몸이 아파서 결근을 했다길래 병 문안차 왔습니다. 좀 들어가 봐도 괜찮겠습니까?"

그러며 동표는 들고 있는 꽃묶음 쪽으로 시선을 주었다. 그러자 그녀의 어머니는 부드러운 표정으로 대문 앞을 틔워 주며 말했다.

"그럼 누추하지만 좀 들어오세요."

동표는 대문 안으로 들어서며 말했다.

"어디가 심하게 아픈가요?"

"글쎄, 엊저녁 늦게 들어와서부터 으슬으슬 몸이 춥다고 하더니 밤에 손을 못 댈 정도로 몸이 뜨겁고 기침을 몹시 하는군요. 그게 아침이 돼도 가라앉질 않구."

"의사는 다녀갔나요?"

"네."

"뭐라고 하던가요, 의사가?"

"글쎄, 심한 감기라고 하면서 자칫하면 폐렴이 될지도 모르겠다구……."

"아, 아주 심한 모양이군요."

그때 그들은 마당을 지나 재래식 한옥의 대청마루 앞에 이르렀다. 그녀의 어머니가 마루 위로 올라서면서 말했다.

"자, 올라오세요."

그리고 건넌방 쪽을 향해 부드러운 목소리로 말했다.

"애, 경림아, 손님이 찾아오셨다."

그러자 안으로부터 가느다란 목소리가 흘러나왔다.

"누구시래요?"

그녀 어머니가 동표 쪽을 쳐다보았다. 동표는 방 안까지 들리도록 조금 커다란 목소리로 말했다.

"아, 민동표입니다. 민동표가 왔습니다."

"……."

안으로부터는 잠시 아무런 대답도 없었다. 그리고 잠시 후에야 가느다란 목소리가 다시 흘러나왔다.

"……들어오시라고 하세요, 엄마."

그녀 어머니가 말했다.

"자, 올라오세요."

"네."

동표는 신발을 벗고 마루 위로 올라섰다. 그리고 그녀 어머니를 따라 방문 앞으로 다가갔다.

그녀 어머니가 방문을 열었다.

"자, 들어가 보세요. 난 차를 끓여 가지고 올 테니."

"아, 차는 괜찮습니다. 함께 들어가시죠. 인사도 받으시구요."

"인사는 무슨……. 어서 들어가 보세요. 내 곧 뒤따라 들어갈 테니." 하며 그녀 어머니는 한사코 방문 앞을 비켜 주었다. 동표는 못 이기듯 머뭇머뭇 방 안으로 들어섰다. 뒤에서 곧 방문이 닫혔다.

그녀는 창백한 얼굴로 이부자리 위에 일어나 앉아 있었다. 상반신을 이불자락으로 여며 안은 채.

"웬일이세요? 저 아프다는 거 어떻게 아시구."

"아, 병원에 전화 걸어 보고 알았죠. 그보다 어서 누우세요. 대단하신 것 같은데."

"아녜요, 괜찮아요. 누추하지만 좀 앉으세요."

동표는 들고 온 꽃묶음을 한옆으로 밀어 놓으며 엉거주춤 방바닥에 앉았다.

"……이거 할 말이 없군요. 나 때문에 병이 나신 거나 다름없으니……."

그러자 그녀는 애써 미소 지어 보이려고 했다.

"아녜요. 병이 날래니까 난 거죠, 뭐. 저희 집 그런데 어떻게 찾으셨어요?"

"병원 의사과에 주소를 물었죠. 급한 일 때문이라고 하니까 가르쳐주더군요."

"그러셨군요."

"그보다 어서 좀 누우세요. 몹시 심하신 모양인데. 하룻밤 사이에 얼굴이 몰라볼 만큼 핼쑥해진 걸 보면."

"괜찮아요. 지금은 많이 나았어요. 오늘 하루 집에서 쉬면 내일은 출근할 수 있을 거예요."

그러나 그렇게 말하는 그녀의 표정은 결코 괜찮아 보이지 않았다. 애써 괜찮아 보이려는 노력을 하고 있음이 역력할 따름이었다.

동표는 짐짓 그녀의 얼굴을 똑바로 쳐다보며 말했다.

"글쎄, 고집부리지 말고 누우세요. 그래야 내일 출근할 수 있을 겁니다. 또 그래야 병문안 온 사람의 마음도 편하구요."

그제야 그녀는 마지못한 듯 누우려는 자세를 취하며 말했다.

"그럼 눕겠어요. 용서해 주세요."

"용서는요. 어서 누우세요. 난 조금만 더 앉았다 가겠습니다."

그녀는 마침내 이불자락을 턱밑까지 끌어올리며 자리에 누웠다. 그녀는 아주 조그마해 보였다.

동표는 한옆으로 밀어 두었던 꽃묶음을 들고 일어나 그녀 머리맡의 책상 위로 가져갔다. 거기 화병이 눈에 띄었던 것이다.

그녀가 누운 채로 말했다.

"꽃은 뭐 하러 다 사 오셨어요. 그냥 거기 놔두세요. 이따 엄마 들어오심 꽂으시게요."

"아뇨, 내가 하죠."

하고 동표는 꽃묶음을 풀고, 먼저 꽂혀 있는 꽃들을 그대로 둔 채 꽃들을 화병에 꽂았다.

그러자 그녀가 가만히 웃었다.

"그렇게 꽂으면 보기 흉하잖아요. 먼저 꽃은 빼 버리셔야죠. 글쎄, 엄마 들어오심 꽂으시게 놔두시라니까요."

"하하, 보기 나름이죠, 난 오히려 이렇게 꽂아 두는 게 소탈하고 괜찮아 보이는데요."

그때 방문이 열리며, 그녀 어머니가 찻잔이 얹힌 쟁반을 받쳐 들고 들어왔다. 그리고 책상 앞에 선 동표를 발견하자,

"왜 앉지 않으시구. 자, 맛은 없겠지만 차나 한잔 드세요."

하고 쟁반을 바닥에 내려놓으며 말했다. 그녀가 누운 채로 말했다.

"글쎄, 그냥 놔두래도 자꾸 꽃을 직접 꽂으신다고 저러신대요."

"저런, 그래서야 쓰나. 이리 오세요. 내가 꽂을 테니."

동표가 웃으며 말했다.

"벌써 다 꽂았습니다. 자, 인사나 받으십시오."

그리고 그는 그녀 어머니가 미처 사양할 겨를도 없이 넙죽 엎드려 큰절을 했다. 그녀 어머니는 당황한 태도로 주저앉듯 하며 절을 받았다.

"아이구, 이, 절은 무슨."

"앞으로 아들처럼 생각해 주십시오. 만수무강하시구요."

하며 동표가 절을 마치고 일어나자 그녀가 누운 채로 힘없이 그러나 재미난다는 듯 웃으며 말했다.

"엄마, 오늘 절을 다 받으시고 좋으시겠네."

그러자 그녀 어머니는 자세를 고쳐 앉으며,

"이 애는."

하고 딸을 향해 곱게 눈을 흘겼다. 소녀처럼 수줍음을 감추지 못하는 태도였다.

"어마, 우리 엄마 부끄럼 타시는 것 좀 봐."

하고 그녀는 다시 재미나다는 듯 웃고 나서 동표 쪽을 쳐다보았다.

동표는 그녀를 마주 보며 빙그레 웃었다. 그러자 그녀 어머니가 몸을 일으키며 말했다.

"온, 몹쓸 것, 에밀 그렇게 놀려 먹는 데가 어딨누. 난 그만 부엌엘 좀 나가 봐야겠다."

그리고 동표 쪽을 향해

"자, 그럼 차 들구 천천히 얘기하다 가세요."

하고는 방문을 열고 나가 버렸다. 누가 만류할 겨를도 없이.

방 안에 남은 두 사람은 소리 없이 마주 웃었다. 그리고 동표가 말했다.

"어머니가 아주 좋으시군요. 소녀처럼 수줍어하시고."

"네, 저 같은 건 우리 엄마에 비하면 불량 소녀나 다름없어요."

"하하, 그럴는지도 모르겠는데요, 방금 어머니한테 하던 태도를 보면."

"그럴는지도 모르는 게 아니라 바로 그래요. 저 같은 건 열 명을 합쳐도 우리 엄마 같은 분 한 분을 못 만들 거예요."

"아무튼 경림 씨가 누구한테 어리광을 부리는 건 처음 보겠는데요."

"우리 엄마한테는 그래져요."

그리고 그녀는 곱게 웃었다. 그 순간만은 환자답지 않은 발그레 상기한 표정으로. 동표는 찻잔을 집으며 말했다.

"자, 그럼 난 그런 어머니께서 끓여다 주신 차를 황송한 마음으로 마셔야겠는데요."

"네, 참 어서 드세요."

"네, 맛있게 들겠습니다. 그런데 나 때문에 지금 경림 씨 혹 괴로운 거 아니세요. 혼자 쉬어야 할 텐데 내가 방해하고 있는 거 아닌가요?"

"아녜요, 저 지금 많이 나았어요. 또 전 이렇게 염치없이 누워 있잖아요. 바쁘지 않으심 쉬셨다 가세요."

"고맙습니다. 그럼 나야말로 염치없이 좀 더 앉았다 가겠습니다."

그러며 그는 비로소 방 안을 좀 자세히 둘러보았다. 그가 앉아 있는 곳은 환자의 방이기에 앞서 처녀의 방이었던 것이다. 그가 맨 처음 들어와 보는.

그러나 방 안은 처녀의 방다운 특별한 구석이라고는 아무 데도 없었다. 그저 평범한 보통 방이었고 처녀의 방다운 특별한 장식이라곤 없었다. 창에 쳐진 커튼의 색깔도 평범한 것이었고 책상 위에 인형 따위가 놓여 있지도 않았다. 다만 한쪽 벽의 반쯤을 차지한 책꽂이가 눈길을 끌 따름이었고, 어젯밤 그가 준 사진 꾸러미가 아직 포장이 끌러지지 않은 채로 그녀 머리맡 책상 곁에 세워져 있는 모습이 눈에 띌 따름이었다. 그리고 앙리 루소의 그림이 들어 있는 달력이 하나.

동표는 짐짓 실망했다는 표정으로 말했다.

"아, 이거 방이 총각 방이나 다름없군요. 사실 난 병문안을 빙자해서 경림 씨의 집도 알아 둘 겸 처녀의 방은 어떻게 생겼나 견학을 해 둘 목적이 더 컸는데."

그러자 그녀는 창백한 얼굴에 홍조를 띠며 말했다.

"어마, 그런 나쁜 목적이 있었군요. 순수하지 못하세요."

"하하, 나 순수하지 못하다는 거 이제야 알았습니까? 뭡니까, 처녀 방이 이게. 아무 장식도 없고 책만 잔뜩 꽂혀 있고."

"실망하셨어요?"

"실망도 이만저만이 아닙니다. 이건 무슨 고등고시 공부하는 사람 방이지……. 화장품 병 하나 눈에 안 띄고."

"실망시켜 드려서 어쩌죠?"

"환상이 싹 깨져 버리는데요."

"어떤 환상을 가졌었는데요?"

"하하, 글쎄 뭐, 꼭 집어 말할 순 없지만 아무튼 아롱다롱하고 오밀조밀하고 뭐 좀 신비롭고 그럴 줄 알았지 이렇게 무미건조할 줄 누가 알았어요. 이거야 뭐 총각 방이나 다름없지……."

"그렇다면 잘못된 환상을 가졌었네요. 전 그렇게 취미가 오밀조밀한 편이 못 되는걸요. 방 장식할 줄도 모르구요. 어쩌죠?"

"하하, 하는 수 없죠. 잔뜩 기대를 품고 온 내가 잘못이죠."

"하지만 처녀 방이라고 해서 반드시 그렇게 오밀조밀하게 꾸며 놓아야 한다는 법이 있나요?"

"나 같은 방문객의 환상을 깨뜨리지 않기 위해선 그럴 필요도 있다고 볼 수 있죠, 하하."

"어마, 자기가 지낼 방을 방문객을 위해서 꾸며요?"

"그럼 안 되나요?"

"동표 씬 동표 씨 방을 방문객을 위해서 꾸미시나요?"

"하하, 못 당하겠는데요. 아무튼 이보단 좀 예쁘게 꾸민 방을 상상했었는데……."

"하지만 전 지금대로가 좋은 걸 어떡해요. 그리고 참 아직 포장도 풀지 못했지만 동표 씨가 주신 사진을 걸어 놓으면 훨씬 예뻐 보일 거예요."

"아, 그건 그렇겠는데요."

하고 동표는 짐짓 뽐내는 듯 웃었다. 그녀도 따라 웃으며 말했다.

"어마, 순 엉터리셔. 겸손할 줄도 모르고."

"하하, 그런데 저 책들은 모두 경림 씨가 직접 사 모은 책들입니까? 무척 많은데."

"네, 중학교 때부터 산 책들이에요. 하지만 얼마 안 돼요. 천 권도 채 될까 말깐걸요 뭐."

"천 권도가 다 뭡니까. 천 권이면 많은 거죠. 난 책이라곤 교과서 외엔 사 본 적이 거의 없을 정도랍니다. 교과서 이외의 책은 이 친구 저 친구한테 그저 빌려 보는 게 고작이었고."

"책이란 빌려 보든 어떻게 보든 읽는 사람이 주인이죠 뭐. 가지고만 있다고 좋은 건가요 어디."

"하하, 그야 그렇지만 책을 가진 사람이 아무래도 더 읽게 되지 안 가진 사람이 더 읽게 되겠어요. 아무튼 반성 좀 해야겠는데요."

동표는 문득 구양서를 상기하며 그렇게 말했다.

물론 장기 입원이었던 때문이기도 하겠지만 병실에까지 책을 잔뜩 쌓아 두고 읽던 구양서. 그러면 아마 이런 장면에서 조금도 부끄러울 것이 없으리라고 생각되었기 때문이다.

그러고 보면 또 그가 그녀를 마음속에 두었던 것도 다 따로 짚이는 데가 있어서 그랬는지도 모른다. 책 읽는 사람들끼린 서로를 알아보는 눈이 따로 있다는 얘기도 들은 듯하니까.

어쨌든 구양서 생각이 일단 떠오르자 그가 퇴원하고 나와서 동표를 만났을 때 다짐 비슷이 하던, 그녀를 절대로 농락해선 안 된다던 말도 문득 상기되었다. 일종의 연쇄반응이라고 할까. 해서 그는 다소 마음 한구석이 무거워지는 기분이 되었다.

그때 그녀가 반짝 눈을 치켜뜨며 말했다.

"어마, 정말 심각하게 반성하시나 봐요. 그렇게 갑자기 굳어진 표정을 하고."

동표는 황망히 표정을 바꾸며, 짐짓 아무것도 아니라는 듯 대꾸했다.

"아, 하하, 반성을 할 바엔 심각하게 해야죠. 적당히 어물어물해서 쓰나요. 자, 그건 그렇고 오늘은 이만 물러가 봐야겠군요. 조리도 좀 하셔야 할 테고, 또 더 이상 앉아 있다는 것도 좀 염치없는 일이고……."

그러며 그는 몸을 일으키려는 자세를 취했다. 그러자 그녀가 상체를 일으키며 말했다.

"어마, 갑자기 왜 그러세요? 조금 아까까지만 해도 그렇게 금방 일어나실 생각 아니셨잖아요."

"하하, 염치를 차리기로 했습니다. 그동안 경림 씨한테 내가 너무 떼만 썼으니 염치를 차릴 때도 있어야죠. 자, 조리하세요."

"정말 가시겠어요?"

"네, 조리하세요. 내일 병원으로 전화를 해 보겠습니다. 출근을 하셨는지 안 하셨는지."

"내일은 출근할 수 있을 거예요."

"그러셔야죠. 자, 그럼……."

하고 동표가 완전히 몸을 일으켰을 때였다. 그녀가 문득 생각난 것이 있다는 표정으로 말했다.

"참, 그럼 오셨던 김에 저한테 압수당했던 사진이랑 필름이나 가져가세요. 저 맨 처음 만나던 날 찍으신."

그러며 그녀는 배시시 웃었다.

"아, 그걸 주시겠어요?"

"네, 드릴게요."

그러며 그녀는 자리에서 빠져나와 책상 앞으로 다가갔다. 그리고 열쇠를 사용해서 열도록 되어 있는 책상의 가운데 서랍을 열고 사진과 필름이 들어 있는 봉투를 꺼내 그에게 내밀었다.

"압수한 당시 그대로예요."

과연 그것은 그가 그녀에게 빼앗기다시피 주던 때의 봉투 그대로였다.

"……고맙습니다. 그럼 이건 내가 보관하기로 하죠."

"기념이 되신다면 그렇게 하세요. 그 대신 이 사진 갖고 저 놀리심 안 돼요."

"천만에요, 놀리다뇨. 이렇게 되돌려주는 것만도 고마운데 놀린다는 게 말이나 됩니까."

그러며 동표는 봉투를 소중히 안주머니에 넣었다. 봉투가 닿아 있는 쪽 가슴이 따스한 느낌이었다.

"자, 그럼……."

"네, 안녕히 가세요."

미래의 어머니

다행히 그녀는 오래 앓지 않았다. 그다음 날 동표가 병원으로 전화를 걸었을 때 그녀는 아직 완쾌된 듯한 목소리는 아니었으나 비교적 밝은 목소리로 전화를 받았던 것이다.

"그러잖아도 방금 전화드리려던 참이었어요. 저 출근했다구요."

그리고 그녀는 그렇게 병원에 출근을 하면서 며칠 사이에 완전히 회복되었던 것이다. 아마도 의무가 병을 낫게 했는지도 모르리라.

그런데 그 며칠 후 동표는 뜻밖에도 미호로부터 전화를 받았다. 오랜만에 외삼촌이나 한번 찾아볼까 하고 막 외출 채비를 하던 참이었다. 전화벨이 울려 송수화기를 들었더니 뜻밖에도 미호의 목소리가 거기서 흘러나왔다.

"여보세요?"

"아, 미호. 웬일이야?"

"왜, 놀랬어?"

"놀래긴, 반가워서 그러는 거지."

"정말이야? 반갑지 않을 텐데."

"무슨 소리야. 그건 그렇고 지금 어디 있어?"

"어디 있는 줄 알면 나올 테야, 나 만나러?"

"물론이지. 어디야, 거기?"

"만나고 싶지 않을 텐데. 전화 건 것만 해도 웬수 같지 않어?"

"자꾸 그게 무슨 소리야, 글쎄. 어디야?"

"나 있는 데 가르쳐 줄 테니까 나올 테야, 그럼?"

"그래, 당장이라도 나가지."

"좋아, 어차피 할 얘기가 있어서 전화 걸었으니까 그럼 만나서 얘기해. 나 지금 금잔디에 있어."

"알았어. 내 그럼 금방 그리 나갈게."

"나오기 싫은 거 억지로 나올 필요 없어. 나 만나기 싫음 그냥 전화로 얘기해도 되니까."

"글쎄 나간다니까. 무슨 얘긴진 모르지만 만나서 해. 금방 나갈게."

"좋아, 그럼 마음대로 해. 그 대신 마음의 각오는 좀 하고 나와야 할걸. 그다지 반가운 얘긴 아닐 테니까."

"무슨 얘기라도 좋아. 만나서 얘기해. 자, 그럼 조금 있다 만나."

동표는 송수화기를 내려놓고 팔목시계를 보았다. 2시 10분 전이었다. 넉넉잡고 20분이면 금잔디까진 닿을 수 있을 것이었다. 그러나 미호를 오래 기다리지 않게 하려면 서두르는 것이 좋다. 그녀를 되도록 짜증 나지 않게 하려면.

그는 서둘러 외출 채비를 마쳤다. 정미는 미장원에 간 채 아직 돌아오지 않고 있었다.

그는 곧 아파트를 나와 택시를 탔다. 그리고 그가 금잔디에 도착한 것은 2시를 조금 넘은 시각이었다.

미호는 냉랭한 표정으로 앉아 있다가 동표가 다가가 맞은편 의자에 앉았을 때에야 고개를 들어 그를 쳐다보았다. 동표는 그 시선을 짐짓 부드럽게 받으며 말했다.

"오래간만이군. 이렇게 마주 앉아 보는 것도. 그래, 그동안 잘 지냈어?"

"그런 염려까지 할 필요가 있을까?"

"미안해. 전화 한다 한다 하면서도 그만 이럭저럭하다 보니 그렇게 됐어."

"그런 소린 할 필요도 없어. 나 그런 소리 들으려고 기다린 거 아니니까. 알려 줄 얘기가 있을 뿐야."

동표는 시선을 짐짓 부드럽게 쳐들듯 하며 물었다.

"그래, 무슨 얘긴데?"

그녀는 잠시 동표를 똑바로 쳐다보고 나서 냉정하게 말했다.

"그렇다고 오해하진 마. 동표 씨한테 책임지라는 얘긴 아니니까. 단지 알려 줄 의무는 있다고 생각했을 뿐야."

"도대체 무슨 얘긴데 그래?"

"전화로 얘기하려고 했지만 동표 씨가 나온대서 기다린 거야."

"글쎄, 무슨 얘기야?"

"나 임신했어."

"뭐?"

동표는 한순간 커다란 몽둥이 따위로 세차게 얻어맞은 듯한 멍한 기분을 맛보았다. 미호는 계속해서 냉정하게 말했다.

"4개월째야. 벌써 얘기하려고 했지만 망설였어. 자칫 책임이라도 지라는 줄 알까 봐. 하지만 일단 알려 줄 의무는 있다고 생각했어. 동표 씨한테도 사실을 알고 있을 권리는 있으니까. 그래서 오늘 전화한 거야."

동표는 멍한 기분을 간신히 수습하며 천천히 물었다.

"……정말이야, 그게 그럼?"

"거짓말이었음 좋겠어? 하지만 조금도 걱정할 필욘 없어. 얘기했지만 동표 씨한테 책임져 달라고 매달리진 않을 테니까. 단지 사실을 알려 줘야 할 의무를 느꼈을 뿐야."

"……."

"결코 이걸 기회로 나한테 다시 돌아와 달라거나 어떻게 해 달라는 얘긴 아니니까 조금도 염려할 건 없어. 적어도 난 그렇게 구질구질한 계집앤 아냐."

"미호!"

"그렇게 심각한 표정 지을 필요 하나도 없어. 무슨 큰 비극이라도 일어난 건 아니니까. 세상에 흔히 있는 일야."

"하지만……."

"다만 동표 씨한테도 권리가 있으니까 의사를 분명히 해 주는 게 좋겠어. 중절을 바란다든가, 낳기를 원한다든가. 물론 동표 씨 의사가 절대적인 건 아니지만."

"……미호는 그럼 어떡했으면 좋겠어?"

"내 의사를 말하려고 나온 게 아냐. 동표 씨 의사를 들어 보고 싶은 거지. 최종적인 권한은 물론 나한테 있어."

"……"

"말해 봐, 어떡하길 바라는지. 들어 두고 싶으니까."

"……낳는 건 아무래도 무리가 아닐까. 우린 아직……."

"그런 대답 나올 줄 알았어. 그런데 거기다 왜 우리라는 말을 쓰지? 우린 아직 결혼할 형편이 못 된다는 말이라도 하고 싶은 거야? 씨 안 먹힐 소리 하지도 마. 결혼 따위 꿈도 안 꾸니까. 우리라구?"

"미호!"

"알았어. 그만하면 알았으니까 나 이제 그만 가 봐야겠어."

그러며 그녀는 핸드백을 챙겨 들고 일어서려 했다. 동표는 당황한 몸짓으로 그녀를 제지했다.

"아, 잠깐만 앉아 봐, 미호. 조금만 더 얘기해."

그녀는 핸드백을 챙겨 든 채 그대로 잠시 관용을 베푼다는 듯 의자에 다시 앉았다.

"할 얘기 있음 어서 해. 나 바쁘니까."

"그래, 우리 조금만 더 얘기해."

"해 봐, 할 얘기 있음, 어서."

미호는 냉랭한 표정으로 재촉하듯 동표를 마주 보았다.

동표는 자신도 모르게 침을 한번 삼켰다. 그리고 못내 안타까운 표정으로 말했다.

"조금 천천히 가면 안 돼? 우리 아직 차도 안 마셨잖아. 뭐가 그렇게 급해?"

"나 차 마시면서 천천히 동표 씨하고 친목 도모하러 나온 거 아냐. 일단 알려 주긴 해야겠어서 나온 거구 얘기 끝났으니까 가려는 거야. 동표 씨 태도도 그만하면 충분히 알았구. 더 무슨 할 얘기가 있다는 거야?"

"그런 일방적인 경우가 어딨어. 이 문젠 미호 혼자만의 문제가 아니잖아. 만일 미호 혼자만의 문제라면 나한테 알려 줄 필요가 어딨구 내 의사를 물어볼 필요는 어딨어. 그냥 미호 혼자서 마음대로 처리하면 그만이지."

"동표 씨한테도 최소한 알고 있을 권리는 있으니까 알려 준 것뿐야. 그리고 반응을 들어 두고 싶었을 뿐야. 절대로 그 이상의 권리나 결정권이 동표 씨한테 있다는 착각 따윈 하지도 마."

"어떻게 그런 얘기가 성립될 수 있어. 이건 어디까지나 우리 두 사람의 문제 아냐. 우리 두 사람 사이에서 생긴 문제구 당연히 그 처리에 있어서도 우리 두 사람이 같이 해결을 해야 할 문제 아냐. 어떻게 자꾸 그런 일방적인 얘기만 해?"

"일방적인 얘기라구? 그럴 수밖에 더 있어? 몸 안에 변화가 생긴 건 나지 동표 씨가 아니잖아."

"……."

동표는 잠시 말문이 막혔다. 그것은 사실이었기 때문이다. 만일 그녀가 말해 주지 않았다면 그 자신은 사실조차 알지 못하고 있었을 것이 아닌가. 그러나 일단 사실을 안 이상 도저히 사실을 알았다는 것만으로 매듭이 지어질 수 있는 문제는 또한 아니지 않은가.

동표는 다시 한번 침을 꿀꺽 삼키고 나서 말했다.

"……하지만 그렇다고 그게 어째서 미호 혼자서 처리할 문제야? 같이 의논해야 할 성질의 문제지. 우리 차근차근 의논해 보기로 해."

"자꾸 처리니 해결이니 하는 따위 소리 하지도 마. 내 몸 안에 무슨 혹이라도 생긴 건 아니니까. 문제니 의논이니 하는 소리도 다 필요 없어. 무슨 두통거리라도 생긴 듯한 어투 나 듣기 싫어. 더 이상 얘기하고 싶지도 않구."

"글쎄, 왜 자꾸 그런 식으로만 얘기를 해? 두통거리라는 뜻이 아니라 신중히 의논을 해 봐야 할 성질의 문제라는 얘기 아냐. 미호 심정도 이해는 하지만 자꾸 그렇게 신경질적인 태도만 취하면 어떡해."

"신경질적인 태도라구? 천만에. 오해하지 마. 이래 봬도 난 지금 내몸 안에 일어나고 있는 변화를 기뻐하고 있어. 내가 지금 불행해하고 있는 줄 알아? 그렇게 생각한다면 큰 오해야. 단지 난 동표 씨 얘길 더 이상 듣고 싶지 않다는 것뿐야. 생각이 뻔한데 얘긴 더 들어서 뭘해. 어떻게든 날 설득해서 찜찜하고 거추장스러운 혹을 제거해 버리고 싶은 거겠지만 헛수고할 필요 없어. 누가 뭐래도 난 애길 낳을 거니까. 낳아서 나 혼자 기를 거니까."

그리고 미호는 마침내 더 이상 할 얘기도 들을 얘기도 없다는 듯 의자에서 몸을 일으켰다. 그리고 곧장 똑바른 걸음으로 출입구를 향해 걸어 나갔다.

동표는 잠시 멍한 기분으로 의자에 앉아 있다가 곧 황망히 몸을 일으켜 그녀를 뒤쫓았다. 도저히 그대로 헤어질 수는 없다는 생각 때문이었다.

동표는 급한 걸음으로 미호를 따라잡아 함께 다방 문을 나서면서 말했다.

"이봐, 미호. 그리고 휙 가 버리면 어쩌자는 거야? 아무리 듣기 싫더라도 내 얘기도 좀 들어 봐야잖아. 그렇게 일방적으로 그래 버리고 가면 난 어떻게 돼? 낳아서 기르더라도 왜 굳이 혼자서 길러야만 해? 함께 기를 수도 있는 거 아냐?"

"흥, 웃기지 마. 그런 소리 한다고 내가 솔깃해할 것 같애?"

"글쎄, 이건 우리 두 사람의 문제 아냐?"

"그 우리라는 소리 이제 좀 뺄 수 없어? 어영부영 나하고 동표 씰한데 묶으려고 들지 마. 그리고 한 가지 덧붙여 두겠는데 내가 애길 혼자서 낳아서 기른다고 했대서 나한테 무슨 부채 같은 걸 진 기분 가질 필요 조금도 없어. 아까도 말했지만 난 결코 그렇게 구질구질한 계집앤 아냐. 난 내 몸 안에서 새로운 한 생명이 자라고 있다는 게 자랑스럽고 또 낳아서 기르게 될 날을 즐겁게 고대하고 있어. 쓸데없는 걱정이나 주제넘은 생각 하지도 마."

"글쎄, 미호. 그러지 말고 우리 다른 데 가서라도 얘기를 좀 더 해 보자구. 애기를 낳게 되면 그 애 아빠 나 아냐? 그런데 어째서 굳이 혼자 기르겠다는 거야? 그리고 애한텐 나중에 버젓이 제 애 아빠가 살아 있는데도 없다고 할 거야? 그렇게 단순한 문제가 아니잖아? 신중히 우리 좀 더 애기를 해 보자구."

"필요 없어. 뻔한 애기 자꾸 해 봤자 입만 아플 뿐이니까."

"어째서 자꾸 뻔한 애기라고만 하는 거야? 도대체 뭐가 뻔한 애기라는 거야?"

"아무리 이런 소리 저런 소리 해 봤자 결국 동표 씬 떼어 버리잔 애기밖에 더 하겠어? 아까 동표 씨 입으로 분명히 그래 놓고 뭘 그래. 아무튼 나 더 이상 길게 애기하고 싶지 않아. 앞으론 또 만날 필요도 없구."

그리고 그녀는 차도 쪽을 살피더니 마침 달려오는 빈 택시 한 대를 세웠다. 지극히 조용하고 냉랭한 몸짓이었다.

동표는 순간 아무리 밀어도 꿈쩍 않는 견고한 담벼락 앞에 선 듯한 느낌이었다. 전 같으면 그녀의 팔이라도 낚아채서 강제로라도 어떻게 해 볼 수 있었겠지만 지금의 그녀는 그렇게 할 수 없는 어떤 위엄마저 지니고 있었다. 전에는 그녀에게서 찾아볼 수 없었던 어떤 싸늘한 위엄이 그녀의 조용하고 냉랭한 몸짓에는 깃들어 있었던 것이다.

동표는 그녀가 택시에 오르는 모습을 멍하니 지켜보았다. 그녀는 한 번도 뒤돌아보지 않았다.

그리고 그녀가 탄 택시가 마침내 뒷모습을 보이며 멀어져 가기 시작했을 때 동표는 비로소 분노 비슷한 감정을 맛보았다. 터뜨려 버릴 대상을 잃은, 헛손질할 때의 분노 비슷한 감정이었다.

그러나 그는 곧 자신을 달래었다.

일이 골치 아프게 되었지만 어쨌든 오늘은 이대로 물러서는 도리밖에 없다고 생각되었기 때문이다. 차후의 대책은 또 천천히 강구해 보는 도리밖에 없었다.

미호가 설사 아기를 낳는다 해도 그것은 당장의 일은 아니며 대책을 세울 시간은 아직 충분하다고 할 수 있었다.

동표는 무겁게 발걸음을 옮겨 놓기 시작했다. 마음은 그러나 여전히 무겁고 뒤숭숭했기 때문이다.

잠시 그렇게 걸음을 옮겨 놓다가 그는 정미 생각을 했다. 정미라면 이런 때 의논 상대가 되어 줄 수 있으리란 생각이 떠올랐던 것이다.

그는 발걸음을 돌이켜 다시 금잔디로 들어갔다. 그리고 아파트로 전화를 걸었다.

정미는 미장원에서 돌아와 있었다. 신호가 두어 번 가자 곧 귓속이 열리며 정미의 목소리가 들렸다.

"여보세요?"

"아, 나야, 정미."

"어마, 웬일이에요? 밖에서 전화를 다 걸구."

"그럴 일이 좀 있어. 지금 좀 나올 수 있어?"

"어머? 정말 웬일이죠? 밖에서 날 다 나오라기까지 하구. 무슨 일이 정말 단단히 있는 모양이죠?"

"뭐 그렇게 대단한 일은 아니고, 정미 오늘 나하고 데이트 좀 해. 나

올 수 있지?"

"나가구말구요. 아이, 신나라. 거기 어디죠?"

"여기 충무로에 있는 금잔디라는 다방인데 찾을 수 있겠어?"

"아, 거기람 나도 알아요. 금방 나갈게요."

"그럼 기다릴게."

전화를 끊고 나서 동표는 잠시 그녀에게 미안하다는 생각이 들었으나 곧 빈 테이블 하나를 찾아 앉았다. 그리고 정미를 기다리기 시작했다. 레지를 불러 커피를 한 잔 시켜 마시면서. 그리고 담배도 한 대 꺼내 피우면서.

착잡한 기분이었으나 그녀가 나타나면 무슨 해결의 작은 실마리라도 혹 찾을 수 있을는지 모른다는 생각이 들었다. 적어도 지금의 이 무거운 기분에서만은 다소 벗어날 수 있을 것 같은 심경이었다.

정미는 그가 그렇게 한 20분쯤 기다렸을 때 나타났다. 머리를 새로 매만진 탓인지 그녀는 유난히 밝고 아름다운 모습을 하고 있었다.

동표를 발견하자 그녀는 곧장 가벼운 걸음으로 다가오며 말했다.

"오래 기다렸어요? 나 빨리 오느라고 안 타던 택시를 다 탔는데."

"저런, 미안해서 어쩌지? 앉아."

"도대체 무슨 일예요?"

그러며 맞은편 의자에 가볍게 하반신을 내려놓으며 자못 궁금하다는 듯 동표를 마주 보았다. 동표는 조금 웃어 보이며 말했다.

"뭐 그렇게 대단한 일은 아냐. 천천히 얘기할게. 우선 차나 한잔 마셔. 난 먼저 마셨으니까."

그리고 동표는 레지를 불러 그녀를 위해 커피 한 잔을 시켰다. 레지가 주문을 받고 돌아갔을 때 정미는 다시 물었다.

"아무래도 좀 심상치 않은데요? 무슨 일인지 어서 얘기해 보세요. 나 궁금해 못 견디겠어요."

동표는 짐짓 장난스런 시선을 꾸미며 말했다.

"그렇게 궁금해?"

"궁금하잖구요. 밖에서 전화를 건 것만도 그런데 이렇게 밖에서 데이트까지 하자니 궁금해도 보통 궁금해요? 게다가 뜸까지 들이니 심상한 일은 아니지 뭐예요."

"하하, 정미하고 모처럼 데이트 좀 하고 싶어서 그럴 수도 있는 거지 뭘 그래?"

"그런 것 같지 않아요. 무슨 심상찮은 일이 있음에 틀림없어요. 동표 씨 얼굴 보면 다 알아요."

"내 얼굴이 어떻길래?"

"겉으론 웃고 있지만 뭔가 감추고 있는 얼굴이에요. 내 눈 못 속여요. 자, 어서 말해 보세요."

그때 커피가 날라져 왔다.

"하하, 자 어서 커피나 마셔. 정미 관상 솜씬 그만하면 알았으니까."

정미는 커피잔을 잡으며 말했다.

"내 말 맞았죠? 틀림없이 무슨 일이 있는 거죠?"

"그래, 두 손 들었어. 하지만 얘기가 좀 재미없는 얘기야."

"무슨 얘긴데요?"

"글쎄, 커피나 어서 마시라구."

"좋아요. 그럼 마시고 나서 듣겠어요."

그러며 그녀는 커피잔을 입으로 가져갔다. 그리고는 서너 모금에 커피를 다 마셔 버렸다.

"자, 다 마셨어요. 얘기해 보세요."

"원, 서두르긴."

"어서 얘기해 보세요. 무슨 얘긴데 그렇게 하기가 어려운지. 재미 있는 얘긴지 재미없는 얘긴지는 듣고 나서 내가 판단해 줄게요."

"글쎄, 이거 아무래도 정미한테 흉잡힐 얘긴데……."

"글쎄, 흉잡힐 얘긴지 아닌지는 듣고 나서 내가 판단해 줄게요."

"사실은 말야, 나한테 문제가 좀 생겼어. 정미한테 이런 문젤 의논 한다는 게 사실은 좀 염치없는 일이지만 말야."

"무슨 문젠데요?"

"이해하고 들어 주겠어?"

"아이, 답답해. 어서 속 시원히 얘기해 보세요. 무슨 얘기라도 다 이 해하고 들어 줄 테니까요."

"고마워. 사실은 말야, 복잡한 문제가 좀 생겼어. 언젠가 정미도 한 번 만난 적이 있지? 미호라구 말야."

"아, 언젠가 아파트에 한번 찾아왔던 아가씨 말이죠? 그 아가씨가 어떻게 됐어요?"

"어떻게 됐다기보다 임신을 했어."

"누구 애를요? 동표 씨 애를요?"

"글쎄, 그러니까 문제지."

"어마, 그럼 문제 될 게 뭐 있어요? 낳으면 그만이지."

"……."

"오라, 그런데 낳기는 좀 곤란하다, 이거군요?"

"글쎄, 그게 어디 그렇게 간단한 문제야? 낳는 경우에도 그렇고 안 낳는 경우에도 그렇고."

"동표 씨 태도만 분명하면 복잡할 것도 없는 문제죠, 뭐. 그 아가씨하고 결혼을 할 건가 안 할 건가에 달린 문제 아녜요?"

"그런데 그게 그렇게 단순치가 않으니까 문제지. 결혼이 어디 그렇게 단순한 문제여야지."

그러자 정미는 약간 어이가 없다는 듯 웃었다.

"어마, 결혼이 또 복잡할 건 뭐 있어요. 하면 하는 거고 안 하면 안 하는 거지. 적어도 동표 씨 의사는 분명할 거 아녜요? 그 아가씨하고 결혼을 하고 싶다든지 하고 싶지 않다든지."

"글쎄, 그게 그렇게 단순치가 않다니까."

"참 이상하네요. 뭐가 단순치가 않다는 걸까. 그럼 동표 씬 그 아가씨하고 결혼을 하고 싶은지 하고 싶지 않은지 자기 스스로도 잘 모른단 말예요?"

"글쎄, 그게 좀…… 아무튼 단순친 않다구. 또 난 지금 결혼할 마음의 준비랄까 그런 것도 안 돼 있는 상태구."

"알았어요. 요컨대 그 아가씨하고 결혼할 의사는 없는 거군요, 최소한 지금 당장은. 그런데 내가 같은 여자 입장이니까 혹 나쁘게 생각할까 봐 우물쭈물하는 거로군요?"

"아냐, 그런 건 아니고……."

"아니긴 뭐가 아녜요, 그런 눈친데. 아무튼 그럼 그 아가씨 태돈 어때요? 낳겠대요? 안 낳겠대요? 물론 여자 쪽에서 자진해서 안 낳겠다고 할 리는 없지만. 난 무조건 여자 편만 드는 그런 맹꽁인 아니니까 안심하고 얘기해 봐요."

"미안해. 이런 문젤 다 가지고 정말 성가시게 해서."

"글쎄, 인사는 나중에 차려도 되니까 어서 얘기나 해요. 그 아가씨 태돈 어때요? 낳겠대요?"

"물론 낳겠다는 거지."

"물론 그럼 동표 씨하고 결혼을 하자는 걸 테구요?"

"아냐 그건 아냐."

"네?"

"혼자 낳아서 기르겠다는 거야."

"어마, 그건 또 어째서죠?"

"글쎄, 나도 모르겠어."

"이런 거 아녜요? 그 아가씬 동표 씨하고 결혼이 하고 싶지만 동표 씨가 그럴 의사가 없어 보이니까 혼자서라도 낳아 기르겠다, 누가 당신하고 결혼하고 싶어서 이러는 줄 아느냐, 그런 말하자면 오기에서 나온 태도 아녜요?"

"글쎄, 그건 확실히 모르겠어. 어쨌든 혼자 낳아서 기르겠다는 거야. 그리고 날더런 아무 부담도 가질 필요 없다는 거야."

"아무래도 내 짐작이 맞을 거예요. 십중팔구 오기 때문에 그랬을 거예요. 전에 아파트에 찾아왔을 때도 보니까 자존심이 몹시 강한 아가씨 같던데. 동표 씬 보나 마나 낳지 말자고 했을 테죠?"

"처음에 내 의사를 물었을 땐 그랬지."

"거봐요. 틀림없어요. 오기 때문이에요. 부담 가질 필요 없다고 한 것도 다 오기 때문이라구요."

"아무튼 그럼 어떡하는 게 좋지?"

"동표 씬 역시 낳지 말기를 바라는 편이죠? 그 아가씨랑 결혼할 의사도 최소한 지금은 없는 거구."

"그건 솔직히 말해서 그래."

"그런데 지금 문제는 그 아가씨가 동표 씨야 어떻게 생각하든 아기는 꼭 낳고야 말겠다는 태도에 있는 거죠?"

"문제는 바로 그거야. 그렇다고 강제로 어떻게 할 수도 없고, 또 그렇다고 그냥 낳도록 내버려둘 수도 없고."

"나빠요, 아무튼."

그러며 그녀는 눈을 흘기는 시늉을 했다.

그러나 그것은 반드시 꾸지람의 뜻만을 담은 그런 눈 흘김은 아니었다. 뭐라고 할까. 일을 저지른 개구쟁이에게 보내는 다소 우정 어린 눈 흘김 같은 것이었다고나 할까.

그러고 나서 그녀는 도리 있느냐는 듯이 잘라 말했다.

"하는 수 없죠, 뭐. 아무리 그래도 그 아가씨가 낳기로 고집하는 이상 낳는 수밖에요."

동표는 절망적인 표정을 지었다.

"그럼 난 어떻게 되구? 바라지도 않는 애아버지가 될 거 아냐."

"바라지 않는 애아버지가 될 노릇은 그럼 왜 했어요?"

"그야 어디 애아버지가 되기 위해서 한 노릇인가."

"하지만 그 아가씨가 고집을 꺾지 않는 이상 어쩌겠어요. 도리 없이 바라지 않는 애아버지라도 되는 길밖에 없죠."

"우리가 결혼을 하지 않는 경우에도?"

"결혼을 해야죠, 뭐."

"순전히 애 때문에만?"

"그럼 그 애를 버젓이 제 아빠가 살아 있는데도 사생알 만들 생각이에요?"

"그러니까 낳질 말아야지."

"글쎄, 그건 동표 씨 생각이지 미호라는 그 아가씨 생각이 아니잖아요."

"게다가 미호는 나하고 결혼할 생각은 추호도 없다는 거야. 혼자 낳아서 기르겠다는 거야."

"그야 동표 씨 생각이 너무도 뻔하니까 그랬겠죠, 뭐. 동표 씨가 전처럼 그 아가씰 사랑하는 태도를 보였어도 그랬겠어요?"

"우린 처음부터 꼭 결혼을 약속했던 건 아니라구. 서로의 행위에 구속받지 않기로 먼저 제의한 것도 저쪽이구."

"설사 그랬다고 하더라도 여자 마음은 그렇지가 않다구요. 여자 마음이 얼마나 미묘한 건지 아직 몰랐어요?"

"그럼 정미 마음도 그렇게 미묘해?"

"어마, 왜 나한테 화살을 돌리죠?"

"정미도 여자 아냐. 그리고 자칫하면 내 애를 갖게 될지도 모르고."

그 대목은, 동표는 목소리를 좀 낮추어서 말했다. 그녀는 가만히 눈을 흘겼다.

"어마, 순, 정신 나갔나 봐."

그러며 그녀는 주위를 살폈다. 그러나 그들 이야기에 주의를 기울이고 있는 사람은 아무도 없었다. 그제야 그녀는 안심한 표정으로 다시 한번 눈을 흘기며 말했다.

"……내 경운 경우가 다르잖아요. 처음부터."

"어떻게?"

"아이, 몰라요."

"정민 그럼 만일 애를 갖게 되는 경우엔 어떡할 테야?"

"난 물론 안 낳죠."

"그래? 거 이상하군. 같은 여잔데 어떤 여자는 미묘하고 어떤 여자는 미묘하지 않다니."

"내 경운 입장이 다르다고 했잖아요. 그리고 결혼 약속을 안 했다곤 하지만 동표 씬 틀림없이 그 아가씨한테 무슨 언질이나 심증을 주었을 거예요. 그런데 이제 와서 태도가 달라지니까 배신감을 느낀 걸 거예요. 어때요? 내 말이 맞죠?"

"글쎄, 뭐 결혼 애길 전혀 안 한 건 아니지만 그야 분위기에 따라서 그랬을 수도 있는 거 아냐."

"거봐요, 내 말이 맞죠."

"하지만 난 처음부터 의도적으로 속임수를 쓰거나 한 건 아니라구."

"그야 그랬을 테죠. 하지만 그 아가씨 쪽 입장에선 어디 그래요? 어쨌든 배신감을 느끼긴 매일반이죠."

"아무튼 나 이거 골친데. 정미 무슨 좋은 의견 좀 없어?"

"글쎄, 딱 하나 있다니까요. 그 아가씨하고 결혼하는 방법."

"글쎄, 그런 얘기 말구……."

그러자 그녀는 잠시 입을 다물고 동표의 두 눈을 탐색하듯 찬찬히 바라보았다. 그리고 나서 마치 다짐이라도 하듯 입을 떼었다.

"그 아가씨하고 결혼할 생각은 정말 조금도 없는 거예요?"

"글쎄, 지금으로선 그렇다고 할 수밖에 없어."

"그럼 한 가지 방법밖에 없죠, 뭐."

"어떤?"

"설득해 보는 방법이죠, 뭐. 가능한 한 그 아가씨 자존심을 상하지 않게끔 조심하면서, 그리고 되도록이면 너무 서두르지 말구요."

"……될까?"

"그게 현실적인 해결 방법이라는 걸 그 아가씨 쪽에서도 이해를 하도록 동표 씨가 노력을 해야죠. 쉽기야 하겠어요? 노력과 시간이 많이 들겠죠."

"최선을 다해서도 설득이 안 되면? 그땐 어떡하지?"

"그때야 하는 수 없죠, 뭐. 그 아가씨 혼자서라도 굳이 낳아서 기

르겠다면 그 아가씨한테 맡기는 길밖에요. 강제로야 어떻게 되겠어
요?"

"아무튼 문젠데…….."

"하지만 설마 그렇기야 하겠어요? 요즘 아가씨들이 얼마나 현실적
인데."

"그럴까?"

"아무튼 우선 최선을 다해서 잘 설득을 해 보세요. 우선 또 그러는
수밖에 없잖아요. 동표 씨가 그 아가씨랑 결혼할 의사가 없는 한."

"알았어, 고마워. 하지만 이거 영 자신이 없는데."

그러자 정미는 배시시 웃었다.

"동표 씨가 무슨 일에 자신이 없어 할 때가 다 있군요. 옆에서 구경
하긴 재밌는데요."

"그런 소리 말어. 남은 지금 해골이 두 개라도 모자랄 판에."

"그래서 해골 하날 더 불러냈군요."

"응? 아, 아, 미안해. 정미한텐 정말 미안하다구. 정민 까다로운 편
이 아니니까 이해해 줄 걸로 믿고 나오라고 한 거야. 염치없는 의논
인 줄 알면서도. 그 대신 내 오늘 정미한테 한턱 쏠게."

"어마, 정말이에요?"

"정미만 사양하지 않는다면."

"어마, 사양을 왜 하겠어요."

"좋아, 그럼 오늘 직장 안 나가도 되겠어?"

"무슨 한턱인데 직장까지 안 나가야 돼요?"

"해골도 복잡하고 한데 어디 바람이나 좀 쐬고 오면 어떨까 싶은 데. 정미만 괜찮다면. 하다못해 인천쯤이라도."

"어마, 그럼 좋아요. 오늘 직장 하루 쉬겠어요. 그 대신 한턱 쏜댔으니까 비용은 전부 동표 씨가 대야 해요?"

"물론이지. 자, 그럼 일어날까?"

"그래요."

그들은 곧 의자에서 일어났다.

그리고 그들이 다방에서 나와 인천행 고속버스 터미널에 도착한 것은 오후의 햇빛이 상당히 기운 뒤였다.

정미는 몹시 즐거워했다. 마치 소풍길에 나선 초등학교 아동처럼. 그리고 동표도 한결 기분이 가벼워졌다. 뭐라고 할까, 미호의 일로 인한 압박감이 다소 풀린 기분이라고 할까.

어쨌든 그들은 매표창구로 가서 차례를 기다려 표를 샀고 그들 차례의 버스가 왔을 때 버스에 몸을 실었다.

정미를 창가 쪽 자리에 앉히고 동표가 그 옆에 나란히 앉았을 때 그녀가 말했다,

"그 아가씨 덕분에 오늘 내가 수지맞는 것 같아요. 인천엘 다 가 보구요."

"인천, 처음이야?"

"네, 아직 한 번도 못 가 봤어요."

"그래? 하지만 수지계산으로 치면 정미가 오히려 손해 아닐까. 직장에도 못 나가고."

"하지만 인천 가면 동표 씨가 맛있는 것도 사 주고 구경도 많이 시켜 줄 거 아녜요."

"그야 얼마든지 원하는 대로 해 주지. 하지만 특별한 건 별로 없을 거야."

"바다가 있잖아요, 우선. 난 아직 바다 구경을 한 번도 못 해 본걸요."

"알고 보니 순 촌뜨기로군 그래. 좋았어, 그럼. 바다야 얼마든지 구경할 수 있으니까."

그때 버스가 움직이기 시작했다. 그녀는 마치 수학여행 떠나는 여학생처럼 즐거운 표정으로 창밖을 내다보며 말했다.

"인천까지 시간이 얼마나 걸려요? 한 시간쯤 걸려요?"

"넉넉잡고 한 시간이면 충분해. 그런데 어쩌다 아직 바다 구경 한 번 못 했어?"

"모르겠어요. 그렇게 됐어요. 시골에서 살다가 지금 서울 올라와 있는 게 전분걸요, 뭐."

"수학여행도 안 가 봤어?"

"그때도 바다 있는 델 안 가고 해인사엘 갔었어요."

"이름에만 바다가 들어 있는 델 갔었군. 아무튼 그럼 내가 이거 오늘 정미한테 톡톡히 은혜를 베푸는 셈인데."

"네, 그래요."

"아니, 은혜를 갚는 셈인가. 상담에 응해 준."

"어마, 참 그러네요. 괜히 고마워만 할 뻔했어요."

"이런, 내가 그다음 말은 빼는걸."

"어마, 그런 게 어딨어요."

그들은 웃었다.

그리고 그들이 인천에 도착했을 때는 가을 오후의 짧은 해가 떨어지고 그 항구도시는 회색빛으로 물들고 있었다.

버스에서 내려 터미널을 빠져나오자 정미는 바다의 냄새라도 맡아보려는 듯 심호흡을 했다. 동표가 웃으며 물었다.

"어때? 바다 냄새가 맡아져?"

그녀는 고개를 흔들었다.

"아뇨, 모르겠어요."

"알 턱이 없지. 바다 구경을 한 적이 있어야 바다 냄새를 알지. 자, 그럼 우선 바다를 한눈에 내려다볼 수 있는 곳으로 내 안내를 하지."

그리고 동표는 택시 한 대를 세웠다. 맥아더 장군의 동상이 세워져 있는 공원으로 그녀를 우선 데려갈 생각이었다. 그러나 막상 택시에 오르고 나자 그는 생각이 바뀌었다. 동표는 운전사에게 말했다.

"저, 송도 쪽으로 갑시다."

공원 같은 데 가서 바다를 내려다보는 것보다는 아무래도 바다를 가까이서 볼 수 있는 곳이 낫겠다는 생각 때문이기도 했지만 이왕 인천까지 온 바에 시내에서 어물거릴 게 아니라 송도쯤은 나가 보는 게 좋겠다는 생각이 들었기 때문이었다. 게다가 그곳은 해수욕철이 지난 지 오래므로 한산하고 조용할 것이었다.

택시는 곧 출발했고 그들이 송도에 도착했을 때는 유원지 주변의 상점들에 전등이 켜지기 시작할 무렵이었다.

예상대로 그곳은 한산하고 조용했다. 기념품 상점이나 음식점들에 켜진 전등 불빛이 그곳의 한산함을 더욱 강조하고 있는 것 같았다.

동표는 매표소로 가서 들어가는 입장권 두 장을 샀다. 그리고 그녀와 함께 어둠에 잠겨 가는 유원지 안으로 들어섰다.

어둠에 덮여 가는 회색빛 모래와 문을 닫아 버린 매점들의 그림자, 그리고 이따금 비늘 같은 빛을 발하는 인조(人造)의 호수가 시야에 들어왔다.

"어마, 이런 데가 다 있었군요."

하고 나직이 부르짖듯 하며 정미가 동표의 한 팔을 잡았다.

동표는 짐짓 거만을 부리듯 덤덤하게 받았다.

"괜찮아?"

"괜찮은 정도가 아니라 너무너무 좋아요. 이런 델 오게 되리라곤 정말 생각도 못 했어요."

"괜찮지? 하지만 저 둑 위로 올라가 보면 생각이 또 달라질 거야. 저기서 내려다보면 이쪽은 장난감에 불과하다는 걸 알게 될걸."

"어마, 그래요? 그럼 빨리 가 봐요."

그러며 그녀는 동표의 잡힌 팔을 재촉하듯 잡아끌었다. 그러나 동표는 짐짓 늑장을 부리듯 천천히 걸음을 옮겨 놓으며 말했다.

"아, 서두를 것 없다구. 천천히 가도 돼. 그 사이에 둑이 없어지는 건 아니니까. 모래사장에서 너무 급히 걸으면 신발에 모래가 들어가."

"어마, 신발에 모래 좀 들어가면 어때요. 나중에 벗어서 털면 되죠."

"아무튼 천천히 걷자구. 호젓한 모래사장을 걷는 남녀답게, 뭘 그렇게 서둘러?"

"빨리 보고 싶으니까 그렇죠."

"글쎄, 천천히 걸어도 저절로 다 보게 된다구. 금방이야. 그보다 팔짱을 끼려면 좀 제대로 껴 보라구."

"어머머?"

"왜, 내 말이 잘못됐어? 이거야 어디 잡혀가는 꼴이지……."

그러자 그녀는 짐짓 기가 막힌다는 표정을 지으며 웃었다.

"아무 때나 그저 버릇은 못 버리는군요. 그 버릇 때문에 오늘도 골치 아픈 일을 당했으면서……."

"무엄한데. 버릇이라니, 감히."

"버릇이지 그럼 뭐예요? 어디서나 기회만 있으면 여잘 꼬시려는……."

"하아, 이거 안 되겠는데. 집주인한테 너무 불손해."

"불손해서 그럼 내쫓을래요?"

"하하, 그럴 순 없고. 그 대신 혼을 좀 내 줘야겠는데."

그러며 동표는 재빨리 주위를 살피고 나서 그녀의 어깨를 우악스럽게 껴안았다. 옴짝달싹 못 하도록.

그들 주위에는 아무도 눈에 띄지 않았다.

"어마, 어깨 부서져요."

하며 그녀는 비명을 지르듯 나직이 부르짖었다.

"하하, 어때? 이래도 불손하게 굴 테야?"

하고 동표는 협박하듯 눈을 부라렸다. 정미는 어깨를 껴안긴 채로 애원하듯 말했다.

"아, 안 그럴게요. 제발 좀 놔……."

순간 동표는 재빨리 그녀의 몸을 돌려세우며 그녀의 입술을 자신의 입술로 막았다.

"음……."

그녀는 고개를 젖히며 두 손으로 동표의 가슴을 떠미는 시늉을 했으나 곧 동표의 완강한 힘에 못 이기는 체 얌전히 그의 입술을 받아들였다. 동표는 거의 잡아먹을 듯이 그녀의 입술을 탐했다. 마치 그것으로 낮에 있었던 모든 일을 잊어버리기라도 하려는 듯.

그리고 그녀를 놓아주었을 때 정미는 어둠 속에서 가만히 눈을 흘겼다.

"순 떼쟁이……."

동표는 그녀의 볼을 가볍게 쥐었다 놓으며 말했다.

"이제 알았어? 나 떼쟁인 줄."

"순 욕심쟁이."

"욕심쟁이?"

"그렇지 뭐예요? 한 아가씬 지금 자기 애를 갖고 있는데 여기선 또 이런 식이고."

"어떤 식?"

"아이, 몰라요."

"하하, 인생이라는 게 다 그런 거 아냐? 자, 이제 저 둑 위로나 올라 가 보자구. 저기 올라가서 바다를 내려다보면 인생이라는 게 얼마나 사소하고 올망졸망한 건지 금방 알게 돼."

"어마, 그런 땐 아주 무슨 도 튼 사람처럼."

"하하, 도 튼다는 게 다 별거야? 나처럼 이렇게 대범하고 구애 없이 살면 그게 도 튼 거지."

"그렇게 대범하면 어째서 그 아가씨 문제 하나로 그렇게 쩔쩔매요? 죄 없는 나까지 불러내고."

"아, 그야 아무리 도 튼 사람도 사소한 문제에 발목이 잡히는 수도 있는 법 아냐? 예수도 사소한 문제에 신경을 쓴 적이 있다구. 그 왜 십자가에 못 박혔을 때 말야. 옆에 매달린 흉악범 하나가 야유를 하니까 그게 몹시 신경에 거슬렸던지 다른 흉악범이 아첨의 말을 했을 때 반색을 하면서 그 친굴 금방 칭찬하는 대목 있잖아, 성경책에서."

"어마, 어마? 나중엔 정말 별 데 다 끌어다 붙이네."

"하하, 말하자면 그렇단 얘기야."

"그만둬요. 내가 예수교 신자가 아니기에 망정이지."

"정미가 예수교 신자였으면 날 어떡했을 텐데?"

"따귀라도 한 대 갈기고 말지 가만둬요?"

"아이구, 그건 정말 다행인데. 정미가 예수교 신자 아닌 게."

"아이, 그만 좀 능청 떨어요. 남의 종교 모독하지 말구. 그리고 어서 둑 위로나 가 봐요."

"하하, 그럴까."

그들은 곧 걸음을 옮겨 놓기 시작해 둑 밑에 이르렀고 둑으로 올라가는 층계를 따라 둑 위로 올라섰다.

검은 갯벌을 따라 이어진 바다가 한눈에 들어왔다.

암흑(暗黑)의, 숨 쉬는 거대한 물질이 거기에 있었다. 그리고 그 거대한 암흑의 물질이 하늘과 만나는 경계선 부근에는 점점이 작은 불빛들이 떠 있었다. 고기잡이배들일 것이었다.

정미가 숨을 멈추듯 나직한 탄성을 발했다.

"어마!"

그리고 그녀는 홀린 듯 꼼짝하지 않았다. 동표는 그녀의 어깨를 가볍게 안았다. 그리고 속삭이듯 그녀에게 말했다.

"봐, 압도당했지?"

그녀는 잠시 혼을 빼앗긴 듯 아무런 대꾸도 하지 않았다.

"보라구, 내 말이 틀렸나. 저런 압도적인 모습 앞에선 우리 인생은 그야말로 한낱 사소한 사물에 지나지 않지."

그제야 그녀는 가만히 입을 떼었다.

"……바다는 정말 굉장한 거로군요."

"이제 바다에 온 실감이 나?"

"……정말 우린 아주 보잘것없는 존재로군요."

"그렇다니까. 하지만 너무 또 그렇게 기죽을 건 없다구. 자연(自然)이 확실히 압도적이긴 하지만 사소해 보이는 인간의 힘도 결코 과소평가할 순 없는 거니까."

"하지만 너무너무 굉장해요."

"굉장하지, 하지만 정미가 바다를 처음 보기 때문에 더 그럴 거야. 바닷가에 사는 사람들한텐 사실 또 아무것도 아닐지도 몰라. 사실 어느 면에선 바다는 물이 좀 엄청나게 많이 모인 상태 이외에 아무것도 아니라고 할 수도 있고."

"어쨌든 난 지금 숨이 막히는 것 같아요. 너무너무 굉장해요."

"하하, 난 막혔던 숨이 비로소 터지는 것 같은걸. 아무튼 여러 가지 의미에서 여길 온 건 아주 잘한 것 같군."

"네, 동표 씨한테 정말 고맙다는 인사를 정식으로 다시 해야겠어요."

"어서 해 봐, 그럼."

"어떻게 표시하면 되죠?"

"그야 정미가 알아서 해야지. 감사의 키스도 좋고……."

"어마, 순."

"왜, 그걸론 부족할 것 같애? 그럼 그 이상도 좋고……."

"어머머?"

"하하, 여기까지 왔으니까 멋있게 하룻밤 지내고 가는 것도 나쁘지 않잖아?"

"아무튼 정말 버릇은 누구 못 주는군요."

"허어, 또 무엄하게."

"무엄한 건 내가 아니라 동표 씨예요. 이런 엄숙하다고 할 수 있는 장소에서마저 그런 발상을 일으키는."

"어떤 발상?"

"아이, 몰라요."

"하하, 대자연 앞에서 자연스럽게 할 수 있는 발상이지. 인간도 자연의 일부니까 이런 대자연 앞에서 자연의 일부답게 행동하고 싶은 건 지극히 자연스런 발상 아냐?"

"아무튼 말은."

"말만이 아니라 사실이 그렇잖아. 난 지금 모처럼 건강한 자연으로서의 나 자신을 회복하는 느낌인데?"

"언젠 자연을 회복 못 해서 바라지 않는 애아버지 될 노릇이나 하고 다니구요?"

"하하, 이거 죽겠는데."

"근신 좀 하세요, 근신."

"좋아, 앞으론 근신하지. 하지만 오늘만은 앞으로 근신을 하기 위해서도 근신 못 하겠는데."

그러자 그녀는 어이가 없다는 듯 눈을 흘겼다. 그러나 그것은 거부의 눈 흘김은 아니었다. 밉지 않은 개구쟁이에게 보내는 그런 눈 흘김이었다.

동표는 웃으며 말했다.

"그 왜 금주하는 사람도 금주하기 전날 잠에는 실컷 퍼마시잖아. 금연하는 사람도 마찬가지고."

"그리고는 대개 열흘도 못 가구요."

"아, 난 그런 물러 빠진 사람들하곤 다르다구. 두고 보라구."

"대개 물러 빠진 사람들이 두고 보라는 거 아녜요?"

"하하, 이거 죽겠는데. 글쎄 두고 보라니까."

"그래요, 그럼 두고 볼게요."

"그럼 오늘은 오케이지?"

"오케이 아녜요."

"그럼?"

"메이비예요."

"메이비? 야, 이거 정미 영어 실력 보통 아닌데?"

"어떤 손님이 가르쳐 주데요. 여자는 오케이라는 말은 하는 게 아니라구."

"하하, 좋았어, 좋았다구. 그럼 슬슬 내려가 볼까?"

"아이, 서두를 것 없잖아요? 좀 있다 가요. 바다 구경 좀 더 하구요."

그들은 그곳에 좀 더 머물렀다가 유원지 구내를 천천히 한 바퀴 돈 다음 유원지를 빠져나왔다. 그리고 두 사람은 모두 배가 고팠으므로 음식점 한 군델 들러 저녁식사를 한 다음 유원지의 인조 호수가 내려 다보이는 한 호텔로 찾아 들어갔다.

그들이 안내된 객실은 청결하고 따뜻했으며 호수가 바로 창밖에 내려다보였다. 동표는 그들을 안내한 웨이터가 물러갔을 때 말했다.

"자, 오늘은 우리 두 사람이 완전히 외박이로군. 기념할 만한데."

그러자 정미는 밉지 않게 눈을 흘겼다.

"순 엉터리지 뭐예요. 딴 아가씨 문제로 날 불러내 놓고는."

"하하, 용서, 용서. 제발 그 얘긴 좀 그만해 줘."

"왜, 마음 한구석이 켕겨요?"

"켕긴다기보다 골치 아픈 문제를 자꾸 상기시킬 건 없잖아. 그러잖아도 찜찜한데. 자, 목욕이나 같이하자구."

"하고 싶음 먼저 하세요."

"같이 안 하겠어?"

"난 이따 봐서 하게 되면 하구요."

"안 하게 되면 안 하구?"

"글쎄, 오늘 한 머린데 좀 아깝잖아요."

"아, 머리 때문에? 정말 알뜰하군. 좋아, 그럼 다시 머리할 값을 내가 주지. 그럼 됐어?"

"좋아요, 그럼 먼저 하세요."

"같이하자구. 나 목욕하는 동안 혼자서 심심할 거 아냐."

그러자 그녀는 떼를 못 당하겠다는 듯 웃었다.

"좋아요, 그럼 같이해요. 순 떼쟁이."

그리고 그들은 잠시 후 함께 욕실로 들어갔다.

동표는 욕실 안에서 그녀를 안았다. 그리고 그녀의 귀에 속삭였다.

"이 귀여운 노랑이."

그들은 그다음 날 오후에 서울로 돌아왔다. 호텔에서 느지막이 일어나 아침식사를 한 다음 다시 밝은 오전의 유원지도 돌아보고, 인천에서 가 볼 만한 데 몇 군데를 마저 돌아보고 나자 시간이 그렇게 되었던 것이다.

서울로 돌아온 그들은 버스 터미널 근처의 다방에서 커피 한 잔씩을 나누고 헤어졌다. 정미가 만나 봐야 할 친구 생각이 났다면서 그만 거기서 헤어지지고 제의했기 때문이다.

동표는 정미와 헤어지고 나자 다시 마음 한구석이 불편해 오는 걸 느꼈다. 잠시 덮어 두었던 미호의 문제가 다시 고개를 쳐들기 시작했기 때문이다.

그는 차츰 햇살이 엷어져 가는 거리를 걸으면서 궁리에 잠겼다. 도대체 어떻게 처리하는 것이 가장 좋은가. 정미는 알아듣도록 잘 설득을 해 보라고 하지만 도대체 어떤 식으로 설득을 하는 것이 좋단 말인가. 정미 얘기대로 그것이 가장 현실적인 해결 방법이라는 걸 납득시킴으로써? 낙태만이 유일한 현실적 해결 방법이다? 그러나 미호는 혼자 낳아서 기르겠다지 않던가. 물론 오기로 그런 것일 수도 있지만 정말 그런 결심을 하고 있는지도 모른다. 만일에 정말 그런 결심을 하고 있는 것이라면 현실적 해결 방법 운운하는 소리는 더욱 그러한 결심을 굳혀 주는 결과밖에 초래할 것이 없을 것이다. 게다가 미호는 지금 잔뜩 이쪽에 대한 적대감까지 품고 있다.

그러나 설마 정말 그런 결심을 하고 있는 건 아니겠지, 단순히 오기로 그러는 거겠지. 처녀가 애를 낳아서 기르겠다는 생각을 감히 어떻게 할 수 있을라구. 단순히 나를 좀 골탕 먹여 보려는 속셈이겠지. 속 좀 썩어 보라는 속셈이겠지.

그러나 또 단순히 그런 것만 같지도 않다. 어제 본 태도로 미루어서는 상당히 단호한 결심의 표명처럼 보였었다. 그러나 역시 오기 때문일까.

그러면 역시 설득을 해 보는 게 좋을까. 정미 말대로 자존심을 최대한 건드리지 않으면서 잘 설득을 해 보는 게 좋을까. 결국 달래는 방법이 가장 좋다는 얘긴가.

그런데 문제는 요컨대 미호가 나에 대해서 품고 있는 적대감이 아닌가. 그 적대감을 해소시킬 수 있어야 문제가 풀려도 풀릴 게 아닌가. 그러면 그 적대감을 해소시킬 수 있는 방법은 무엇인가. 그동안에 대한 사과와 해명? 그리고 그전 관계로 다시 돌아갈 것을 호소한다?

그러나 그것은 너무 속 들여다보이는 수작이며 미호도 신용하지 않을 것이다. 뿐만 아니라 이쪽으로서도 낯간지러운 짓이다.

그러면 결국 남는 방법은 무엇인가. 그렇다고 될 대로 되라고 내버려 둘 수도 없는 노릇 아닌가.

거기까지 궁리하며 걷다가 동표는 문득 걸음을 멈추었다. 자신이 생각하기에도 지극히 합리적인 생각 하나가 떠올랐기 때문이다.

그는 주위를 살펴 공중전화가 근처에 있는가를 보았다. 저만큼 차도 쪽으로 공중전화 박스 몇 개가 보였다.

그는 그리로 걸어갔다. 그리고 그 가운데 한 군데로 들어가 미호네 집 전화번호를 돌렸다. 가능한 한 정확하고 침착한 손놀림으로.

두어 번 신호가 가는 소리에 이어 귓속이 열렸다,

"여보세요?"

미호 어머니의 목소리인 것 같았다. 전에도 몇 번 들은 음성이었다. 동표는 목소리를 가다듬어서 말했다.

"아, 저 미호 씨 있으면 좀 바꿔 주세요."

"실례지만 누구시죠?"

"네, 전 동표라고 하는 사람인데요."

"……잠깐 기다려 보세요."

송수화기가 탁자 위 같은 데 내려놓여지는 소리가 나고 곧,

"얘, 미호야, 전화받아라."

하는 소리가 수화기를 통해 들려왔다. 그리고 잠시 후 미호의 목소리가 수화기에 나타났다.

"여보세요?"

동표는 침을 한번 꿀꺽 삼킨 다음 말했다.

"아, 미호, 집에 있었군."

"……무슨 일이지?"

전화 걸 일 없을 텐데, 하는 뾰족한 목소리였다.

"아, 만나서 할 얘기가 좀 있어."

"할 얘기? 할 얘긴 이제 다 했을 텐데."

"글쎄, 그게 아니고, 만나서 꼭 좀 할 얘기가 있어."

"정 할 얘기 있음 전화로 해. 나 나가고 싶지 않아."

"글쎄, 전화로 할 얘기가 아니라니까. 좀 나와."

"나가고 싶지 않댔잖아? 할 얘기 있음 전화로 해 봐."

"글쎄, 이건 만나서 해야 할 얘기라니까. 그렇게 내가 보기 싫어?"

"흥, 만나서 할 얘기가 또 뭐가 있어? 얘긴 어제 다 끝났는데."

"그러지 말고 글쎄 좀 나와. 이건 미호한테도 중요한 얘기라구. 어

제 무슨 애기가 다 끝났다고 그래? 미호 혼자서 일방적인 애기만 하고 간 거지."

"나 혼자 일방적인 애기만 했다구? 천만에. 동표 씨도 분명한 의사표시를 했어."

"글쎄, 그게 아니라니까. 아무튼 만나서 애기해. 우리 사이가 이런 식으로 끝장이 날 순 없잖아. 서로 솔직하게 애기해 보자구."

"좋아, 그럼 만나. 하지만 구질구질한 소린 듣고 싶지 않으니까 그런 애기면 숫제 할 생각도 마."

"알았어. 아무튼 좀 나와. 지금 나올 수 있지?"

"어디 있을 테야?"

"응, 여기 종로 2간데 말야……."

동표는 송수화기를 입에 댄 채로 몸을 돌이켜 공중전화 박스 바깥을 살폈다. 그리고 눈에 띄는 다방 하나와 그 위치를 말해 주었다.

미호는 알았다고 말하고 전화를 끊었다. 동표는 송수화기를 걸어 놓고 공중전화 박스를 나오면서 심호흡을 한번 했다. 그리고 곧장 자신이 방금 보아 둔 다방으로 향했다.

2층에 있는 그 다방으로 올라가서 그는 커피 한 잔을 시켜 놓고 미호를 기다렸다. 머릿속으로 그녀가 다방까지 나오는 데 걸릴 시간을 계산하면서. 그리고 그녀가 나왔을 때 꺼낼 애기의 순서를 정리하면서.

미호는 그가 20분쯤 기다렸을 때 나타났다. 어제처럼 냉랭하고 쌀쌀한 표정이었다.

그녀는 자리에 앉자마자 대뜸 싸늘한 표정으로 물었다.

"무슨 얘기야? 할 얘기 있음 어서 해 봐."

동표는 그러나 부드러운 표정으로 말했다.

"우선 차나 한잔 들어. 커피 할 테야?"

그녀는 대꾸하지 않았다. 동표는 레지를 불러 커피 한 잔을 주문했다. 그리고 천천히 담배 한 대를 붙여 물었다.

"그 북극에서 온 여자 같은 표정은 좀 풀어. 우린 원수진 사이도 아니잖아."

그러자 미호는 싸늘한 표정으로 다시 말했다.

"어서 할 얘기 있다는 거나 해 봐. 그딴 소리 들으려고 나온 거 아니니까."

"그렇게 급해?"

"시간 없어."

"좋아, 그럼 되도록 간단히 얘기하지."

동표는 진지한 표정을 지었다.

"솔직히 얘기하겠어. 이런 문젤수록 서로 솔직히 얘기하는 게 좋을 테니까. 난 솔직히 말해서 아직 애아버지가 되고 싶은 생각은 없어. 그리고 또 솔직히 얘기해서 그동안 미호한테 좀 소홀했던 것도 사실이야."

"새삼스레 솔직한 척하지 마. 그건 새로운 얘기가 아냐."

"미호가 섭섭해하고 있다는 건 알아. 하지만 솔직히 말해서 어쩔 수가 없었어. 그리고 또 솔직히 말해서 난 지금 미호가 골치 아파 죽겠어.”

“그것도 새로운 얘긴 아냐. 누구 바보 취급하지 마. 새삼스레 솔직, 솔직할 필요도 없구.”

“하지만 난 내가 크게 잘못한 거라곤 생각하지 않아. 미혼 내가 미호한테 애를 갖게 한 게 잘못이라고 생각해?”

“천만에.”

“솔직하게 얘기하면 이래. 난 그때 분명 미호를 사랑했고 미호도 날 싫어하지 않았어. 그래서 생긴 결과야. 하지만 솔직히 말해서 난 지금 미호를 사랑한다고 할 수가 없어. 왠지 몰라. 하지만 어떻든 그래. 미호도 이미 짐작하고 있었겠지만. 그런데 문제는 지금 우리한테 나타나 있는 결과야. 그리고 이 결과는 어쨌든 우리 두 사람한테 모두 책임이 있어. 그런데 지금 상태론 우린 결혼을 할 수가 없어.”

“무슨 애길 하려는 거야?”

“어떻게 했으면 좋겠어, 이 문젤. 우리 이성적으로 판단해 보자구. 내가 보기엔 아무래도 미호가 오기를 부리고 있는 것 같은데.”

“오기라구? 천만에. 그런 주제넘은 소리 마.”

“이게 감정적으로 처리할 문젠 아니잖아. 미혼 아마 나한테 배신감 비슷한 걸 느끼고 그러는 모양인데 그렇다고 이런 문젤 감정적으로 처리할 순 없잖아. 현실적으로 처녀가 어떻게 애를 낳아서 기른다고 그래?”

“결국 떼어 버리자는 얘기지?”

미호는 코웃음을 쳤다.

"미안해. 난 결코 그런 감정 따위로 그러는 건 아냐. 현실적인 고려도 충분히 했어. 물론 쉽지야 않겠지만 기를 자신도 있어. 솔직히 속셈을 다 털어놔 주어서 고맙지만, 또 그걸로 무슨 효과를 기대하는 모양이지만 내 결심이 흔들릴 줄 알면 그건 오해야."

동표는 그러나 진지한 표정을 바꾸지 않은 채 계속했다.

"무슨 효과를 기대한다거나 하는 건 절대로 아냐. 난 다만 일을 합리적으로 처리하기 위해선 서로 솔직해질 필요가 있다고 생각했을 뿐야. 그리고 내 입장을 솔직히 얘기했을 뿐이구. 우리가 서로 사랑하지 않는다는 게 확실하고 따라서 결합할 수 없다면 우린 애를 갖지 않는 게 합리적인 태도 아냐? 이건 미호도 납득을 해야 할 거야."

"흥, 혼자 합리적인 체하지 마. 그게 어째서 합리적이라는 거야? 우리가 결합하고 안 하고가 애하고 무슨 상관이 있어? 우리 입장에서만 보면 혹 그게 합리적일지 모르지. 하지만 애의 입장에서 봐도 그게 합리적이야? 설마 아직 태어나지도 않은 애한테 무슨 입장이 있느냐고 하진 않겠지?"

"글쎄, 그건……."

"글쎄, 그건, 뭐야? 말해 봐."

"……."

"왜 말을 못 하지? 그래도 그게 합리적이라고 우길 셈이야?"

"하지만 현실적으로 문제가 간단치 않잖아. 미혼 그럼 애의 장래문제도 생각해 봤어?"

"애의 장래문제라구? 그게 무슨 상관야. 애는 우선 태어날 권리가 있어. 그리고 주제넘은 걱정 하지 마. 누가 애의 장래까지 걱정해 달랬어? 흥, 애를 죽이려는 심보면서 애의 장래문제라구?"

미호는 흥분한 모양이었다. 입술이 파들파들 떨렸다.

동표는 얼굴을 부드럽게 만들며 말했다.

"글쎄, 그런 얘기가 아니잖아. 애를 낳게 된다면 장래문제도 일단 생각을 해 봐야잖아."

순간 미호는 두 손으로 입을 막았다.

그리고 상체를 고꾸라지듯 앞으로 숙였다. 연거푸 두 번, 세 번.

구역질을 일으키는 모습임에 분명했다.

동표는 당황한 표정으로 물었다.

"미호, 왜 그래? 괜찮아?"

그러나 미호는 두 손으로 입을 막은 채 같은 동작을 반복했다. 동표는 주위의 시선이 이쪽으로 쏠리는 것을 느꼈다. 노골적인 시선들이었다.

동표는 얼굴을 붉힌 채 말했다.

"이봐, 미호, 괜찮겠어? 우리 나가지."

그러나 미호는 이제 구역질이 멎은 듯, 그러나 두 손은 아직 입에서 떼지 않은 채 꼼짝하지 않았다. 그리고 잠시 후 천천히 고개를 쳐들며 입에서 손을 떼었다. 주위의 시선 따위에는 조금도 신경을 쓰지 않는 태도였다. 아니, 그것에 의식적으로 맞서고 있는 태도라고 할까.

"……다시 말해 봐. 애를 낳으려면 애의 장래문제도 생각을 해 봐야 한다구?"

"글쎄, 우리 나가서 얘기해."

"필요 없어. 얘기 끝내. 애의 장래, 웃기지 마. 애의 장래가 무슨 애의 장래야. 자기의 장래가 걱정스러운 거지. 자기의 장래에 거추장스러운 혹이 생길까 봐 그게 못내 염려스러운 거지. 솔직, 솔직하면서 그건 왜 솔직하게 말 못 해?"

동표는 순간 말문이 막혔으나 곧 사정하듯 말했다.

"……글쎄, 제발 나가서 얘기하자구."

미호는 잠시 동표의 얼굴을 똑바로 쏘아보았다.

그리고 결심한 듯 말했다.

"……좋아, 그럼 나가서 얘기해. 어디 가서든지 오늘 얘기 끝내."

"그래, 아무튼 여기선 나가지."

그리고 그들은 곧 의자에서 일어났다. 사람들의 시선이 그들의 등 뒤에 부어졌다.

다방을 나서자 거리엔 저녁빛이 깔려 있었다. 동표가 말했다.

"우리 어디 가서 저녁이나 먹으면서 얘기하지. 어디 조용한 데 가서 말야."

그러자 미호는 냉랭하게 대꾸했다.

"흥, 저녁 먹고 어쩌고 할 한가한 기분이 난 못 돼. 아무 데나 가서 얘기 끝내."

"그럼 미호 술 한잔하겠어? 어디 호텔 라운지 같은 데도 좋고."

"술이라구? 이러지 마. 난 자포자기한 여자가 아냐. 게다가 난 술을 마셔선 안 되는 몸이야."

"그건 또 무슨 소리야?"

"아무튼 아무 데나 빨리 가서 얘기 끝내. 빨리 얘기 끝내고 나 집에 가서 쉬어야겠어."

"글쎄, 그게 무슨 소리냐구? 술을 마셔선 안 되는 몸이라는 게."

"알고 싶어? 알고 싶으면 산부인과 의사한테 전화라도 걸어서 물어봐. 술이 태아한테 해로운 건지 아닌지."

"아, 난 또 무슨 얘기라구. 아무튼 철저하군."

"철저해야지. 애엄마가 되는 게 쉬운 일인 줄 알아?"

"그렇게 어려운 일을 왜 하려고 그래? 안 하면 되잖아."

"내 맘대로 안 해?"

"그럼 누구 마음대로야? 미호 마음대로지."

"흥, 그랬으면 좋겠지만 이건 내 마음대로 할 수 있는 일이 아니라구. 아이가 태어날 권리는 아무도 막지 못해."

"하지만 대개의 나라들이 낙태를 법적으로 인정하고 있잖아."

"그런지 안 그런지 난 잘 모르지만 그렇다고 하더라도 그건 어른들이 자기들 편리할 대로 만든 법이지 태아를 위해서 만든 법은 아냐."

"그렇지만도 않을걸."

"뭐가 그렇지만도 않아? 뻔하지. 아무튼 빨리 아무 데나 가서 얘기 끝내. 나 더 이상 길게 얘기하고 싶지 않아. 마지막으로 하고 싶은 얘기나 다 해 보라구. 나 지금 참고 따라가는 거야."

"좋아, 그럼 우리 중국집 방에라도 들어가서 얘길 끝내지. 중국집에 가면 조용히 애기할 수 있는 방이 있을 거야."

"마음대로 해."

동표는 주위를 살폈다. 얼마 안 떨어진 곳에 중국음식점 간판 하나가 보였다.

"아, 저기 한 군데 있군."

하고 동표는 그쪽으로 걸음을 옮겨 놓았다. 미호도 싸늘한 표정으로 말없이 그를 따랐다.

중국음식점 안으로 들어선 동표는 종업원인 듯한 청년에게 조용한 방이 있느냐고 물었다. 청년은 의미 있게 그들 두 사람을 쳐다보고는 짐짓 모른 체해 준다는 표정으로

"예, 예, 있습니다. 이쪽으로 오십시오."

하고 앞장서 두 사람을 안내했다. 그리고 그들은 탁자 하나가 놓인, 조그만 한 방으로 인도되었다.

탁자를 사이에 두고 마주 앉아 동표는 미호에게 물었다.

"뭘 들 테야? 이왕 여기까지 왔으니 뭘 좀 들어."

미호는 그러나 쌀쌀하게 대꾸했다.

"난 아무것도 먹고 싶지 않아. 동표 씨나 어서 시켜."

"그래도 뭘 좀 들어야지."

"글쎄, 난 생각 없다니까."

"정말 아무것도 안 들 테야?"

"글쎄, 동표 씨나 어서 시켜."

동표는 하는 수 없이, 청년에게 배갈 한 병과 탕수육 한 접시만 부

탁했다. 그리고 청년이 방문을 닫고 사라졌을 때 말했다.

"미호 정말 이제 보니 여간 고집쟁이가 아니로군. 다시 봐야겠어."

그러며 동표는 억지웃음을 웃었다. 그러자 미호는 싸늘하게 말했다.

"실컷 다시 봐. 앞으론 그나마 볼 수도 없을 테니까."

"이거 죽겠군. 아무튼 두 손 들었어. 하지만 날 너무 미워하진 마."

"웃기는 소리 작작 해. 내가 동표 씰 미워하는 줄 알아? 천만에."

"그럼 날 미워하지 않는다는 얘기야?"

"흥, 그렇게 생각하면 큰 오해지."

"무슨 얘기야? 아, 미워할 만한 대상도 못 된다는 얘긴가."

"충고해 두겠는데, 가끔 자기 자신을 좀 돌이켜 보는 게 좋을 거야."

"야, 이건 완전히 짓밟는데. 좋아, 앞으론 가끔 나 자신을 돌이켜 보도록 하지. 미워할 만한 대상도 못 되는 형편인가 어떤가. 자, 그건 그렇고, 어떡할 테야? 애는 정말 기어이 낳고 말 테야?"

"얼마나 더 얘길 해야 알아들어? 그 얘긴 더 이상 해 봤자 입만 아퍼."

"어지간하군. 그럼 난 뭐가 되지? 미호가 낳을 그 애의 뭐가 되냐구."

"되긴 뭐가 돼. 아무것도 아니지."

"어째서 그렇지? 난 엄연히 그 애 아빤데. 좀 심한 표현을 쓴다면 동물학적으론 말야."

"흥, 그래서 친권(親權)이라도 주장하겠다는 얘기야? 하지만 인간은 동물과 달리 제도를 가지고 있어. 법적으로 동표 씬 아무 권한도 없어."

"아, 난 뭐 권리를 주장하겠다는 얘긴 아냐. 이를테면 나중에 그 애가 좀 컸을 때 우연히라도 나랑 만나게 되면 그때 날 누구라고 소개하겠느냐, 그런 얘기야."

"홍, 소개를 뭐 하러 해. 남남인데. 또 만날 필욘 어딨구. 그냥 모른 체하고 지나가면 그만이지."

"내가 모른 체하지 않을 텐데? 또 그건 그렇다 치고 내가 만일 악의를 품고 그 애한테, 사실은 내가 네 아빠다, 하고 사실을 말해 버리면 그땐 어떡하지? 거짓말이라고 잡아떼나?"

"거짓말을 거짓말이라고 하지 그럼 뭐라고 해. 어째서 동표 씨가 그 애 아빠야?"

"나 이거 죽겠군. 영 벽에다 대고 말하는 기분인데, 왜 그렇게 고집을 피우지?"

"내가 고집을 피운다구? 홍, 천만에. 난 내가 택할 수밖에 없는 길을 택한 것뿐야."

"좋아, 그럼 미혼 결혼 문젠 어떡할 거야? 시집 안 갈 거야?"

그때 주문한 것들이 날라져 왔다.

동표는 잠시, 음식과 술이 탁자 위에 놓여지고 그것들을 날라 온 청년이 물러가기를 기다려서 말했다.

"응? 어떡할 거야? 시집 안 갈 거야?"

그러자 미호는 눈썹 하나 움직이지 않은 채 대꾸했다,

"그야말로 주제넘은 걱정 하지 마. 남이야 시집을 가든 말든."

동표는 잠시 그녀의 얼굴을 쳐다보고 나서, 술병을 들어 함께 날라져 온 조그만 술잔에 배갈을 따랐다. 그리고 그것을 목구멍 속으로 털어 넣듯 단숨에 비우고 나서 말했다.

"……난 지금 어린앨 데리고서도 미호가 시집을 갈 수 있겠는갈 묻고 있는 거야. 결코 주제넘은 걱정은 아냐. 만일 어린애 때문에 시집을 갈 수 없게 된다면 그 일부의 책임은 나한테도 있으니까 말야. 내 말 이해 못 하겠어?"

"염려 마. 시집은 갈 생각도 안 하니까."

"뭐라구? 그럼 어린애 때문에 일생을 희생하겠단 말야?"

"희생? 웃기는 소리 좀 작작 해. 그게 어째서 희생이야? 결혼이 무슨 대단한 거라구. 기껏 고이고이 자라서 교육받고, 알량한 남자한테 시집이나 가서 평생 예속당해 사는 게 그게 그렇게 대단해서 희생이야? 제발 웃기기 좀 마."

"그건 날 두고 하는 얘기 같은데 세상엔 나 같은 알량한 남자만 있는 건 아니라구. 살다 보면 정말 좋은 남잘 만나게 되는지 어떻게 알아. 그럴 경운 어린애가 방해가 될 거 아냐."

"글쎄, 무슨 소릴 해 봐도 다 소용없어. 그런다고 내가 어떻게 할 줄 알아? 좋은 남자? 웃기지 마."

"글쎄, 나중에 후회하지 않을까?"

"천만에. 작작 웃기고, 그런 소리나 계속할 거면 나 그만 가 볼 테야."

그러며 미호는 몸을 일으키려는 자세를 취하였다. 동표는 당황한 몸짓으로 손을 뻗어 그녀를 제지했다.

"아, 잠깐만 미호. 한마디만 더 하겠어."

"해 봐, 그럼."

"정말 술 한잔 안 할래?"

"안 해."

"좋아, 그럼 얘기하지. 난 솔직히 말해서 미호 태도를 정말 이해할 수가 없어. 영리한 미호가 왜 그러는지 모르겠어. 왜 그런 무모하고 비현실적인 태도를 취하는지 모르겠어. 여러 가지 뻔한 곤란을 잘 알면서 왜 그러는 거지? 하지만 미호가 정 낳고 싶으면 낳으라구. 내가 강제로 못 낳게 할 순 없으니까. 그 대신 날 원망하진 마. 난 할 만큼은 했으니까. 미홀 사랑한다고 말할 수 있으면 더 좋겠지만, 그러니까 지금이라도 결혼해서 함께 애길 낳자고 말할 수 있으면 좋겠지만, 아까도 말했듯이 난 솔직히 말해서 지금 미홀 사랑하고 있지 않아. 이건 어쩔 수가 없어. 용서해. 그리고 만일, 만일에 말야, 미호 생각이 달라져서 애길 낳고 싶지 않으면 그땐 나한테 연락해 줘. 병원 비용은 내가 부담할 테니까."

그러자 미호는 잠깐 웃는 듯했다. 그리고는 조용히 일어서며 말했다.

"잘 알았어. 하지만 염려하지 마. 그런 일은 없을 테니까."

동표는 말없이 그녀를 쳐다보고 나서 곧 그녀를 따라 일어섰다.

초설

그날 저녁 헤어진 뒤로, 미호는 그 후 아무런 연락도 없었다. 동표
는 물론 마음 한구석 찜찜한 기분이 가시지 않았으나 더 이상 다른
뾰족한 수단도 없었으므로 모른 체해 두기로 하였다. 될 대로 되라는
기분이 작용했다고나 할까. 그리고 그럴 바엔 아무런 연락도 없는 게
(최소한 연락이 없는 동안만이라도) 속 편한 일이라고 생각되었다.

다시 동표는 안경림에게 기우는 마음의 경사(傾斜)에 충실하기로
했다. 그녀를 위해서도 미호의 일이 깨끗이 해결되었으면 싶었지만
그것은 이제 거의 단념할 수밖에 없는 일이었다. 또 어떤 의미에선
그것은 지나친 결벽증일 수도 있었다. 세상 어떤 친구치고 그런 건
(件) 한둘 없는 친구 없을 테니까. 다만 그 자신의 경우 그것이 미처
처리되지 못했다는 것뿐이니까.

또 어떤 의미에선 그것이 반드시 중절(中絶)로써만 처리되는 것은

아니라고 할 수도 있었다. 아무래도 좀 찜찜하긴 하지만 어쨌든 미호 얘기대로 인간은 동물과 달리 제도적 존재라고 할 수가 있으니까. 제도적 존재라는 것은 다시 말해서 그에겐 법적으로 처리해야 할 아무런 문제도 남아 있지 않다는 얘기도 되니까. 제도적 조건의 또 다른 면, 즉 윤리적 문제가 남아 있긴 하지만 그것을 위해선 그는 최선을 다했다고 할 수가 있으니까.

물론 완미(完美)하다곤 할 수 없지만 그렇다고 그런 문제에 매달려 정작 중요한 일을 그르칠 수는 없는 노릇이었다.

그런데 그렇게 미호와 헤어지고 난 열흘쯤 후 그해 들어 첫눈이 내렸다.

오후부터였다.

동표는 그때 정미와 소파에 마주 앉아 화투치기를 하고 있었다. 물론 정미의 제의에 의해서였고 띠에 10원씩 내기로 하는 만단보기 민화투였는데 한참 돈을 따고 잃고 하던 중 그녀가 문득 창 쪽을 바라보더니 어린아이처럼 소리쳤다.

"어마, 눈이 오고 있잖아."

"응?"

하며 동표도 그녀를 따라 무심결에 창 쪽을 바라보았다. 과연 창밖엔 눈이 내리고 있었다. 깃털처럼 가벼워 보이는 무수한 흰 반점들이 창에 스칠 듯 가득 흩날려 내리고 있었다.

"어마, 첫눈이네, 첫눈."

하며 정미는 곧 화투장을 내려놓고 일어나 창가로 달려갔다. 동표도 천천히 소파에서 몸을 일으켜 창가로 걸어갔다.

창밖의 넓은 공간이 온통 춤추는 흰 눈송이로 가득 차 있었다. 정미는 어린아이처럼 달뜬 목소리로 말했다.

"어쩜, 어쩜 첫눈이 이렇게 푸짐하게 내릴까."

동표는 웃으며 말했다.

"그럴 땐 정미도 꼭 어린아이 같군. 10대 소녀 같애."

그러자 정미는 동표의 팔짱을 끼며 응석하듯 말했다.

"우리 밖으로 나가요, 응? 같이 눈 맞으면서 돌아다녀요, 응?"

"그럴까?"

"그래요, 응? 집 안에서 이렇게 구경만 하긴 너무 아까워요. 나 직장 시간까지만요."

동표는 그때 경림을 생각했다. 그녀도 지금 눈이 내리고 있다는 것을 알고 있을 것이었다. 아니 지금쯤 그녀도 창가에 서서 눈을 내다보고 있을지도 몰랐다.

동표는 선심 쓰듯 대꾸했다.

"그러지 그럼. 밖으로 나가지. 그 대신 정미 직장시간까지만야. 첫눈 때문에 정미 또 직장 까먹으면 안 되니까."

그러자 그녀는 곱게 눈을 흘기며 말했다.

"알았어요. 괜히 내 걱정하는 체하지 말아요. 딴생각 있어서 그러죠?"

"딴생각이라니?"

"염려 말아요. 경림이라는 그 간호사 아가씨 만날 시간까지 뺏진 않을 테니까."

"하하, 이거 들켜 버렸는데."

"아무튼 알아줘야 해요. 미호라는 아가씨 문제도 아직 제대로 해결해 놓지 못하구서 딴 아가씨한테 열을 올리고."

"아, 그 미호 얘긴 이제 좀 하지 말아 줘. 해골 복잡하니까. 그건 끝난 얘기라구."

"끝난 얘긴데 그럼 뭐가 해골이 복잡해요?"

"끝난 얘기지만 기분은 안 좋잖아. 자, 나가자구."

"아무튼 얼버무리는 덴 뭐 있어요. 그래요, 나가요."

"그래, 나가자구. 정미한텐 좀 미안해. 하지만 정민 지금 내 사정 잘 알잖아."

"알았어요."

"기분 나쁜 모양인데? 그럼 정미 오늘 직장 쉴래? 나하고 아주 밤까지 눈맞고 돌아다닐까?"

"……정말 그럴 용의 있어요?"

"물론. 하지만 정민 직장 쉴 용의 있어?"

"알았어요. 그만두세요."

"야, 이거 또 한 사람 미묘한 여자가 여기 있군. 정민 미묘하지 않댔잖아."

"글쎄, 알았어요. 그만 나가요. 시간 아까워요."

"하하, 용서, 용서."

"아이, 유들유들해. 누가 이런 유들유들한 사람을 좋아할까."

"하하, 좋아하긴 누가 좋아해. 다들 퇴짜지. 자, 나가지."

"그래요. 직장시간까진 두 시간밖에 안 남았으니까 그거나마 아껴야죠."

"하하, 미안, 미안."

그들은 곧 외출 차림을 하고 아파트를 나섰다. 그리고 나란히 눈을 맞으며 거리를 돌아다녔다.

일단 밖으로 나와 눈을 맞으며 돌아다니기 시작하자 정미는 잠깐 서운했던 기분은 말끔히 가셔진 모양이었다. 천진한 소녀처럼 동표의 팔에 매달려 시종 명랑한 태도를 잃지 않았다. 동표는 약간 미안한 생각이 없지 않았으나 곧 그녀의 명랑한 태도에 감염되어 쾌활한 기분으로 그녀와 함께 돌아다닐 수 있었다.

그리고 마침내 그녀의 직장 시간이 가까워 그녀와 헤어지게 되었을 때 동표는 말했다.

"오늘은 내 정미 직장까지 바래다주지."

그러자 그녀는 귀엽게 웃으며 사양했다.

"아녜요, 여기서 헤어져요. 괜히 그 아가씨 퇴근시간 놓치지 말구. 직장은 다음에 와서 구경해요."

"구경이 아니라 바래다준다니까."

"글쎄, 다음에 바래다줘요. 자, 안녕."

그리고 그녀는 그가 뭐라고 더 말할 사이도 주지 않고 눈발 속으로 뛰어갔다.

동표는 그녀의 등 뒤에 대고 소리쳤다.

"그럼 이따 봐."

그녀는 고개를 돌이켜 한번 까딱해 보이고는 내처 뛰어가 버렸다.

동표는 그녀의 뒷모습을 잠시 바라보고 나서 천천히 몸을 돌이켰다. 그리고 부근의 한 다방으로 들어가 경림에게 전화를 걸었다.

바로 경림이 전화를 받았다.

"어마, 저예요. 조금 전에 전화했더니 안 계시데요. 지금 어디세요?"

"아, 나한테 전화했었어요? 나 지금 시내에 나와 있어요. 퇴근시간 다 됐죠?"

"네, 마악 퇴근하려던 참이에요."

"아, 이거 하마터면 늦을 뻔했군요. 나 지금 여기 명동 근처 다방인데 이쪽으로 좀 나오겠어요? 아니면 내가 그쪽으로 갈까요? 지금 눈이 오고 있다는 건 물론 알고 있겠죠?"

"네, 창밖으로 눈이 오고 있는 게 보여요. 아까부터 보고 있었어요."

"내가 그럼 그쪽으로 가죠. 이 푸짐한 첫눈을 그냥 넘겨 버린다는 건 말이 안 되니까."

"제가 그쪽으로 가겠어요."

"아, 아녜요. 내가 그쪽으로 가죠. 병원 앞 그 다방으로 넉넉잡고 20분 안에 가겠습니다."

"아녜요. 제가 그쪽으로 갈게요. 지금 계신 다방 위치만 정확하게 가르쳐 주세요."

"글쎄, 내가 간대두요."

"아녜요, 제가 갈게요."

"아, 이거 또 고집을 부리시는군. 정 그럼 마음대로 해요. 여긴 말이죠……."

동표는 다방의 위치와 이름을 가르쳐 주었다.

그리고, 그럼 기다리겠노라고 말한 다음 송수화기를 내려놓고 빈 테이블 하나를 찾아 앉았다.

그녀가 나타난 것은 20분쯤 후였다. 그녀는 어깨와 머리에 흰 눈을 가득 맞은 채 나타났다.

그녀는 다방 입구에 서서 눈을 털었다. 그리고 곧장 동표에게로 다가왔다.

"아까보다 눈이 더 많이 내리는 것 같아요. 기다리기 지루하셨죠?"

"아니, 조금도. 자, 그럼 빨리 차 한 잔씩 마시고 우리 나가죠."

"그래요."

동표는 레지를 불러 차를 시켰다. 그리고 차가 날라져 왔을 때 그녀와 함께 그것을 마시고는 곧장 자리에서 일어났다.

밖으로 나오자 거리에는 함박눈이 퍼붓고 있었다. 사람들은 모두 즐거운 표정으로 눈을 맞으며 걷고 있었다.

재난일 수도 있는 그 눈이 축복으로만 받아들여지는 모양이었다.

두 사람은 나란히 눈과 사람들 사이에 파묻혀 걷기 시작했다. 동표가 말했다.

"굉장하군요. 마치 서울 전체를 눈으로 뒤덮어 버릴 기센데요."

어느새 머리와 어깨가 다시 하얘지기 시작한 그녀가 대꾸했다.

"네, 마치 사람들의 추운 마음에 은혜를 내려 주는 것 같아요. 따뜻한 겨울을 예고해 주는 것 같기도 하고요."

"아, 참, 첫눈이 많이 내리면 그해 겨울은 따뜻하다는 말이 있던가요?"

"네, 어렸을 때 어른들한테 그런 말 들은 기억이 나요. 정말 금년 겨울은 따뜻했으면 좋겠어요."

길가의 상점들엔 전등이 하나둘 켜지기 시작하고 있었다.

동표는 잠시 고개를 갸웃해 보이며 말했다.

"하지만 겨울은 좀 추워야 제격 아녜요? 그래야 정신도 좀 번쩍 나고."

그녀는 맑은 눈으로 동표를 돌아보며 대꾸했다.

"그건 동표 씨 생각이죠. 추위를 막을 방법이 막연한, 가난한 사람들한텐 따뜻한 겨울이 제일이에요."

"아, 이거 그 생각을 미처 못했군요. 사람이란 제 입장을 벗어나기가 힘들다더니, 저 배부르면 남 배고픈 사정을 모른다는 식이 되고 말았는데요. 부끄럽군요."

"어마, 저 동표 씨 나무란 거 아녜요. 그냥 그렇다는 얘기뿐이죠. 저라고 뭐 가난한 사람들 사정 속속들이 아는 줄 아세요. 저도 그냥 막연히 관념적으로 얘기한 거뿐예요."

"아뇨, 그렇다고는 하더라도 부끄럽긴 마찬가집니다. 난 관념적으로나마 그런 생각은 해 보지도 못했으니까요."

"아이, 그만하세요. 그럼 제가 미안하잖아요. 모처럼 눈도 오는데 우리 즐거운 마음으로 걸어요."

"······."

"아이, 그런 표정 하지 마시구요. 우리 좀 걷다가 아무 데서나 버스 타 봐요."

"······버스요?"

"네, 버스 타고 그 버스 종점까지 가 봐요."

"글쎄, 난 아무래도 좋지만, 그건 왜요?"

"그냥요."

"그냥요?"

"네, 그냥. 이런 눈 오는 날 아무 버스나 타고 종점까지 가 보는 거 재미없을 것 같아요?"

"아, 그거 생각해 보니 괜찮을 것 같은데요."

"낯선 종점에 내려서 낯선 델 좀 걸어 보는 것도 이런 날 좋을 것 같아요."

"아, 그거 아주 멋진 생각이군요. 나 이렇게 감각이 둔해서야 어디······ 이왕이면 어디 좀 먼 데도 좋겠군요."

"멀어도 좋지만 아무튼 행선지를 정하진 말아야죠, 뭐."

"하지만 이왕이면 안 가 본 델 가 봐야 하니까. 우리 두 사람 가운데 누구도 안 가 본 델 가 보는 게 좋지 않겠어요?"

"하지만 그건 우연에 맡겨야죠, 뭐."

"버스를 타는 이상 어차피 행선지는 알게 될 테니까 순전히 우연에만 맡길 수는 없죠. 이왕이면 우리 두 사람 모두 안 가 본 델 가는 버스를 선택하는 게 낫죠."

"그건 그럴 수 있겠죠. 아무튼 그럼 그렇게 해 봐요."

"자, 그럼 지금 슬슬 버스 정류장 쪽으로 가 볼까요?"

"아이, 그렇게 너무 서두르면 재미없잖아요."

"하하, 그런가요."

눈은 계속해서 내렸다. 그녀의 어깨 위에와 머리 위에, 그리고 동표의 어깨 위에와 머리 위에, 또 사람들의 머리 위에와 어깨 위에, 그리고 차도와 인도 위에, 자동차들의 물결 위에, 상점들의 불빛 사이로.

그들은 계속해서 눈을 맞으며 걸었다. 그리고 을지로 쪽으로 접어든 그들의 발걸음이 을지로 5가 부근에 이르렀을 때 그녀가 말했다.

"참, 동표 씨, '성남' 가 보셨어요?"

"'성남'요?"

"네, 경기도 성남시……."

"아뇨, 못 가 봤는데요. 정부에서 몇 해 전에 새로 만든 주택단지 말이죠?"

"주택단지가 아니라 이제 인구 30만의 어엿한 시(市)래요."

"그렇게 됐나요. 그런데 거긴 왜?"

"이 근처에 오니까 문득 거기 생각이 나네요. 거기 가는 버스가 이 근처에서 출발한다는 얘길 들은 적이 있거든요. 작년에 교통사고로 입원했다가 퇴원한 소년이 하나 있었는데 그 소년이 거기 사는 소년이었어요. '영수'라는 이름을 가진 소년이었는데 절 무척 따랐어요. 저도 귀여워했구요. 교통사고를 당할 당시 어떤 전자회사의 견습공으로 있었다는데 성격이 아주 밝고 그 나이의 소년답지 않게 아주 꿋꿋했어요. 참을성도 아주 많았구요. 절 누나라고 부르면서 따르곤 했어요. 그런데 퇴원할 때 제가 꼭 한번 찾아가겠다고 약속을 해 놓고서 여지껏 그 약속을 못 지키고 말았네요."

"아, 그래서 거길 한번 가 봤으면 좋겠다, 그 얘긴가요? 하지만 그건 애초의 우리 의도하곤 좀 달라지는데요."

"지금 가 봐야 꼭 찾을 수 있을지 어떨지도 모르겠어요. 그동안 주소가 바뀌었을지도 모르고, 더구나 지금은 환한 대낮도 아니잖아요. 하지만 그 애가 사는 동네라도 한번 가 봤음 좋겠어요. 동표 씨만 싫지 않으시면요. 동네 이름이 아주 예뻐요. 본래는 '은행동(銀杏洞)'이지만 '달나라 별나라'라는 예쁜 별명으로 부르고 있대요. 애초의 의도하곤 다르지만 싫지 않으심 한번 안 가 보실래요?"

"경림 씨가 정 그렇게 원한다면 한번 가 볼까요, 그럼."

"그렇다고 강요하는 건 아녜요. 내키지 않으심 그만두세요."

"거기 가서 그 소년의 집을 방문할 건 아니죠?"

"찾기도 어렵겠지만 밤중에 남의 집을 어떻게 방문하겠어요. 그냥 동네만이라도 가 보고 싶은 거죠."

"좋습니다. 그럼 한번 가 보죠. 어차피 그렇게 되면 애초의 의도하고 크게 어긋나는 것도 아니니까."

"어마, 좋아라."

그녀는 기쁜 표정으로 환하게 웃었다.

"아, 그렇게 기뻐요? 그럴 줄 알았으면 진작에 오케이를 할 걸 그랬군."

하고 동표도 빙그레 웃었다.

"그런데 그 동네도 이왕이면 버스 종점이라야 처음 의도하고 더욱 가까워지는데. 어때요? 그 동넨 혹시 버스 종점 아니에요?"

"어마, 맞아요. 종점에서 내리면 된댔어요. 한 정류장 못미처 내려도 되지만 종점에서 내려서 조금 걸어 내려와도 된댔어요. 처음 오는 사람은 그게 더 편하댔어요."

"아, 그럼 얘기가 아주 제대로군."

"그러네요."

그들은 곧 성남행 버스 시발점을 찾았다. 성남행 버스 시발점은 을지로 5가와 청계천 5가 사이에 있었다. 버스를 타기 위한 사람들이 길게 줄을 지어 서 있는 모습이 보였다. 내리는 눈을 그대로 맞으면서.

그들은 곧 사람들이 서 있는 줄의 맨 끝에 가서 섰다. 그리고 그들은 버스가 세 대쯤 도착해서야 차례가 되어 버스에 오를 수 있었다. 그들은 버스의 중간께 좌석에 자리를 잡고 나란히 앉았다. 그리고 버스가 출발했을 때 동표는 말했다.

"이거, 눈 오는 저녁의 버스여행이라, 미상불 괜찮은데요. 더구나 이건 시내버스도 아니고 보니."

창가 쪽으로 앉은 그녀가 동표를 돌아보며 맑게 웃었다.

"처음 의도하곤 아무래도 좀 달라졌는데두요?"

"아, 결국 마찬가지죠. 어쨌든 요점은 버스를 탄다는 데 있었으니까. 눈 오는 저녁에. 더구나 이건 시내를 뱅뱅 도는 것도 아니고 시외

로 빠져나가는 거니까 오히려 더 잘된 셈이죠. 여행 기분도 제대로
나고."

"다행이네요, 그럼."

그러며 그녀는 다시 신뢰의 빛이 가득 담긴 미소를 보내왔다.

버스는 청계천 쪽으로 돌아서 약수동과 한남동을 거쳐 제3한강교
를 통과했다. 그리고 곧장 경부고속도로로 빠져나갔다.

시간은 이제 완전히 밤이었으나 그동안 내린 눈 때문에 연변의 야
산들이 뚜렷한 흰 윤곽을 드러내고 있었다. 눈은 그리고 이제 얼마쯤
뜸해지고 있었다. 차창에 와서 부딪치는 눈송이도 차츰 송이가 작아
지고 속도도 느려졌으며 눈 때문에 가렸던 시야도 훨씬 멀리 트였다.
그리고 마침내 버스의 앞창을 좌우로 분주히 움직이던 클리너도 동
작을 멈추고 쉬었다.

눈은 곧 완전히 멎었다. 그러나 버스는 눈 때문에 노면(路面)이 미
끄러워서인지 충분한 속력을 내지 못했다. 그리고 그건 고속도로 위
를 달리는 다른 차량들의 경우도 마찬가지인 것 같았다. 즐거운 일이
었다. 눈 때문에 자동차들이 제힘을 발휘하지 못하다니, 얼마나 즐거
운 일인가.

동표가 말했다.

"재미있죠? 눈 때문에 자동차들이 맥을 못 쓰고 엉금엉금 기는
게."

그녀는 웃었다.

"네, 아주 순하고 착해 보이네요."

"하하, 순하고 착해 보인다, 그게 더 적절한 표현인 것 같군요. 늘 사나운 짐승들처럼 달려 대더니만."

"눈 덕분이죠 뭐. 이렇게 평화로운 풍경을 볼 수 있게 된 것도, 벼르기만 하면서 못 가 본 성남엘 가 볼 수 있게 된 것도."

"아니, 눈 덕분만은 아니죠. 경림 씨가 멋진 아이디어를 생각해 낸 덕분이기도 하죠. 아무리 눈이 와도 나 혼자 같았으면 이런 일은 생각도 못 했을 테니까."

"하지만 눈이 안 왔음 저도 이런 생각 못 했을 거예요. 동표 씨가 전화 안 걸어 주셨어도 그렇고요."

"하하, 나한테도 공이 있단 얘긴가요?"

"그러믄요."

"아, 이거 미상불 불쾌하진 않은데."

그때 버스는 고속도로를 벗어나서 왼쪽으로 꺾였다. 성남으로 향하는 갈림길인 모양이었다. 이제껏 거느리고 오던 야산을 정면으로 바라보며 버스는 달렸다.

어떤 외딴 지역으로 들어가는 듯한 느낌이었다. 여지껏보다는 차량의 통행도 훨씬 적고 가로등도 없는 길을 버스는 달렸다.

그리고 버스는 한참 만에야 성남 시가지의 불빛과 만났다.

생각하던 것과는 달리 그곳은 서울의 어느 거리 못지않게 번화하고 잘 정돈된 시가지의 모습을 하고 있었다. 적어도 영등포의 어느 거리쯤은 충분히 닮고 있었다. 그곳이 인구 30만의 도시라는 사실이 실감으로 확인되는 기분이었다. 그리고 그렇게 일단 시가지로 접어

들자 그곳이 외딴 지역이라는 느낌 따위도 전연 들지 않았다.

그곳에는 서울 어느 거리에서나 볼 수 있는 도로변의 번화한 상점들, TV·냉장고 따위의 전자제품 대리점, 기성 신사복점, 양품점, 운동구점 따위들이 쇼윈도에 환히 불을 켜고 있었고 극장 간판과 온천 표지가 그려져 있는 여관 간판 따위도 보였다. 다만 차량의 왕래나 행인의 왕래가 서울 거리보다는 다소 적을 뿐이었다. 그리고 그러한 거리는 꽤 오래 계속되었다.

버스는 정류장마다 잠깐씩 정차하여 승객 몇 사람씩을 내려놓고 떠나곤 했는데(새로 버스에 오르는 승객도 있었다) 그렇게 한참을 더 달려서야 동표는 그 버스의 종점이 가까웠다는 사실을 느낄 수 있었다. 우선 버스 안에 탄 승객의 수가 얼마 남지 않았을 뿐만 아니라 차창을 통해 내다보이는 풍경이 달라지고 있었던 것이다. 도로변의 번화한 상점들이 차츰 자취를 감추기 시작했고 그 대신 도로 오른쪽에 흐르던 하천 너머로 집들의 규격이 비슷비슷한 주택가가 보이기 시작했으며 그 주택가에서 내비치고 있는 전등빛의 밝기도 차츰 줄어들고 있었던 것이다.

동표가 말했다.

"이제 종점이 가까운 모양인데요."

그러자 그녀는 차창에 거의 고정시켜 두고 있던 시선을 동표 쪽으로 옮기며 대꾸했다.

"네, 거진 다 왔나 봐요."

"생각했던 것보단 괜찮은 곳 같은데요. 서울 거리보다 별로 못할 것도 없고. 여긴 서울 어느 변두리 같은 느낌을 주는군요."

그러나 그것은 잘못된 생각이었다. 곧, 이제는 서울 어느 변두리에서도 찾아볼 수 없는 풍경이 차창 밖으로 나타나기 시작했던 것이다. 그것은 이삼 년 전의 서울 변두리, 그것도 마장동 천변이나 중랑천 변 같은 데서나 볼 수 있었던 풍경이었다. 도로 오른쪽 하천 너머 산비탈 같은 곳에, 흔히 '판잣집'이라고 불리던 영세한 주택들이 조그만 불빛을 반짝이며 (흡사 한 줌의 별이라도 뿌려 놓은 듯) 다닥다닥 붙어 있는 모습이 차창을 통해 바라보이기 시작했던 것이다.

그녀의 시선은 순간 차창에 못 박힌 듯 움직이지 않았다. 그리고 그녀의 몸은 일순 경직이라도 일으킨 듯 꼼짝하지 않았다.

동표가 말했다.

"아, 여기가 그 '달나라 별나라'라는 동넨가 보군요."

그러나 그녀는 아무 대꾸도 하지 않았다.

못 박힌 듯 시선을 계속 차창 쪽으로만 고정시키고 있었다.

동표는 순간 무안이라도 당한 듯한 느낌이었다. 해서 잠시 입을 다물었다가 말했다.

"여기가 그 은행동이란 곳인가 보죠?"

그제야 그녀는 흠칫 놀란 듯 동표 쪽으로 시선을 돌이켰다.

"네?"

"아, 여기가 그 '달나라 별나라'라는 동넨가 보다구요."

"……네, 그런가 봐요."

하고 그녀는 눈을 한번 깜박였는데 그렇게 깜박이고 난 그녀의 눈에는 엷은 물기 같은 것이 어려 있었다. 동표는 순간 알 수 없는 동요를 마음속에 느꼈다.

"……왜 그러죠?"

"아녜요, 아무것도."

하고 그녀는 다시 한번 눈을 깜박였다. 그러나 그녀의 눈에 어린 물기는 사라지지 않았다.

그때 버스가 멎었다. 그리고 몇 남지 않은 승객이 모두 그곳에서 내렸다. 마침내 종점에 닿은 모양이었다.

그녀와 동표도 버스에서 내렸다.

몇 대의 버스가 쉬고 있는 차고가 보였고 담뱃가게를 겸한 조그만 구멍가게와 조그만 다방도 보였다.

도로는 거기서 끝나 있는 것은 아니었으나 앞을 가로막고 있는 산 위로 넘어가고 있었고 그 산 가까이에는 인가가 보이지 않았다. 도로 오른편에 있는 하천은 그 산기슭에서 끝나 있었다.

주위는 눈에 덮여 고즈넉했고 차고 주변의 구멍가게와 다방에서 흘러나온 불빛만이 따스한 느낌을 주었다.

동표가 말했다.

"저기 다방이 있군요. 저기서 잠깐 쉬었다 가죠."

그러자 그녀는 동표의 얼굴을 한번 쳐다보고는 말없이 고개를 끄덕였다.

그들은 곧 나란히 다방을 향해 걸었다. 그리고 불빛이 새어 나오고 있는 그 다방 문을 열고 들어섰다. 탁자가 불과 대여섯 개밖에 놓이지 않은 아주 조그만 다방이었다.

　물주전자가 끓고 있는 연탄난로 가까이 앉아, 운전사로 보이는 한 남자 손님과 이야기를 주고받던 30대의 주인인 듯한 여자가 반색을 하며 그들을 향해 일어섰다.

　"어서 오세요. 이쪽 난로가로 앉으세요."

하고 그녀는 방금 자기가 일어선 자리를 가리켰다.

　손님이라곤 방금 그녀와 이야기를 주고받던 남자 손님 한 사람과 안쪽에 틀어 놓은 텔레비전 앞에 나란히 앉은 한 쌍의 남녀뿐이었다.

　동표들은 여주인의 친절에 상관없이 빈 자리 한 군데를 골라 앉았다. 그러자 여주인이 그들 자리로 다가오며 말했다.

　"저쪽 따뜻한 자리로 앉으시라니까. 서울서들 오셨나요?"

　동표는 그렇다고 대답하고 경림의 의향을 물어 커피 두 잔을 시켰다. 그리고 여주인이 난로 위의 주전자에서 따뜻한 엽차 두 잔을 따라 주고 주방 쪽으로 물러갔을 때 경림에게 물었다.

　"조금 아깐 왜 그랬죠? 정말 아무것도 아니었어요?"

　그러자 그녀는 무언가 숨기듯 잔잔히 웃었다.

　"네, 아무것도 아니었어요."

　"아무것도 아닌데 눈에 눈물이 어려요?"

　"그냥 마음이 잠시 이상해졌을 뿐예요."

　그러며 그녀는 잠시 고개를 숙이고 엽차잔을 두 손으로 감싸 쥐는 동작을 했다. 동표는 잠시 입을 다물었다가 다시 물었다.

　"……잘 모르겠는데요. 혹시 무슨 동정심 같은 것 때문에?"

그러자 그녀는 시선을 들어 그를 향해 가만히 웃으며 말했다.

"아녜요. 그냥 저도 모르게 잠시 그랬을 뿐예요."

그리고 그녀는 화제를 돌리려는 듯 팔목을 들어 시간을 보았다.

"어마, 벌써 8시가 다 됐네요. 늦지 않게 돌아가려면 서둘러야겠어요."

동표는 웃었다.

"하하, 말머리를 돌리는군요. 염려 말아요. 돌아갈 시간은 넉넉하니까. 아무튼 그럼 그 얘긴 덮어 두기로 하죠."

그때 주문한 커피가 날라져 왔다. 커피는 훌륭한 편은 아니었으나 따뜻했으므로 그들은 고마운 마음으로 마셨다. 그리고 곧 의자에서 일어났다. 그들은 다방에 앉아 있기 위해서 온 것이 아니었기 때문이다.

다방을 나선 그들은, 그들이 버스를 타고 온 길을 따라서, 하천을 왼편에 끼고 천천히 걸었다. 길은 눈 때문에 살피지 않아도 좋을 만큼 환했고 다시 서울을 향해 떠나는 버스가 그들 옆을 지나갔다.

그들은 얼마쯤 걸어 내려가다가 하천 위에 놓인 콘크리트 다리와 만났다. 하천 너머의 동네로 건너가는 다리였다.

그들은 다리를 건넜다. 그리고 그들이 아까 본 그 작은 불빛들이 있는 동네를 향해 걸었다.

종점 부근에는 비교적 반듯한 규모의 집들이 있었다. 그리고 종점에서 얼마쯤 걸어 내려가서야 아까의 그 작은 불빛들이 있는 산비탈 동네가 나타났다.

그들은 그 산비탈 동네로 올라가는 길로 접어들었다. 눈이 내리고 경사가 진 길이었으므로 그들은 발밑을 조심하지 않으면 안 되었다.

곧 그들은 동네 한가운데로 들어섰다. 담장이나 울타리가 있는 집이라곤 없었으므로 그들이 걷는 길은 바로 그 집들의 마당이나 다름없었다. 벽에 시멘트를 바른 집들도 있었으나 천막이나 종이상자 같은 것을 이어 붙인 집이 많았다. 어떤 집은 동표의 키보다도 지붕이 낮았으며 문이라곤 방문 겸 창문 하나뿐인 집들도 있었다. 그리고 그 방문 겸 창문에선 따뜻한 불빛들이 새어 나오고 있었다. 불빛과 함께 도란도란 이야기 소리가 흘러나오는 집도 있었다. 어떤 집에서는 어린아이들의 동요 소리도 새어 나왔다. 어른의 기침소리가 흘러나오는 집도 있었고 아이들을 꾸짖는 소리가 들려 나오는 집도 있었다.

늦은 저녁을 짓기 위해선지 아기를 등에 업은 채 어디선가 물을 길어 오는 아낙네의 모습도 보였다. 무슨 심부름을 하기 위해선지 방문 겸 대문을 열고 뛰어나와 어디론지 급히 달려가는 소년의 모습도 보였다. 이제 귀가하는, 남루한 복장의 가장의 모습도 보였다.

길은 꼬불꼬불 집들 사이로 집들의 마당을 지나며 이어졌고 산비탈 쪽으로 올라가면 올라갈수록 집들은 작아졌다.

그리고 그 작은 집들의 가난한 지붕은 모두 포근한 흰 눈으로 덮여 있었다.

그들은 동네로 들어선 이래 거의 아무 말도 나누지 않았다. 무언가 얘기를 주고받는 것이 동네에 대한 큰 무례(無禮)라는 느낌이 그들에겐 생겨 있었던 것이다. 그리고 그러한 느낌은 무언중에 서로에게 전달되었던 것이다.

뚜렷한 목적도 없이 동네에 그렇게 들어와 있다는 사실 자체가 그들에겐 죄를 짓는 느낌이었다. 허락 없이 남의 집 안마당에 들어와 있는 느낌 같았다고 할까.

어쨌든 동표는 이제껏 경험해 보지 못한 심한 마음속의 동요를 느꼈다. 형언할 길 없는 일종의 선명한 각성상태(覺醒狀態) 비슷했다고 할까. 무언가 여지껏 호도되었던, 또는 무지(無知)했던 자신의 치부(恥部)가 일거에 눈들을 뜨고 고개를 쳐드는 듯한 느낌에 그는 사로잡혔던 것이다. 자신의 내부에 갑자기 수많은 눈(眼)들이 생겨난 듯한 느낌이었다고 할까. 결코 감으려고 하지 않는 눈들이. 그리고 그 눈들이 그의 외부의 눈(肉眼)과 긴밀히 협동하여 그를 계속 극명한 각성상태로 이끄는 것이었다.

그가 살아온 삶의 경험 영역 안에서는 그가 지금 보고 있는 삶의 양식은 여지껏 막연한 풍문 이상의 뜻은 갖지 못했었던 것이다. 적어도 그것은 그에게 있어 현실이 아니었다. 그런데 지금 그는 그것이 눈 감을 수 없는 현실이라는 사실을 두 눈으로 똑똑히 목도하고 있는 것이다.

언젠가 경림이 사진 전람회에서 그가 찍은 행상 아주머니의 사진 앞에서 한 말,

"동정심 따위가 결코 아녜요. 굳이 그런 식으로 말한다면 수치심이라고 할 수 있을지 몰라요. 거짓을 지적당했을 때 받는 수치심……."
이라던 말의 진의(眞意)가 확연히 깨달아지는 기분이었다.

경림은 말없이 그의 곁에서 걷고 있었다. 그녀도 잔뜩 긴장하고 있

음에 분명했다. 거의 몸으로 걷고 있는 태도가 아니었다. 마음으로 걷고 있는(이런 표현이 가능하다면) 것 같았다. 아니면 적어도 자기가 발을 움직여서 걷고 있다는 사실에는 주의가 조금도 미치지 않는 것 같았다.

그녀의 표정은 몹시 꾸지람 듣는 아이처럼 잔뜩 움츠러든 그것이었으며 두 눈은 어떤 고통을 향해 한껏 열려 있는 것 같았다. 꾸지람을 견디며 마침내 울음을 터뜨리기 직전의 한껏 크게 열린 눈, 눈물이 당장이라도 눈동자 전체를 엄습할 듯한 그런 눈이었다.

그러나 그녀는 울고 있지는 않았다. 그것은 울기 위한 그런 눈이 아니라 고통을 받아들이기 위한 눈 같았다. 고통을 받아들여서 그것으로 스스로를 매질하려는 눈 같았다.

동표가 마침내 가만히 말했다.

"그만 가죠. 더 이상 여기 있는다는 건 죄가 되는 것 같습니다. 마치 도둑이 된 것 같은……"

그러자 그녀는 그렇게 크게 떠진 눈으로 동표를 말없이 돌아보았다. 그리고 곧 나직한 목소리로 말했다.

"……저쪽으로 조금만 더 가 봐요. 여기 어디에 영수가 다니는 학교가 있댔어요. 저녁에 문을 여는 천막학교가……"

그들이 학교를 발견한 것은 얼마 후였다. 학교는 동네 아래쪽에 있었다. 그들이 지나쳐 올라온 길목과는 다소 떨어진 위치에 있었으므로 그들이 발견하지 못한 지점이었다.

학교로 들어가는 작은 길이 보였고 그 저쪽에 'ㅇㅇ중·고등학교'

라는, 서툰 검정색 페인트 글씨가 쓰여진, 판자로 된 입간판이 보였다. 입간판은 역시 판자로 된 두 개의 기둥 부분에 받쳐져서 수평형 아치 모양의, 학교로 들어가는 입구 구실을 하고 있었는데 학교 이름 위에는 조금 큰 글씨로 '활민부국(活民富國)'이라는 네 글자가 역시 서툰 솜씨로 쓰여져 있었고 가까이 다가가 보니 양쪽 기둥 부분에도 서툰 글씨들이 쓰여 있었다.

'국민 중·고등학교 의무화 연구센타', '성남 근로청소년 학교', '○○대학교 도시문제 연구소' 등등의 글씨들이었다. 그리고 오른쪽 기둥 부분 하단에는 교훈(校訓)이 쓰여져 있었는데 판자 조각이 떨어져 나가 본래 세 글자씩으로 되어 있었을 것으로 짐작되는 글귀가 두 글자씩밖에 남아 있지 않았다. '닫자, 치자, 우자'가 그것이었다. 조금 생각해 보자 본래는 '깨닫자, 뭉치자, 배우자'였을 것으로 짐작되었다.

그리고 동표는 거기서 이상한 것을 발견하였다. 그 두 자씩 남은 교훈 사이에 서툰 백묵 글씨들이 쓰여 있었던 것이다. '○○은 바보 학교'라고. 학생 가운데 누가 쓴 것으로 짐작되는 그 글씨는 어떤 원망의 뜻이 담겨 있는 것 같았다.

동표는 경림을 쳐다보며 물었다.

"무슨 뜻일까요?"

경림도 그 글씨들을 본 모양으로, 가만히 동표를 마주 보며 대꾸했다.

"모르겠어요. 무슨 원망하는 소리 같아요."

"그런 것 같죠? 무슨 안타까운 심정을 참다 못해 쓴 것 같은."

"……네, 그런 것 같아요."

그들은 안쪽을 바라보았다. 운동장이랄 것도 없는 약간의 공터가 보였고 그 안쪽 조금 언덕진 곳에 나란히 천막 세 개가 보였다. 그리고 그 천막들 왼편에 판자로 지은 건물 한 채가 보였고 공터 왼편으로는 블록을 쌓다가 지붕도 올리지 못한 채 중단돼 있는 교사(校舍) 건물 비슷한 것이 보였다. 블록을 쌓은 솜씨가 익숙한 사람의 그것 같지 않았다. 학생들이 쌓다가 중단한 것 같은 인상이었다.

동표가 물었다.

"들어가 보겠습니까?"

그러자 그녀는 망설이는 표정을 지었다.

"괜찮을까요? 들어가도……."

"글쎄요, 어쩐지 우리가 함부로 들어가선 안 될 곳 같기도 하고, 어떨는지……."

"……함부로 들어가선 안 되겠죠?"

"글쎄요……."

"천막에 불이 켜져 있는 걸 보면 지금 수업중인 모양인데. 어쩜 지금 저 천막들 속에 영수가 있을지도 몰라요."

"그 영수라는 소년을 꼭 만나 보고 싶어요?"

"……네, 저 속에 있다면 기다려서라도 만나 보고 갔음 좋겠어요."

"그럼 저기 가서 한번 물어보죠. 저 판자 건물이 교무실인 것 같은데."

그때 천막들의 입구가 들쳐지면서 불빛이 환하게 밖으로 흘러나

왔다.

그리고 학생들 몇 명이 밖으로 나오는 모습이 보였다. 아마 쉬는 시간인 모양이었다.

동표는 경림에게 말했다.

"아, 저 학생들한테 물어보면 되겠군요. 잠깐 기다려요. 내 물어보고 올 테니."

그리고 동표는 학교 안으로 들어서서 천막 쪽으로 걸어갔다. 제복도 입지 않고 몇 명의 소년이 공터 쪽으로 걸어 내려오고 있었다.

동표는 소년들에게 다가가며 물었다.

"저, 이 학교에 혹시 영수라는 학생 있어요?"

그러자 소년들 중 하나가 대꾸했다.

"왜 그러세요?"

"아, 좀 만나 보려구. 영수 누나 되는 사람이 저기서 기다리고 있는데."

"영수 누나요? 영순 누나가 없는데."

그러며 그 소년은 동표가 가리킨 교문께를 힐끗 바라보더니 고개를 갸웃하고 나서,

"그럼 잠깐 기다려 보세요."

하고는 다시 천막 쪽을 향해 뛰어갔다. 그리고 잠시 후 소년은 저보다 키가 약간 큰 소년 하나를 데리고 뛰어왔다. 고등학교 일이 학년쯤 되어 보이는, 그러나 얼굴은 숙성해 보이는 소년이었다.

소년은 똑바른 시선으로 약간 경계하듯 동표를 쳐다보았다.

"절 찾으셨나요?"

"아, 학생이 영수로군. 경림이 누나 알지? 경림이 누나가 저기 와 있는데."

하고 동표는 교문께를 가리켰다. 그때 경림이 이쪽으로 걸어오고 있는 모습이 보였다.

소년의 얼굴에는 한순간 기쁨의 빛이 떠올랐다.

"아, 누나!"

그리고 소년은 곧장 경림을 향해 뛰어갔다. 경림도 소년을 향해 몇 발짝 마주 뛰어왔다.

두 사람은 곧 서로 부둥켜안을 듯이 두 손을 마주 잡았다.

"영수야!"

"누나!"

"미안해, 영수야. 약속 못 지켜서."

"괜찮아요, 누나, 와 줘서 고마워요."

동표는 그들을 향해 걸어갔다.

"다행이군요. 이렇게 두 사람이 만나게 돼서."

그러자 경림이 소년에게 말했다.

"참, 인사해라, 민 선생님한테. 좋은 형님이 돼 주실 거야."

소년은 곧 동표를 향해 꾸벅 고개를 숙여 인사했다.

"안녕하세요."

동표도 소년을 향해 마주 인사했다.

"아 반가워요, 만나게 돼서. 경림 씨한테 얘긴 많이 들었는데. 앞으론 나하고도 잘 좀 사귀어 봤으면 좋겠군."

그리고 동표는 손을 내밀어 악수를 청했다. 소년은 약간 부끄러워 하듯 동표의 손을 마주 쥐었다.

두 사람의 인사가 끝나기를 기다려서 경림이 소년에게 물었다.

"그런데 영수 너 얘기할 시간 좀 있겠니? 금방 들어가 봐야지?"

그러자 소년은 다소 흥분한 표정으로 고개를 저었다.

"아니, 괜찮아요. 선생님한테 얘기하고 나오면 돼요. 잠깐만 기다려요."

그리고 소년은 다시 천막 쪽을 향해 뛰어갔다.

미처 말릴 겨를도 없었으므로 그들은 잠시 그곳에 서서 소년을 기다렸다.

그녀가 동표에게 말했다.

"어때요? 좋은 애죠?"

동표는 방금 소년이 뛰어간 천막 쪽을 바라보며 고개를 끄덕였다.

"그런 것 같군요. 첫인상이 나쁘지 않은데요."

"정말 다행이에요, 만나 보고 갈 수 있게 돼서. 동표 씨 덕분이에요."

"아니죠. 그건 두 사람이 만날 계기를 만들어 준 하느님 덕분이죠. 오늘 첫눈이 내리지 않았으면 우리가 여길 이렇게 오게 되지도 않았을 테니까."

"그랬겠죠?"

"물론이죠. 나중에 혹 경림 씨 혼자 오게 됐을진 모르지만 적어도 오늘 이렇게 오게 되진 않았을 거니까."

그때 소년이 다시 그들을 향해 뛰어오는 모습이 보였다. 소년은 상기한 표정으로 뛰어와서 말했다.

"자, 나가요, 누나. 선생님한테 허락받았어요."

"허락해 주시든? 하지만 우리 때문에 공부 방해돼서 어떡하지?"

하고 그녀는 다소 걱정 어린 표정을 지었다. 그러자 소년은 쾌활하게 말했다.

"괜찮아요, 누나. 이제 한 시간밖에 안 남은걸요, 뭐. 한 시간 못 배운 정돈 금방 보충할 수 있어요. 자, 나가요."

"그래, 그럼 나가자."

그들 세 사람은 곧 그 판자로 된 교문 밖으로 나섰다. 그때 소년이 다시 말했다.

"우리 집이 괜찮으면 집으로 갔으면 좋겠는데 집이 너무 형편없고 좁아요. 그러니까 누나, 우리 다방으로 가요. 종점에 다방 하나 있는 거 누나 봤어요?"

"응, 거기서 우리 차도 한 잔씩 마셨어. 그래, 그리 가자. 이렇게 늦었는데 어떻게 집엘 가겠니, 염치없이."

"염치없긴, 누나두. 집이 조금만 넓어도, 아니 식구만 적어도 집으로 가자고 그러겠어요. 하지만 방 하나에 식구들이 다 모여 있는데 어떻게 가요. 그래서 하는 말이에요. 늦어서가 아니구."

"그건 아무 상관 없어. 하지만 지금은 아무튼 늦었으니까 영수 네 말대로 다방으로 가자. 다방에 가서 얘기나 좀 해. 영수네 집엔 다음에 다시 올게."

"아무튼 그래요. 다방으로 가요."

그들은 곧 동네 아래 버스길을 향해 걸었다. 그리고 아까 동표들이 들러 차 한 잔씩을 마신 종점의 다방으로 향했다.

다방은 여전히 아까처럼 한산했다. 두어 테이블에만 손님이 있을 뿐이었다.

그들이 들어가 테이블 하나를 차지하고 앉아 아까의 그 여주인이 엽차잔을 날라 오며 말했다.

"고마워라, 또 와 주셨네요. 따끈한 커피 한 잔씩 다시 드릴까요?"

경림이 소년을 돌아보았다.

"영수 커피 마실래?"

"난 아무거나 괜찮아요."

하고 소년은 고개를 끄덕이는 시늉을 했다. 그들은 곧 커피를 주문했다. 그리고 여주인이 미소를 남기고 물러갔을 때 경림이 물었다.

"그래, 지내기는 어떻니? 힘들지? 낮에 일 다니고 저녁에 공부하러 다니느라고."

그러자 소년은 숙성한 태도로 웃었다.

"누나두. 그게 뭐가 힘들어요. 일도 못 다니고 공부할 데도 없어야 힘이 들지. 진짜 힘들었던 건 병원에 누워 있을 때였어요. 어찌나 갑갑하던지. 차주 측에서 병원 비용을 다 댔으니까 돈 걱정은 안 했지만 꼼짝 못 하고 누워 있으려니까 갑갑해서 견딜 수가 있었어야죠. 나중에 병원 구내라도 좀 왔다 갔다 할 수 있게 돼서 나아졌지만."

경림은 믿음직스럽다는 듯 웃었다.

"그래, 그렇게 생각하고 있는 게 좋을 거야. 그렇다고 너무 순응적으로 돼서도 못쓰지만. 원래 네 나이는 일하러 다닐 나인 아니잖아. 공부만 하면 될 나이지. 하지만 지금은 그렇게 생각하고 있는 것도 좋을 거야……. 그래, 지금도 그럼 그 전자회사에 다시 나가니?"

"아뇨, 지금은 여기 성남에 있는 공장엘 다녀요. 그땐 영등포에 있는 공장이었잖아요. 비슷한 공장이에요."

"그럼 우선 가까워져서 좋겠구나."

"훨씬 나아요."

그때 커피가 날라져 왔다. 동표가 커피에 설탕을 넣어 저으면서 영수에게 물었다.

"그런데 지금 영수 군 다니는 학곤 누가 하는 건가? 대학생들이 하는 건가?"

영수는 커피를 저으려다 말고 동표를 바라보며 대답했다.

"네, ○○대학 선생님들이 와서 무료로 가르쳐 주세요. 모두 좋은 선생님들예요."

"몇 분이나 오시는데? 학생들은 얼마나 되구?"

"한 서른 명 가까이 되세요. 학생 수는 500명쯤 되구요."

"그렇게 많아?"

"처음 시작할 땐 선생님도 몇 분 안 되시고, 학생 수는 오륙십 명밖에 안 됐나 봐요. 그런데 몇 년 사이에 그렇게 불어났어요. 그래서 요즘은 학생들 공장 작업시간에 따라 주야간 반으로 편성해서 공불

하고 있어요."

"저녁에만 공부하는 게 아니구?"

"네."

"어서 커피 들면서 얘기해."

"네……."

영수는 커피잔을 들어 조금 마시는 동작을 했다. 동표도 커피잔을 들면서 말했다.

"그런데 아까 보니까 학교 왼쪽에 짓다 만 교사 건물 같은 게 있던데 그게 학생들이 쌓은 건가? 그 블록으로 쌓다 만 건물 말야."

"네, 우리가 쌓은 거예요. 원래 천막이 다섯 개였는데 지난여름 태풍에 두 개가 날아가 버리고 지금 남은 세 개도 여기저기 찢어졌거든요. 그래서 학교를 우리가 짓자는 생각을 하고 한 사람이 블록 열 장씩 모으기 운동을 했어요. 그리고 수업이 끝난 뒤에 터를 만들고 모아진 블록을 쌓고 그랬어요. 터 닦는 일도 어려웠지만 경험이 없어서 블록을 조금 쌓아 놓으면 무너지고 무너지곤 하는 바람에 나중엔 학부형님들까지 와서 도와주셨어요. 그래서 그만큼 된 거예요."

"……아, 그렇게 된 거로군. 그럼 중단한 게 아니라 앞으로 마저 짓겠군?"

"……."

영수는 순간 무엇 때문인지 입을 다물었다. 그리고 여지껏까지와는 달리 어두운 표정이 되면서 고개를 숙였다.

경림이 근심스러운 표정이 되어 물었다.

"……왜, 무슨 일이 있니? 무슨 언짢은 일이라두?"

그러자 영수는 고개를 들어 그녀를 쳐다보며 조금 쓸쓸하게 웃었다.

"……아마 마저 짓지 못할 거예요. 시에서 철거 지시가 내려왔어요."

"아니, 왜?"

경림과 동표는 거의 동시에 그렇게 물었다.

"……거기가 시유진데 무허가 건물이라는 거예요. 학교 전체가요. 지난 초순께는 철거반까지 나왔었어요. 우리가 울고불고 매달려서 마지못해 돌아갔지만요. 그런데 이달 말까지 철거하라고 다시 지시가 내려왔어요. 그동안 우린 겨울만이라도 나게 해 달라고 도지사님, 내무부장관님 등한테 진정을 하고 그랬지만요……. 이제 며칠 안 남았어요."

그러는 영수의 두 눈에는 어느덧 엷은 눈물의 막이 씌워져 있었다. 그제야 동표는 아까 본 학교 교문의, 교훈이 쓰여 있던 부분의 판자 조각이 떨어져 나간 이유와 거기에 쓰여져 있던 '○○은 바보 학교'라는 백묵 글씨의 의미를 이해할 수 있을 것 같았다. 동표는 마음 한 구석이 아파 오는 것을 느끼며 물었다.

"그럼 이제 도리 없이 학굔 헐리고 만다는 얘긴가?"

거의 같은 순간에 경림도 묻고 있었다.

"결국 그나마도 공불 계속할 수가 없게 됐단 말이구나? 너 그래서 아까 공부할 데가 없어야 힘이 든단 얘기도 한 거구나?"

영수는 소맷부리를 눈 근처로 가져가 슬쩍 한번 훔쳤다. 그리고 눈물 자국이 스쳐 간, 그러나 소년답지 않은 숙성한 표정으로 말했다.

"하지만 너무 염려 마세요. 우린 학굘 끝까지 지켜 나갈 거예요. 교장 선생님도 그랬어요. 어떻게든지 학굘 다 지어서 시로부터 땅을 불하받거나 정 안 되면 학굘 시에 기증하거나 한다구요. 어떻게든 우리 공부할 터전을 잃어버리게 하진 않겠다구요."

경림이 안타까운 표정으로 물었다.

"……우리가 뭘 좀 도울 방법이 없겠니?"

그러자 영수는 어른스럽게 고개를 저었다.

"누난 안 도와 줘도 돼요. 누나가 무슨 힘이 있어요. 시에서만 관대한 처분을 해 주면 학곤 우리끼리도 얼마든지 지켜 갈 수 있어요. 이건 개인이 도와 줄 수 있는 문제가 아녜요. 모처럼 만난 누나한테 이런 얘기 안 하려고 했는데, 괜히 우울한 얘길 했어요. 미안해요, 누나."

그러며 영수는 씨익 웃어 보이기까지 했다. 경림은 그러는 그가 더욱 안쓰러운 모양이었다. 두 눈에 눈물이 가득 어렸다.

"미안하긴, 얘는. 그런 얘기 그럼 나한테 숨길 생각이었니?"

"안 하려고 그랬어요. 그런데…… 아무튼 미안해요, 누나. 그리고 이제 가 봐야 되잖아요. 서울까지 가려면 늦을 텐데."

동표는 팔목을 들어 시계를 보았다. 9시 반이 넘어 있었다.

"……아, 가 봐야겠군요. 늦었는데요."

하고 그는 경림을 쳐다보았다.

"······다음에 다시 한번 오기로 하고 오늘은 그만 일어서죠."

그러자 경림은 안타까운 듯 팔목을 들어 시계를 보았다.

그리고 눈물이 가득 어린 눈으로 영수를 돌아보며 말했다.

"영수야, 그럼 힘 잃지 마. 나 그럼 갈게. 갔다가 며칠 후에 다시 올게."

"염려 말고 가요, 누나. 어쩌면 무사할지도 몰라요. 또 무슨 일이 있더라도 그렇게 쉽게 힘을 잃을 영수가 아녜요."

영수는 이제 오히려 경림을 안심시키려는 표정마저 짓고 있었다.

"그래 영수야. 무슨 일이 있어도 힘을 잃어선 안 돼. 그리고 나 며칠 후에 다시 올게."

"글쎄, 염려 말아요, 누나."

그들은 곧 자리에서 일어났다. 그리고 다방에서 나와 버스가 대기하고 있는 곳으로 걸어갔다.

버스에 오르기 전에 경림은 다시 한번 영수에게 말했다.

"무슨 일이 있어도 힘을 잃어선 안 된다, 영수야. 그리고 나 며칠 후에 꼭 올게."

"알았어요, 누나. 조심해 가세요."

영수는 되도록 밝은 표정을 지으려고 애쓰면서 대답했다. 동표도 영수에게 악수를 청하며 말했다.

"그럼 또 봐, 영수."

"네, 안녕히 가세요."

동표와 경림은 곧 버스에 올랐고, 그들이 오르자 버스는 바로 출발했다. 경림은 곧장 차창 쪽으로 달려가 땅 위에 남아 있는 영수에게 안타까이 손을 흔들었고 영수도 마주 흔들었다. 그리고 영수가 조그 맣게 되어 마침내 보이지 않을 때까지 경림은 버스의 뒤창에서 눈을 떼지 않았다.

한 줌의 볕을 뿌린 듯 작은 불빛들이 반짝이고 있는 '달나라 별나 라' 동네도 차츰 멀어져 갔다. 마치 세상 사람들이 그곳에 사는 사람 들에 관해 잊어 먹어 가고 있듯이. 그리고 버스는 정류장마다 정차하 여 승객 몇 사람씩을 태우고는 곧장 서울을 향해 달렸다.

동표와 경림은 버스에 오른 이래 거의 아무 말도 나누지 않았다. 그들은 함께 어떤 어둠을 바라보는 심경으로 말없이 앉아 있었다. 버 스의 진동에 말없이 흔들리면서.

버스는 곧 성남의 환한 중심가로 나섰고 또 그곳으로부터도 벗어 났다. 그리고 마침내 서울로 향하는 고속도로로 접어들었을 즈음에 야 동표는 우울한 표정으로 입을 열었다.

"공간이란 대단한 거로군요. 이 정도만 떨어져도 벌써 그곳이 아주 멀리 느껴지다니. 세상 사람들이 그래서 거길 잊고 있는 모양이죠?"

그러자 경림은 아직도 물기가 남아 있는 눈길을 돌려 그를 잠깐 쳐다보았다. 그리고 시선을 다시 앞쪽으로, 먼 앞쪽으로 향하며 말 했다.

"……전 아직 거길 떠난 기분이 아녜요. 전 아직 그냥 거기 있는 기 분이에요."

"아, 그건 나 역시 마찬가지죠, 마음의 느낌은. 하지만 공간이란 도리 없이 우리를 떼어 놓고 있다는 얘길 하고 있는 거예요. 우리가 지금 버스를 타고 있다는 사실만큼이나 분명하게."

"그래요. 왜 우리는 각자 집으로 돌아가야 하는지 모르겠어요. 시간만 좀 늦으면 왜 모두 집으로 돌아갈 걱정부터 해야 하는지 모르겠어요."

그녀는 안타깝다는 듯이 다시 물기 어린 눈으로 동표를 돌아보았다.

동표는 잠시 입을 다물었다가 말했다.

"……그건 어쩔 수 없는 인간의 속성이겠죠. 가족제도가 생긴 이래의, 자기 집이라는 관념이 생긴 이래의. 아마 가족제도라는 것이 생기지 않았다면 대단한 혼란이 일어났겠지만 그 대신 적어도 지금 같은 경우는 없겠죠. 이렇게 부랴부랴 다시 서울로 돌아가야 하는. 하지만 어쩔 수 없는 거겠죠. 인간이 모두 한군데 어울려 살 수 없는 이상."

"하지만 지금 같은 경우에 우리가 꼭 다시 서울로 돌아가야 한다는 아무런 이유도 사실상 없잖아요. 단순히 집에 가야 한다는 이유밖에는."

"그렇다고는 할 수 있겠죠. 우리가 관습에 매인 행동을 하고 있는 거라고 할 수 있겠죠. 하지만 우리가 거기에 아직 남아 있다고 가정하더라도 무슨 뾰족한 방법이 있는 건 아니었잖아요. 그저 영수를 위로할 시간을 좀 더 연장해서 가진다는 정도였겠죠. 그리고 지금보다는 다소 감정적으로 덜 문책받는 기분을 가질 수 있는 정도겠죠. 어차피 우리가 그곳에서 계속 영수와 생활을 같이할 수 없는 이상. 그리고 경림 씨한텐 단순히 지금 집엘 가야 한다는 이유만이 있는 건 아니죠. 경림 씬 내일 아침 또 병원엘 출근해야 하는 몸이잖아요."

"하지만 전 병원 생각 같은 건 하지도 않았는걸요. 그저 시간이 늦었으니까 집에 들어가야 한다는 반사적인 생각밖에는……."

"어쨌든, 그렇다고 그게 잘못이라고 할 수는 없죠. 오히려 자연스러운 거라고 할 수도 있겠죠. 사람마다 각자 자기 집이 있다는 사실을 부정할 수 없는 바에는."

"그러니까 결국 남의 불행보다는 자기 집으로 돌아가는 게 더 급하다는 얘기밖에 뭐가 되겠어요. 무슨 일이 있어도 결국 자기 집엔 돌아가야 한다는 얘기밖에……. 결국 사람은 모두 이기주의가 될 수밖에 없다는 얘기밖에……."

"글쎄…… 그렇게 너무 천착하지 않는 게 좋겠죠. 근본적으로 따져 보면 그런 얘기가 되겠지만 우린 단순히 관습적인 행동을 한 데 지나지 않잖아요?"

"네, 그래요. 거의 반사적인 행동이었어요. 하지만 그렇게 이기적인 행동에 길이 들어 있다는 게, 그러면서 그걸 모르고 있었다는 게 슬퍼요."

"아, 이거 공연한 얘길 꺼내서 기분을 더 복잡하게 만들었군요. 난 단순히 공간이 사람들을 떼어 놓는 힘에 대해서 말해 본 것뿐인데……. 자, 우리 화제를 돌리죠. 오늘은 기왕 이렇게 됐고, 언제 다시 한번 올까요?"

그러자 그녀는 잠시 마음을 가라앉히려는 듯 고개를 숙였다가 가만히 쳐들며 말했다.

"……같이 와 주시겠어요?"

"물론이죠. 오는 일요일에 올까요? 다음엔 낮에 오는 게 좋을 테니까."

"그래요, 그럼. 오는 일요일에 오기로 해요."

그녀는 다소 진정된 표정으로 그렇게 대답했다. 그리고 애써 미소까지 지어 보였다.

"미안해요, 저 때문에 우울하게만 해 드려서."

"천만에요, 오히려 오늘 경림 씨 덕분에 많은 걸 배운걸요."

동표는 진지한 표정으로 대답했다.

그들이 서울에 도착한 것은 10시 반이 넘어서였다. 저녁에 내린 눈이 행인들의 발길에 다져져서 미끄럼 길이 되어 있었다.

버스에서 내린 그들은 발밑을 조심하지 않으면 안 되었다. 동표가 그녀의 팔을 부축하듯 잡으면서 말했다.

"조심하세요. 대단히 미끄러운데요."

"네."

하고 다소곳이 대답하고, 그녀는 동표에게 팔을 맡긴 채 걸었다. 저만큼 사람들이 줄을 지어 있는 택시 정류장이 보였다.

그때 동표는 문득 어떤 절박한 감정을 느꼈다. 알 수 없는 어떤 조바심 같은 것이었다. 그리고 조금 뒤에야 그는 그것이 어떤 고백욕(告白慾)이라는 사실을 깨달았다.

무언가 그녀에게 털어놓아야 할 일들이 있다는 느낌이었다. 그래야만 비로소 그녀 앞에 떳떳할 수 있다는 느낌이었다. 적어도 그녀를 더 이상 속일 수는 없다는 느낌이었다.

여지껏 숨겨 온 사실들을 다 털어놓지 않으면 그것은 이제 그녀에 대한 돌이킬 수 없는 배신 행위가 된다는 느낌이었다. 알 수 없었다. 왜 그때 그런 느낌이 들었는지를. 택시 정류장이 보였기 때문인지도 몰랐다. 곧 그녀와 헤어져야만 한다는 생각 때문이었는지도 몰랐다. 성남에서 느꼈던 저 마음의 각성상태 때문이었는지도 몰랐다. 그때 뜨여진 눈들이 아직 감으려 하지 않는 때문인지도 몰랐다. 또는 그런 것들과는 전혀 상관없는 어떤 음험한 의도가 거기에 은밀히 개재해 있었기 때문인지도 몰랐다.

어쨌든 그는 그녀를 붙잡고 모두 고백하고 싶었다. 자신이 얼마나 비열한 인간인가를. 자신이 그동안 그녀를 얼마나 비열하게 속여 왔던가를. 자기는 지금 아파트에 성관계를 자유로이 가질 수 있는 한 여자를 숨겨 두고 있으며, 또 한 여자는 지금 자기의 아기를 가진 채 자신으로부터 버림받고 있다는 사실을. 그러면서도 자기는 지금 그녀와의 사랑을 꿈꾸고 있다는 사실을. 그것도 반드시 의도가 순수한 것인지는 자신도 아직 확신하지 못하고 있다는 사실을. 그녀에게 여지껏 행해 온 자신의 모든 속임수를. 그리고 허위에 찬 여지껏의 자신의 생활 모두를.

그는 망설이다가 택시 정류장에 닿기 조금 전에 그녀에게 말했다.

"저, 경림 씨……."

"네?"

그녀가 동표를 돌아보았다.

"저, 오늘 절 술 취한 사람 취급 좀 해 주시겠어요?"

"네? 그게 무슨 뜻이죠?"

"……아까 경림 씬, 우리 모두 왜 각자 집으로 돌아가야 하는지 모르겠다고 하셨죠?"

"……네."

"오늘 집에 돌아가지 마시고 내 얘기 좀 들어 주시겠어요? 내가 술 취해 인사불성이 돼서 도저히 그냥 버려두고 갈 수 없다고 생각하시고, 언제 그래 주신 적이 있죠?"

"하지만……."

그녀는 영문을 몰라 하는 표정이었다.

"안 되시겠어요?"

"글쎄, 왜 갑자기 그런……."

"오늘 밤 경림 씨한테 꼭 고백하고 싶은 얘기가 있어서 그럽니다. 안 될까요?"

"무슨 말씀인데 꼭 오늘 하셔야 하나요?"

의심하는 태도는 아니었으나 그녀는 아직 진의를 모르겠다는 표정이었다. 동표는 진지한 표정으로 다시 말했다.

"네, 오늘 해야 한다는 생각이 드는군요. 오늘 제 내부에 일어난 변화가 그걸 강요하고 있습니다. 오늘이 지나면 마음이 다시 약해져서 고백할 용기를 잃게 될까 봐 그럽니다. 절 의심하지 않는다면 거절하지 말아 주세요."

"의심은 안 하지만……."

"그럼 됐습니다. 그저 제가 술에 취해 인사불성이 돼서 버려두고 갈 수가 없다고만 생각하세요."

"그럼…… 동표 씨 아파트로 함께 가시잔 얘긴가요?"

"……아닙니다. 거긴 갈 수 없는 사정이 약간 있습니다."

동표는 잠시 말을 끊었다가 이었다.

"……그 이유도 차차 얘기하겠습니다."

"그럼?"

"어디 방을 빌릴 만한 델 찾아봤으면 좋겠습니다."

"방을 빌린다면…… 여관 같은 데 말인가요?"

"혹 나쁜 소문을 들으셨는지 모르지만 방 빌릴 만한 데가 그런 데 밖에 더 있겠습니까……. 꺼려지세요?"

그러자 그녀는 잠시 입을 다물고 무언갈 생각하는 눈치였다. 그러더니 곧 결심한 듯 입을 떼었다.

"……생각대로 하세요, 그럼. 저 따라갈게요."

"정말입니까?"

"네, 하신다는 얘기 들어 드리겠어요."

"고맙습니다……. 그럼 어디 깨끗하고 조용한 델 한번 찾아보죠. 참, 호텔 같은 덴 어떨까요?"

"……글쎄, 전 잘 모르지만 너무 번화스러운 덴 가고 싶지 않아요."

"네, 그럼 어디 조용하고 깨끗한 여관을 한 군데 찾아보죠."

동표는 곧 여관을 찾기 시작했다. 큰길을 버리고 골목으로 접어들자 군데군데 여관 간판이 눈에 띄었다. 그러나 얼핏 깨끗해 보이는 여관은 눈에 띄지 않았다. 대부분이 너무나 속셈이 드러나 보이는, 외잡(猥雜)한 인상의 외형을 지닌 여관들뿐이었다.

그러다가 동표는 한 주택가 어귀에 있는 비교적 깨끗한 인상의 여관 하나를 발견했다. 현관 앞의 눈(雪)이 깨끗이 쓸려 있고 얌전한 외등이 그 앞을 비춰 주고 있는, 얼핏 보기에 여염집이나 다름없는 2층 양옥이었다.

그들이 현관 안으로 들어서자, 현관 옆에 딸린 조그만 방에서 머리를 양쪽으로 땋아 늘인 소녀 하나가 나와 그들을 맞아 주었다.

"어서 오세요."

"아, 좀 조용하고 깨끗한 방 있어요?"

동표가 물었다. 그러자 소녀는 상냥스런 표정으로 대답했다.

"네, 맘에 드실진 모르지만 조용하긴 할 거예요. 이리 따라오세요."

그리고 소녀는 상냥스런 미소와 함께 앞장서서 바로 현관마루 옆에 있는 나무층계를 오르기 시작했다. 그들은 곧 현관마루 위로 올라서서 소녀를 뒤따랐다.

층계를 다 오르자 청결한 느낌의 조그만 복도가 나타났고 그들은 곧 아담한 한 방으로 인도되었다.

이렇다 할 장식도 가구도 없는 온돌방이었으나 바닥이나 벽이 모두 청결한 느낌을 주었고 창에 쳐진 커튼도 아늑한 빛깔이었다. 그리고 한쪽 벽 가까이 개어져 있는 이부자리도 새로 세탁해 둔 것인 듯했다.

그들이 방 안으로 들어선 뒤에 소녀가 문밖에서 물었다.

"주무실 건가요?"

동표가 그렇다고 대답하자 소녀는

"안녕히 주무세요."

하고 깍듯이 인사한 다음 문을 닫고 물러갔다.

동표가 그녀에게 말했다.

"어색하시죠? 좀 앉으세요."

그러자 그녀는 다소곳이 방바닥에 앉았다. 동표도 곧 뒤따라 앉았다. 방바닥은 알맞게 따뜻했다.

"바닥이 아주 따뜻하군요. 이런 덴 물론 처음이시죠?"

하고 동표는 담배를 한 대 꺼내 피워 물면서 말했다.

"네, 처음이에요."

하고 그녀는 새삼 방 안을 바라보는 시늉을 했다.

"이건 짓궂은 질문이지만 죽은 태환 씨하고도 이런 데 와 보신 적한 번도 없나요?"

"……태환 씨가 원한 적은 있었어요. 하지만 전 그땐 이런 덴 오면 안 되는 건 줄 알았어요."

"아, 그랬었군요."

"그때만 해도 전 아주 꽁꽁 막힌 맹꽁이 계집애였었나 봐요."

"후회되세요?"

"……후횐 안 해요. 하지만 제가 그때 너그럽지 못했던 건 사실이에요. 반성하고 있어요."

"아, 전 그럼 오늘 그 반성 덕을 보고 있는 셈이로군요."

"아이, 모르겠어요."

그녀는 뺨을 약간 붉혔다. 동표는 잠시 입을 다물었다. 그리고 담배를 몇 모금 계속해서 빨았다. 얘기를 어떻게 시작했으면 좋을는지를 잠시 궁리했다.

그리고 나서 천천히 입을 떼었다.

"저 경림 씬, 절 어떻게 보고 계십니까?"

"네?"

"절 성실한 인간이라고 생각하고 계십니까?"

"네, 좋은 분이라고 생각해요."

"진심으로 하시는 얘깁니까?"

"왜 갑자기 그런 말씀을 하세요?"

"글쎄, 알고 싶어서 묻는 겁니다."

"네, 진심으로 좋은 분이라고 생각하고 있어요."

"혹시 제가 거짓말쟁이라고 생각해 보신 적은 없나요?"

"처음에 사진 가지고 저 놀리실 때 외에는 그런 생각해 본 적 없어요."

"한 번두요?"

"네."

"어리석으시군요."

"네?"

"대단히 어리석으십니다."

"네? 무슨 말씀을 하려는 거예요?"

"대단히 어리석으시다구요. 사실을 말하면 경림 씬 저한테 여지껏 속아 온 것투성이입니다. 제가 경림 씰 속이고 있는 사실이 한두 가 진 줄 아세요?"

"무슨 말씀이세요? 그럴 리 없어요."

"들어 보세요."

동표는 다소 떨리는 손으로 담배를 두어 모금 빨고 나서 그것을 재 떨이에 비벼 끄며 말을 이었다. 마치 무엇엔가 생애를 건 도전이라도 하는 듯한 표정으로.

"전 말이죠, 한마디로 완전한 날건달입니다. 아시겠어요? 여지껏 제가 경림 씰 정직한 기분으로 대한 적이라곤 기껏해야 한두 차례뿐 입니다. 그 외엔 순전히 속임수로 일관해 왔어요. 처음부터 끝까지. 우선 예를 하나 들까요? 제가 아까 아파트엔 가기 곤란한 사정이 약 간 있다고 했죠? 그 이유가 뭔지 아세요? 아마 곧이들리지 않을 겁니 다. 하지만 사실이니까 들어 보세요."

그리고 동표는 정미의 얘기를 꺼냈다. 지금 자기 아파트엔 그녀 또 래의 한 여자가 혼자서 자고 있을 거라는 사실, 그것은 자기가 아파 트로 돌아가지 않았기 때문이며 그녀와 자기는 거의 동거 중이나 다 름없는 사실이라는 점, 물론 결혼 따위를 전제로 한 건 아니지만 자 유로이 성관계를 맺을 수 있는 사이라는 점 등등.

그녀는 놀라는 빛이 완연했다. 그러나 반신반의하는 표정이었다.

동표는 계속했다.

"얼핏 믿어지지 않으실지 모르지만 사실입니다. 여지껏 감쪽같이 경림 씰 속여 왔던 거죠. 한데 그뿐인 줄 아세요. 저한텐 여자가 또 있습니다. 그것도 홑몸도 아닌, 제 애를 가진 여자가요. 제 애를 임신하고 저한테 버림받은 여자가요. 아시겠어요? 전 이런 놈입니다."

그녀는 믿을 수 없다는 표정으로 동표의 얼굴을 쳐다보았다. 마치 그런 터무니없는 거짓말을 꾸며 내는 이유가 어디에 있는가를 알아보기라도 하려는 듯한 표정으로.

"계속 믿어지지 않는다는 표정이시군요. 아마 그러실 테죠. 왜냐하면 이런 일을 경림 씬 상상도 할 수 없었을 테니까요. 하지만 어김없는 사실입니다. 지금만은 전 거짓말을 하고 있는 게 아닙니다. 전 그런 놈입니다. 왜 언젠가, 일영에 갔을 때군요, 꼭 한 번 제가 나쁜 놈이라는 얘기를 한 적이 있죠? 그때도 곧이듣지 않으시더군요. 하지만 오늘은 사실을 믿게 해 드려야겠습니다. 더 이상 그대론 견딜 수가 없습니다. 전 거짓투성이고 야비하고 구제받을 수 없는 놈입니다. 제가 언젠가 경림 씨 있는 병원에 입원한 것도 그게 정말 몸의 이상을 찾아내기 위해서였는 줄 아십니까? 천만에요. 전 여지껏 감기 한 번 제대로 앓아 본 적 없는 인간입니다. 순전히 속임수였죠. 처음부터요. 무엇을 위한 속임수였는지 아십니까? 경림 씨한테 접근해서 어떻게든 경림 씰 내 것으로 만들어 보자는 음흉한 속셈에서 나온 속임수였습니다. 아시겠습니까? 제가 술에 만취해서 정신을 못 차리는 줄 알고 절 아파트까지 데려다주신 적이 있죠? 그때도 제가 정말 정신을 잃을 정도로 취했었는 줄 아십니까? 제가 친구의 죽음 때문에 불면증에 시달린다던 얘기도 그게 정말인 줄 아십니까? 술의 힘을 빌지 않으면 잠을 이루지 못 한다는 얘기가 사실인 줄 아십니까? 제가 경림 씨의 누드를 찍게 해 달라고 졸라 댄 것도 그 의도가 순수했었는 줄 아십니까? 천만에요, 모두가 속임수였습니다. 모두가요……."

동표는 거의 싸우는 사람처럼 말하고 그녀의 대답을 기다렸다.

그러나 그녀는 잠시 아무 말도 하지 않았다. 무언가 몹시 혼란을 느끼고 그것을 애써 정리해 보려는 듯한 표정이었다.

동표는 다시, 거의 윽박지르듯 말했다.

"그러니까 경림 씬 여지껏 나한테 감쪽같이 속아 왔던 겁니다. 하나에서 열까지. 아시겠어요? 이제 내가 어떤 인간인가 하는 걸 똑바로 아시겠어요? 오직 쾌락만을 추구하는 야비하고 비열한 인간이라는 걸 똑바로 아시겠어요? 남의 불행 따위, 사람의 도리 따위엔 아무런 수치심도 염치도 느낄 줄 모르는 인간의 말종(末種)이라는 걸 아시겠어요? 난 말이죠. 여지껏 나 하나만의 쾌락을 위해서 살아왔어요. 남의 불행이나 인간의 윤리문제 따위엔 시선을 돌려 본 적이 한 번도 없다, 이겁니다."

그녀는 마침내 조용한 눈길을 들어 동표를 쳐다보았다. 그녀의 두 눈엔 전등빛에 반사되어 반짝하는 액체가 괴어 있었다.

"……지금 하신 말씀 모두 사실인가요?"

"아직도 곧이들리지 않으세요? 그럼 한 가지만 더 얘기하죠. 오늘 내가 여기 오자고 한 것도 순전히 이런 고백만을 하기 위해선 줄 아십니까? 불순한 의도가 조금도 개재되지 않은 줄 아세요?"

"……."

"……더 얘기할 필요 없겠죠? 심지어 이런 얘기를 하려는 마당에서까지 불순한 생각을 버리지 못하는 인간이니까요."

그녀는 잠시 고개를 숙였다가 쳐들었다.

"……저 너무 뜻밖이라 무슨 말을 해야 좋을지 모르겠어요. 하지만 왜 저한테 오늘 갑자기 그런 얘길 모두 해 주시는지 알고 싶어요."

"그건 나도 잘 모릅니다. 아무리 형편없는 인간인 경우에도 어쩌다가 바른 정신이 들 때가 있다는데 내가 지금 그런 경운지도 모르죠. 혹은 오늘 성남에 가 보고 여러모로 마음에 찔린 바가 있어선지도 모르구요."

그러자 그녀는 입을 다물고 슬픈 눈으로 동표를 쳐다보았다. 혼란이 얼마간 정리된 표정이었고 그의 두 눈을 어루만지는 듯한 시선이었다.

"……아무튼 그럼 모두 사실이라고 믿겠어요. 그리고 절 속여 오신 거 잘 믿어지지 않지만…… 상관하지 않겠어요. 이제부턴 절 속이지 않으실 테니까요. 하지만 너무나 뜻밖이어서 전 지금 무슨 말을 더 해야 할지 모르겠어요."

동표는 마음이 아파 왔다. 그러나 그러한 자신에 대항하듯 말했다.

"내가 가르쳐 드리죠. 경림 씨가 할 말은 한마디밖에 없습니다. 앞으론 당신 같은 인간과는 만나지 않겠다는 말이죠."

그러자 그녀는 다시 슬픈 표정으로 그를 보았다.

"……그런 말, 저 싫어요. 자기를 미워하는 그런 말, 전 싫어요. 그런 말 다시 하심 저 동표 씨 정말 다신 안 만나겠어요. 저 속이신 거, 방금 제가 상관하지 않겠다고 했잖아요."

"그럼 날 용서한다는 얘긴가요?"

그녀는 잠시 동표를 마주 보고 나서 말했다.

"네, 용서하겠어요. 그 대신 그런 말, 자기를 미워하는 그런 말 다시 안 한다는 조건으로요. 그리고 그분…… 동표 씨 아기를 가졌다는 그분한테 돌아간다는 조건으로요."

"그건…….."

"전 계속 친구가 돼 드리겠어요. 친구로 옆에서 동표 씨가 스스로를 미워하지 않는 분이 되도록 돕겠어요. 제 힘 자라는 데까지는요."

"…….."

"그분 이름이 뭐죠? 동표 씨 아기를 가졌다는 분……."

"……미호라고 합니다."

"아주 예쁜 이름이군요. 마음씨도 얼굴도 아주 예쁠 것 같아요. 그분한테, 미호 씨한테…… 돌아가세요. 동표 씨가 돌아가심 몹시 기뻐할 거예요."

"그렇지 않을 겁니다. 미혼 날 미워하고 있습니다. 내가 돌아간대도 조금도 기뻐하지 않을 겁니다."

"그럴 리 없어요. 그건 동표 씨 마음이 변했다고 생각하기 때문에 그럴 거예요. 동표 씨가 진심으로 다시 미호 씨한테 돌아가심 미호 씬 틀림없이 기뻐할 거예요."

"그건 불가능합니다. 난 미호를 사랑하고 있지 않아요."

"사랑하셔야 해요. 무엇보다 미호 씬 동표 씨의 아기를 갖고 있잖아요. 정말 나쁜 분이 되지 않으시려면 미호 씰 사랑하셔야 해요."

"단순히 내 아이를 가졌다는 이유 때문에만 말입니까?"

"……단순히 그것 때문만은 아니겠지만 어쨌든 사랑하셔야 해요."

"그건 불가능합니다. 게다가 미혼 내가 아파트에서 딴 여자와 동거 중이라는 사실도 알고 있습니다."

"그분과는 헤어져야죠. 그리고 사과를 하셔야죠. 그러면 틀림없이 마음을 돌릴 거예요."

"아닙니다. 그렇지 않을 겁니다."

"아녜요. 반드시 마음을 돌릴 거예요. 정 어려우시면 제가 도와드리겠어요. 약속해도 좋아요."

"아닙니다. 경림 씨까지 그런 문제에 끼어드시게 할 순 없습니다. 하면 내가 해야죠. 하지만 그건 도저히 불가능합니다. 미호도 미호지만 내가 불가능합니다. 미호를 다시 사랑한다는 건 나로선 도저히 불가능한 일입니다. 사랑이라는 게 억지로 마음먹어서 되는 게 아닌 이상 말입니다."

그녀는 잠시 곤혹한 표정을 지었다. 그리고 잠시 고개를 숙였다가 쳐들며 말했다.

"……어렵더라도 노력해 보셔야죠. 이성으로 옳다고 믿는 일은 노력해서 가까이 가 보려고 하셔야죠. 처음부터 안 된다고만 하시면 어떡하세요."

"……."

동표는 입을 다물었다. 그녀의 표정이 순간 너무나 조용하고 따뜻해 보였기 때문이다. 그러한 표정 앞에서 더 이상 입을 연다는 건 개자식이라는 생각이 들었다.

그녀가 말을 이었다.

"……저한테 오늘 모두 말해 주신 마음으로 노력하심 그렇게 어렵지 않을 거예요. 그럼 미호 씨도 반드시 마음을 돌릴 거구요. 그리고 아파트에 함께 계신 분한테도 잘 말씀을 하셔서 이해를 구하셔야죠."

그리고 그녀는 따스하게 웃었다.

동표는 잠시 그녀의 시선을 피해 고개를 숙이고 있다가 말했다.

"……염치없는 얘기지만, 경림 씬 그럼 날 이제 자주 만나 주진 않으시겠군요."

그러자 그녀는 어루만지듯 따스한 시선으로 그를 바라보며 말했다.

"왜 그런 말씀을 하세요. 전 계속 친구가 돼 드리겠다고 했잖아요. 동표 씨가 원하실 땐 언제나 만나 드리겠어요."

동표는 잠시 입을 다물고 있다가 다시 말했다.

"알겠습니다. 그런데 한 가지 빠뜨린 게 있었군요. 다시 염치없는 얘기가 되겠지만, 내가 여지껏 그런 악랄한 속임수들을 써 왔으면서도 지금 경림 씨한테 품고 있는 감정은, 방금 말하신 그런 친구 사이로는 만족할 수 없는 감정이란 얘길 빠뜨렸군요. ……용서하세요."

그녀는 순간 슬픈 표정을 지었다. 그리고 나지막이 말했다.

"……말씀드렸잖아요. 이성으로 옳다고 믿는 일은 가까이 가 보려고 노력하셔야 한다구요. 미호 씨를 사랑해 드리세요."

"……더 얘기할 염친 없습니다. 하지만 이성으로 다스릴 수 없는 감정도 있잖습니까. 사랑이 이성만으로 다스릴 수 있는 감정입니까."

"하지만 미호 씰 그대로 버려두시는 건 죄가 되세요. 이성으로, 죄를 짓지 않은 건 할 수 있을 거예요."

"미호는 날 원하지 않는데두요? 자기 혼자 애를 낳아서 기르겠다는데두요?"

"진심은 그렇지 않을 거예요. 동표 씨가 노력하심 마음을 돌릴 거예요."

"만일 미호가 진정으로 그런 생각을 갖고 있다면 경림 씬 날더러 어떻게 하라고 하시겠습니까?"

"진정일 리 없어요. 동표 씨가 사랑하는 태도를 보여 드리지 않았기 때문에 그럴 거예요. 더구나 동거하는 분까지 있다는 걸 알고 있고."

"하지만 미혼 혼자서 애를 낳아 기르겠다는 생각을 아주 단단히 갖고 있습니다. 그건 아무도 흔들지 못한다는 태도였어요."

"그건 아기에 대한 사랑 때문이겠죠. 그리고 고통스럽지만 동표 씨를 단념하는 수밖에 없다고 생각했기 때문이겠죠. 두 분 사이의 아기를 어째서 처음부터 혼자 기르고 싶겠어요."

"확실친 않지만 이렇게 생각해 볼 수도 있지 않을까요. 나 같은 인간한텐 정나미가 떨어졌지만 아기는 낳고 싶다……. 나 같은 인간은 이제 두 번 다시 보기도 싫지만 아기는 낳아서 기르고 싶다는 그런 경우엔 내가 아무리 노력해도 소용없지 않겠습니까. 근본적으로 나를 혐오하고 있는 경우엔."

"그럴 리 없어요. 동표 씰 근본적으로 혐오하는 게 아닐 거예요. 단지 단념하는 수밖엔 없다고 생각한 걸 거예요."

"아닙니다. 내가 보기엔 나한텐 이제 혐오감밖에 남지 않은 것 같았습니다. 이건 확언할 수 있습니다."

"그렇더라도 동표 씨한테 원인이 있을 거예요. 동표 씨만 노력하심 다시 마음을 돌리실 수 있을 거예요. 처음부터 그런 건 아닐 테니까요."

"……"

"아무튼 동표 씬 미호 씨한테로 다시 돌아가셔야 해요. 더 이상 나쁜 분이 되지 않으시려면요. 전 동표 씨가 절 좋아해 주셨다는 걸 잊지 않겠어요."

두 사람은 거의 앉아서 밤을 새우다시피 했다. 그리고 새벽녘이 다 되어서야 동표는 그녀에게 눕기를 권했다.

그녀는 한사코 사양했으나 동표의 강요에 못 이겨 마침내 이불 한 자락만을 덮고 방바닥에 누웠다. 동표는 그녀로부터 멀찌감치 떨어져서 벽에 기대어 앉았다. 물론 잠을 잘 생각은 아니었다. 아침에 병원으로 출근해야 할 그녀를 조금이나마 쉬게 해 주려는 생각에서였다. 그것이 그녀에게 베풀 수 있는 마지막 친절이라고 생각했다. 그녀도 그러한 그의 마음을 헤아렸는지 더 이상 사양하지 않았다.

그런데 깜빡 잠이 들었었나 보다. 눈을 떠 보니 그대로 벽에 기댄 채였고 창문의 커튼 사이로 희미한 아침빛이 스며들고 있었다.

그녀가 누운 자리를 보니 그녀는 반듯이 누운 채 눈을 감고 있었다. 잠이 든 모습 같았다.

동표는 얼른 머리를 털고 자세를 고쳐 앉았다. 그리고 그녀의 잠든 모습을 바라보았다.

평화롭고 고요한 모습이었다. 아마 그녀도 잠을 자려는 생각은 아니었으리라. 필경 자신도 모르는 사이에 그렇게 잠들고 만 것이리라. 몹시 고단했을 터임에 틀림없으니까.

그런데 그렇게 그녀의 잠든 모습을 바라보고 있던 그는 문득 그녀 곁에 눕고 싶다는 생각이 들었다. 엄청난 죄를 짓는다는 생각이 뒤따랐으나 곁에 눕는 것만으로야 무슨 큰 죄이겠느냐는 생각이 들었다.

그는 거의 자석에 이끌리듯 조심조심 다가가 이불자락을 들치고 그녀 곁에 누웠다. 마치 꾸중 들은 아이가 엄마 곁에 그렇게 조심조심 다가가 눕듯이.

그런데 그녀는 잠들어 있지 않았던 모양이었다. 아니면 그가 다가가 눕는 순간에 옅은 잠에서 깨어난 것일까.

"편안히 누우세요."

하고 그녀는 나직이 말했다. 동표는 순간 큰 죄라도 지은 사람처럼 몸을 움찔했다. 그녀가 손을 가져다가 그의 손을 잡았다. 따스하고 부드러운 손길이었다.

"원하심…… 저 안아 주세요."

"……."

"괜찮아요, 저."

"……."

"……그냥 안아만 주세요."

동표는 그때 말하고 싶었다.

'아닙니다. 용서하십시오.' '난 그냥 옆에 잠깐 눕고 싶었을 뿐입니다'라고. 그러나 말하지 못했다. 대신 억눌렸던 어떤 설움이라도 터뜨리듯 와락 그녀를 안았다. 그녀도 가만히 그를 마주 안아 왔다.

"……."

"……."

두 사람은 말없이 그렇게 안고 있었다. 한순간 그녀의 뺨이 동표의 뺨에 닿았다. 미끈거리는 액체가 느껴졌다. 따뜻한 액체였다.

"경림 씨!"

"그냥…… 아무 말 하지 마시구요."

"……."

동표는 처음으로 완전히 자신을 미워했다. 자신에게 가할 수 있는 벌이 무엇일까를 생각했다. 그리고 그것이 무엇이든 받겠다고 생각했다.

어디선가 먼 교회당의 종소리가 들려왔다.

두 가지 사건

경림과 함께 성남에 다녀온 이후, 그리고 그녀와 하룻밤을 같이 새우며 모든 것을 고백한 이후 동표는 며칠 동안 외출하지 않고 아파트에 틀어박혀서 지냈다. 그것도 식사 때 따위를 제외하고는 거의 제 방에서 꿈쩍하지 않은 채. 그동안 지나온 일들을 좀 정리해 봐야겠다는 생각 때문이었다.

경림과 약속한 성남 재방문도 뒤로 미루었다. 무어든 좀 정리가 되기 전에는 그녀를 다시 만나는 일이나 그곳을 다시 찾는 일이 모두 무의미하다는 생각 때문이었다.

그러나 생각처럼 그 일이 손쉽지는 않았다. 머릿속은 복잡하기만 하고 마음은 수렁 속을 헤매는 것만 같았다. 무엇 하나 바른 생각의 곬을 따라 풀려 주는 일이 없었다. 미호의 문제도, 정미의 문제도, 그리고 경림의 문제나 자신이 앞으로 취해야 할 태도 따위에도 선명한 해답은 좀처럼 떠오르지 않았다. 어떻게든 자신을 좀 정리해 봐야겠다는 생각만 앞설 뿐 무엇 하나 분명한 해결의 길은 떠오르지 않았다.

어떤 문제에 대해서 진지하게 끝까지 생각을 추궁시켜 본 경험이 그에게 없었기 때문인지도 몰랐다. 또는 그 문제들이 본래부터 그렇게 쉽게 정리될 성질의 문제들이 아니었기 때문인지도 몰랐다.

어쨌든 그는 생전 처음으로 자신을 꾸짖고 자신을 바로잡아 보기 위한 며칠 동안을 보냈다. 그렇게 아파트의 제 방 속에 틀어박힌 채. 그로서는 일생일대의 자기반성의 며칠간이었다고나 할까.

정미는 처음 그가 제 방 속에 틀어박힌 날 의아한 표정으로 물었다.

"웬일이에요? 그렇게 잔뜩 무슨 숙제라도 떠맡은 사람처럼. 간밤에 외박을 하고 오더니 무슨 일이 있었어요?"

동표는 환자처럼 이불을 뒤집어쓴 채로 그냥 혼자 좀 있게 해 달라고만 부탁했다.

"무슨 일일까? 궁금해 죽겠네."

하면서도 정미는 더 이상 추궁하진 않았다. 그리고 식사 때에만 그를 불러 그가 몸을 해치지 않도록 배려해 주었다.

그러나 같은 일이 며칠 반복되자 그녀는 마침내 더 이상 갑갑해 못 견디겠다는 듯 물어 왔다. 나흘째 되는 날 아침 식탁에서였다.

"도대체 뭣 때문에 그러는지 속 시원히 얘기나 좀 해 보세요. 사람이 어디 갑갑해서 살겠어요. 며칠씩 말 한마디 않고 방 속에만 있으니. 도대체 왜 그러시는 거예요? 혹시 나하고도 관계있는 문제 아녜요?"

동표는 말없이 고개만 저었다.

"그럼 뭣 때문에 그러세요? 그 간호사 아가씨하고 무슨 일이 있었어요?"

"......."

"싸웠어요?"

동표는 씁쓸히 웃으며 다시 고개만 저었다.

"그럼 뭣 때문에 그렇게 갑자기 인생관이 바뀐 사람처럼 그러세요? 옆의 사람 생각도 좀 해 줘야지 어디 불안해서 살 수가 있어요? 나 아파트에서 나가요?"

"......."

"나 나가요?"

"글쎄, 그런 게 아니라구."

"그럼 뭐예요? 도대체 왜 그러는 거에요? 나가 달라면 나 오늘이라도 당장 나갈 수 있어요."

"글쎄, 그런 게 아니라니까."

"그럼 얘길 좀 속 시원히 해 보세요. 뭣 때문에 그러는지 나한테 얘기하면 안 될 일이라도 있어요?"

"나 혼자 생각해 볼 일이 좀 있어서 그래."

"아무리 생각해 볼 일이 있어도 그렇죠. 나한텐 좀 의논하면 안 돼요?"

"글쎄, 나 혼자 생각할 일이라니까."

"무슨 심각한 일이길래 그래요? 얼마나 심각한 일이길래 그렇게 며칠씩 방 안에 꼼짝 않고 드러누워서 끙끙 앓아야만 해요?"

"글쎄, 별일 아냐."

"별일이 아닌데 그렇게 심각하게 생각을 해요? 며칠씩 외출도 안 하구. 역시 그 간호사 아가씨 때문이죠? 그 아가씨하고 무슨 일이 있었죠? 무슨 일예요? 나한테 얘기해 보세요. 내가 혹 도움이 될지 알아요?"

"……."

"그 아가씰 어떻게 해 보려다가 실패한 거 아녜요? 그래서 결정적으로 일을 망쳤다고 생각하고 끙끙 앓는 거 혹시 아녜요?"

"……그런 문제가 아냐."

"그럼 뭐예요? 그 아가씨한테 일방적으로 절교 선언이라도 당했어요? 아님 그 아가씨한테 딴 애인이라도 생겼어요?"

"글쎄, 그런 게 아니래두."

"아이, 답답해. 그럼 뭐예요? 뭣 때문에 그렇게 속을 끓이시는 거예요? 갑자기 사람이 달라진 것처럼."

"미안해, 정미한텐."

정미는 어이가 없다는 듯 웃었다.

"정말 알다가도 모르겠네. 어디 점쟁이한테 가서 물어볼 수도 없구. 도대체 왜 그러는 거예요, 정말?"

동표도 씁쓸히 웃었다.

"우습지, 나?"

"어마, 점점."

"우스울 거야. 같잖다는 생각도 들 거구."

"어마?"

"하지만 좀 내버려둬 줘. 내 딴엔 좀 중대한 문제라서 그러는 거니까. 정미한텐 미안하기 짝이 없지만 말야."

"어마, 누가 뭐랬나. 옆에서 보기에 답답하니까 그렇지."

"답답하더라도 좀 참아 줘."

"도대체 무슨 문젠데요? 나한테 얘기함 정말 안 되는 문제예요?"

"글쎄, 그런 건 아니지만……."

"그럼 얘기 좀 해 보세요. 내가 혹 도움이 될지 알아요?"

"……정 그렇게 듣고 싶어?"

"그만두세요, 그럼. 하기 싫은 얘길 억지로 듣고 싶진 않으니까."

정미는 약간 새침한 표정이 되었다. 불현듯 그로부터 무시당하고 있다는 생각이 든 때문인지도 몰랐다. 동표는 약간 당황한 표정으로 말했다.

"아, 그렇게 서운해할 건 없구. 난 이런 문제까진 정미한테 얘기하고 싶지 않았던 것뿐야. 정 듣고 싶으면 얘기해도 좋아."

"그만두세요. 얘기하고 싶지 않은 문제까지 억지로 듣고 싶진 않아요. 나 같은 여자한테까지 일일이 다 보고할 필요 없겠죠, 뭐."

"글쎄, 그런 게 아니라니까……. 사실은 좀 창피한 얘기야."

동표는 조금 사이를 두었다가 천천히 얘기를 시작했다. 그날(첫눈 내리던 날) 성남에 가서 목격한 일과 그때 느꼈던 자신의 감정, 그것이 계기가 되어 밤을 경림과 여관에서 함께 지낸 일, 그녀와 밤을 새우면서 행한 자신의 고백, 그리고 고백을 들은 뒤의 그녀의 태도와 자신을 좀 정리해 보려고 이러고 있으나 알다시피 옆의 사람만 답답하게 했을 뿐 아직 이렇다 할 마음의 정리를 못 하고 있는 상태라는 점 등에 대해서.

그녀는 새침했던 표정을 풀고 다소곳이 얘기를 듣고 나더니 약간 장난기 어린 표정으로 말했다.

"그랬군요. 그러니까 말하잠 자기반성을 하고 있었군요."

동표는 시무룩한 표정으로 대꾸했다.

"자기반성은 무슨……. 그저 그동안의 일들을 좀 정리해 보려던 것뿐이지."

"어마, 그게 자기반성이지 뭐예요. 아무튼 그 간호사 아가씨 힘이 대단하네요. 동표 씨 같은 사람을 이렇게 딴사람으로 바꿔 놓은 걸 보면. 은근히 질투 나는데."

"……."

"나도 동표 씨 같은 남잘 며칠씩 고민에 좀 빠뜨려 봤으면. 두문불출 외출도 안 하게 만들면서……. 그건 그렇고, 앞으로 그럼 어떡할 거예요? 그 아가씨 말대로 미호 씰 다시 만날 거예요?"

"글쎄……."

"그리고 나는요? 그 아가씨 말은, 나는 잘 타일러서 내보내야 한댔다면서요?"

"글쎄, 그건 뭐 꼭 그런 뜻이 아니라……."

"아니긴 뭐가 아녜요. 결국 그런 뜻이죠. 미호 씨하고 다시 결합하기 위해선 나하고의 이런 상탠 이제 깨끗이 청산해야 한다는 얘기 아네요. 표현은 다르지만."

"……."

"그렇다고 너무 염려 마세요. 내가 언제까지 눌어붙어 있을 건 아니니까. 동표 씨가 나가 달라면 언제든지 나가 줄 수 있어요. 이거 삐쳐서 하는 말 아녜요."

"글쎄, 오해는 하지 말구."

"오해는 무슨 오해예요. 그냥 사실을 말하는 것뿐이지. 아무튼 어떡할 거예요? 그 아가씨 말대로 모두 따를 거예요?"

"글쎄, 아직 나도 잘 모르겠어."

"어마, 뭐가 그래요? 며칠씩 두문불출 생각에 생각을 했으면서."

"얘기했잖아. 아직 아무 결론도 얻지 못했다구."

"뭐가 그렇게 어려울 게 있어요. 그 아가씨 말이 백번 다 옳죠. 그 아가씨 말대로 하세요. 나도 그 아가씨 말에 모두 찬성이에요."

"그렇게 간단치가 않아. 비단 미호 문제만도 아니구."

"그럼 또 무슨 문제가 있어요?"

"내가 살아온 방식에도 문제가 있고 그에 따른 여러 가지 문제가 있잖아. 앞으로도 문제구."

"어머? 이번엔 숫제 인생관을 아주 바꾸려는 거군요?"

"그런 식으로 놀리지 마."

"다시 한번 질투심이 나는데, 그 아가씨한테. 어쩜 한 남자의 인생관까지 바꾸게 할 수 있을까."

정미는 자못 감탄스럽다는 표정마저 지어 보였다.

동표는 침울한 표정으로 더 이상 입을 열지 않았다. 그리고 그녀도 곧 다소곳한 표정이 되어 더 이상 추궁하진 않았다. 아침 식탁에서의 이야기는 그런 정도로 일단락되었다.

그런데 그날 밤 정미는 만취가 되어 돌아왔다. 12시 10분 전쯤 그녀는 돌아왔는데 여느 때 같으면 그가 잠들었을 것을 염려하여 열쇠를 사용해서 혼자 살그머니 들어왔을 그녀가 굳이 요란한 벨 소리를 울려 댔다. 그것도 동표가 문을 열어 주러 나가는 순간까지 계속해서.

도어를 열어 주고 나서야 벨 소리는 멈췄고 턱을 치켜든 그녀의 도전적인 모습이 보였다. 한눈에 만취된 모습임을 알 수 있었다.

그녀는 선뜻 문 안으로 들어서려 하지 않았다. 그리고 혀 꼬부라진 소리로 말했다.

"하항, 마중 나와 주셨구만. 우리 집주인님께서. 하지만 이왕이면 좀 모시고 들어갈 수 없으실까."

동표는 현관 밖으로 나서서 그녀를 부축했다.

"술 많이 했군. 자, 들어가자구."

"옳지, 옳지, 암, 그래야 하구말구. 우리 집주인님이 오늘 아주 고분고분하구나."

하며 그녀는 시중받는 여왕 같은 걸음걸이로 한 발짝 들어설 듯하더니 문득 몸을 버티었다.

"아, 그런데 뭐라구? 나보고 술 취했다구?"

동표는 곧 자신의 말을 정정했다.

"아, 아냐, 아냐. 내가 잘못 봤어."

"이거 왜 이래. 똑똑히 좀 굴라구. 나 술 안 취했어."

"그래, 그래, 알았어. 어서 들어가자구."

"뭐? 무슨 남자가 이래? 나 술 먹는 거 봤어?"

"글쎄, 알았다니까. 자, 어서 들어가기나 해."

"여기가 어딘데?"

"어딘 어디야. 정미 아파트지."

"하항, 웃겼다. 내 아파트라구?"

"그래, 정미 아파트지 누구 아파트야."

"좋았어. 하항, 내 아파트라구?"

"그래, 어서 들어가, 자."

그제야 그녀는 비틀거리며 걸음을 옮겨 놓았다. 계속해서 '하항, 내 아파트라구?'를 되뇌면서.

현관 안으로 들어서서도, 그리고 부축을 받은 채 마루 위로 올라서서 응접실 쪽으로 비틀걸음을 옮기면서도 그녀는 계속 그 말을 되뇌었다. 마치 노래의 후렴이라도 되풀이하듯.

그리고 소파 위에 거의 쓰러지듯 몸을 동댕이쳐 앉은 뒤에 그녀는 문득 후렴의 대구(對句)라도 생각났다는 듯 혀 꼬부라진 소리로 말했다.

"흥, 어째서 이게 내 아파트지?"

동표는 웃었다. 그리고 부드럽게 말했다.

"어째선 뭐가 어째서야. 정미가 사는 아파트니까 정미 아파트지. 자 방에 들어가서 좀 쉬어."

그러자 그녀는 입꼬리를 치켜들며 냉소했다.

"아쭈, 웃었어. 날 좀 곱게 재워 보겠다 이거지? 하항, 하지만 그렇겐 잘 안될걸. 내가 그 부드러운 미소에 넘어갈 줄 알구?"

동표는 도리 없이 다시 웃었다. 그리고 그녀 옆에 앉으며 말했다.

"그래, 그럼 자지 마. 나하고 오늘 밤새껏이라두 얘기하자구. 커피 한 잔 끓여다 줄까?"

그녀는 다시 거침없이 코웃음을 쳤다.

"흥, 커피? 이거 왜 이러실까? 우리 집주인님께서 오늘 왜 이렇게 친절하실까? 하항, 역시 날 꼬셔 보려는 수작이시겠지. 커피나 한잔 먹여서 적당히 재워 보려는. 괜히 친절한 척하시지 마시지."

"나, 이런. 누가 자랬어. 밤새껏이라도 얘길 하잰잖아. 자, 잠깐만 앉아 있어. 내 커피 끓여 가지고 올게."

그러며 동표가 마악 일어서려 하자 그녀는 동표의 팔을 잡았다.

"아, 필요 없다구, 커피 필요 없다구. 그 대신 친절이 베풀고 싶으면 나 뽀뽀나 해 줘요, 응? 나 지금 외로워 죽겠어."

그녀의 목소리는 갑자기 호소하듯 하는 그것으로 바뀌었다. 동표는 잠시 말없이 그녀를 바라보았다. 그리고 조금 정색을 하며 그녀에게 말했다.

"오늘 왜 그래, 정미. 무슨 술을 그렇게 많이 마셨어?"

"흥, 나 술 많이 안 마셨어. 맥주 다섯 병밖에 안 마셨다구. 맥주 다섯 병쯤이야 코끼리 코에 비스킷이지."

"정말 오늘 왜 이러는 거야, 정미? 뭐 때문에 그래?"

"몰라서 물어? 흥, 모르면 그만두라구. 나 말야, 오늘 약간 외로워서 한잔했어. 그뿐야. 참견 말라구."

"글쎄, 그러지 말고 얘길 해 봐. 외로워서 한잔했으면 나하고 얘기라도 해서 풀어야 할 거 아냐. 자, 얘기해 보라구. 내 밤새껏이라도 들어 줄 테니."

"필요 없어. 얘기 따윈 필요 없어. 나 뽀뽀나 좀 해 줘, 응?"

그러며 그녀는 입술을 쫑긋 내민 채 두 팔을 뻗어 동표의 목을 얼싸안았다. 동표는 그녀의 두 팔을 잡은 채 말했다.

"글쎄, 뽀뽀도 좋지만 왜 이러느냐구. 정신 좀 차려 봐."

그러자 그녀는 숫제 제 입술을 가져다 동표의 얼굴에 비벼 대기 시작했다. 뜨겁고 술 냄새 나는 입술이었다.

동표는 얼굴을 이리저리 피하는 시늉을 하며 말했다.

"아, 글쎄, 왜 이래? 좀 가만있어 봐. 얌전히 있으면 뽀뽀는 내가 해 줄게."

순간 그녀는 그의 얼굴에서 입술을 떼었다. 그리고 원한에 찬 눈으로 그를 쏘아보았다.

"흥, 얌전히 있으라구? 누구처럼? 그 간호사 아가씨처럼? 그 아가씬 술도 안 먹고 나처럼 이렇게 난잡하지도 않지? 얼마나 얌전할까, 그 아가씬. 하지만 난 그렇지가 못한 걸 어떡해? 뱁새가 황새 흉내 내다가 다리 찢어지게? 이러지 마. 이러지 말라구. 사람 너무 괄시하지 말라구."

그러며 그녀는 마침내 얼굴을 일그러뜨리며 비죽비죽 울기 시작했다.

동표는 당황해서 말했다.

"나 이런, 누가 정밀 괄시한다고 그래. 내가 혹 잘못한 게 있으면 용서해. 자, 이렇게 빌게."

그러나 그녀는 울음을 그치지 않았다. 울음을 그치지 않았을 뿐만 아니라 마침내 코까지 훌쩍거리며 본격적으로 울기 시작했다.

동표는 그제야 그녀가 술 취한 이유를 알 것 같았다. 그녀는 같은 여성으로서 경림에 대한 어떤 자기비하감을 느끼고 있음에 틀림없어 보였다. 아니 그렇다기보다 경림에 관한 동표의 태도에 어떤 소외감을 느끼고 있는 것인지도 몰랐다. 아마도 그 양자가 합해진 감정이 그녀의 술 취한 이유가 되었다고 보는 것이 옳을 것 같았다.

동표는 그녀를 달래기 시작했다.

"이봐, 정미. 오늘 정말 정미답지 않게 왜 이래. 내가 혹 잘못한 게 있으면 용서해 달라고 하잖아. 이렇게 빌기까지 하면서 말야. 자, 용서하고 울음 그쳐."

그러나 그녀는 울음을 그치기는커녕 더욱 격앙된 감정으로 울기 시작했다. 더 많은 눈물과 콧물을 흘리면서. 그리고 그 눈물과 콧물을 훔치려고도 않으면서 그녀는 말했다.

"그만둬요, 그만두라구. 나 같은 거한테 그렇게 친절 베푸는 척할 거 없어요. 흥, 잘못한 게 있으면 용서해 달라구? 동표 씨가 나한테 잘못한 게 뭐가 있겠어요. 쫓아내지 않는 것만도 과분하지. 쫓아내지 않는 것만도 과분해. 하지만 염려 말아요. 쫓아내기 전에 내 발로 걸어 나갈 테니. 나 같은 거 나가 봤댔자 눈 하나 깜짝 않을 테지만.”

“글쎄, 왜 그래, 정미. 누가 정밀 어쨌다고 그래. 그리고 나가긴 또 어딜 나간다고 그래. 누가 정밀 나가랬어.”

“그 아가씨가 날 내보내야 한댔다면서요? 그 아가씨가 그랬음 나 가야죠. 그 아가씨 말은 틀린 게 하나도 없으니까. 성경 말씀이나 마찬가지니까.”

“글쎄, 그런 뜻이 아니랬잖아. 그리고 설사 그런 뜻이었다고 해도 그건 내 뜻이 아니잖아. 난 아직 아무런 결론도 내린 게 아니잖아. 제발 그러지 말고 내 옆에 좀 있어 줘. 정 뭣하면 나 무슨 결론을 좀 얻을 때까지만이라도 말야. 내 옆에 있으면서 날 좀 도와줘.”

“흥, 내 따위가 동표 씰 도와 줄 게 뭐가 있어요. 괜히 그러지 말아요. 난 뭐 눈치코치도 없는 계집앤 줄 알아요? 괜히 나 달래느라고 그런 소리 할 필요 없어요. 그렇게 달래지 않아도 나 울 만큼 울다 들어가 잘 거니까 염려 말고 먼저 들어가 자요.”

“나 이거 죽겠군. 그런 게 아냐, 글쎄. 자, 그만 그쳐. 울음 그치면 내 뽀뽀해 줄게.”

그러자 그녀는 무슨 생각을 했는지 두 손으로 얼굴을 가리고 잠시 울음소리를 죽였다. 그리고 곧 손등으로 눈물과 콧물을 닦았다. 테이블 위의 두루마리 휴지를 집어 코도 풀었다. 그리고는 아직 물기가 남아 있는 눈을 들어 동표를 쳐다보았다.

“……미안해요. 나 괜히 그랬어요. 어서 들어가 주무세요.”

조용하고, 애써 자제하는 음성이었다.

동표는 순간 가슴이 메어지듯 아파 왔다.

"……정미!"

나직이 부르짖으면서 그는 그녀의 상체를 자신의 가슴에 안았다. 그리고 그녀의 얼굴을 찾아 이리저리 입술을 비벼 대었다. 잠시 피하는 듯하더니 그녀도 곧 그를 마주 안아 왔다. 그리고 마침내 그들의 입술이 합쳐졌다.

그녀의 입술은 바닷물처럼 짭짜름했다.

그날 밤 그들은 전에 없이 격렬한 정사를 나누었다. 마치 풍랑과 싸우는 어부처럼. 그리고 무엇엔가 자신들을 몰입시키지 않으면 목전의 슬픔을 감당할 수 없는 사람들처럼.

그들은 그리고 새벽녘에야 헤어져 각기 잠자리에 들었다.

그런데 아침 느지막이(거의 12시가 되어서였다) 잠자리에서 일어난 동표는 문득 이상한 느낌을 받았다. 여느 때 같으면 그녀는 부엌에서 밥 짓는 소리를 내고 있어야 했다. 아니면 여타의 다른 소리라도 들려와야 했다. 그런데 아무 소리도 들려오지 않았다. 마치 그 외엔 집안에 아무도 없는 것처럼.

동표는 불길한 예감을 느끼고 응접실로 나왔다. 부엌 쪽부터 가 보았다. 식탁에 음식을 차려 놓은 듯 보자기가 얌전히 덮여 있는 모습이 보일 뿐 그녀는 보이지 않았다.

급히 걸음을 돌이켜 그녀의 방으로 가 보았다. 그러나 그곳에도 그녀는 보이지 않았다. 그녀뿐만 아니라 그녀가 아파트에 올 때 가지고 온 짐들도 보이지 않았다. 이부자리만이 얌전히 개어져 방 한구석에 놓여 있을 뿐이었다.

그는 다시 황급히 부엌 쪽으로 향했다. 그리고 식탁 위의 보자기를 들쳐 보았다. 거기엔 얌전히 아침상이 차려져 있었다. 그리고 수저가 얌전히 놓인 곁에 조그맣게 접힌 종이쪽지 하나가 보였다.

그는 떨리는 손으로 그 종이쪽지를 집었다. 그리고 접힌 부분을 폈다. 볼펜으로 쓴, 급히 쓴 흔적의 글씨들이 보였다.

미안해요. 동표 씨. 일어나시기 전에 가느라고 서두릅니다. 일어나신 뒤엔 아무래도 복잡하게 될 것 같아 예의가 아닌 줄 알지만 급히 갑니다. 그동안 고마웠어요. 여러 가지로 은혜를 입었다고 생각해요. 하지만 폐만 끼쳤다곤 생각하지 않아요. 난 밥도 지어 드리고 빨래도 해 드렸으니까요. 물론 그런 건 동표 씨가 베풀어 주신 은혜에 비하면 아무것도 아닐는지 모르지만. 은혜는 기회 있으면 갚기로 하겠어요.

모두 그 간호사 아가씨(경림 씨라고 했던가요) 말이 옳아요. 미호 씨한테로 돌아가세요. 어떤 방법을 써서든지요. 그게 여지껏 동표 씨가 지내 온 옳지 못한 생활 태도를 청산하는 첫걸음이 된다고 나도 생각해요. 몇 달 동안 생활비를 아낄 수 있어서 난 좋았지만 동표 씨 한텐 사실 난 옳지 못한 생활을 강요한 셈이에요. 후회하고 있어요. 하지만 반드시 나빴던 일로만 기억하진 않겠어요. 올바른 생활은 아니었지만 우린 서로 속이진 않았으니까요.

이 쪽지 쓰기 전에 잠깐 동표 씨 잠든 모습을 몰래 들여다봤어요. 몹시 평화롭고 착한 모습이었어요. 잠든 모습은 누구나 다 착하다는

뜻일 거예요. 동표 씨도 착한 분임에 틀림없어요. 착하게 사시도록
노력하세요.

마지막으로 아침상 봐 놓고 갑니다. 좋아하시는 음식들을 장만하
고 싶었지만 시간이 급해서 있는 것으로만 차렸어요. 콩나물국은 냄
비째 가스레인지 위에 있어요. 식었으면 데워서 잡수세요. 정미 올림

동표는 잠시 그 종이쪽지를 든 채 움직일 줄을 몰랐다.

그녀가 부랴부랴 아침상을 차려 놓고, 편지를 써 놓고, 자기 짐을
챙겨 든 채 아파트를 나서는 모습이 눈앞에 보이는 듯했다.

그녀는 결국 그런 기습적인 방법으로 그를 자유롭게 해 주고자 했
음에 틀림없었다. 그리고 그것이 아마 자신의 마지막 자존심을 지키
는 유일한 길이라고 생각했는지도 몰랐다.

동표는 한동안 넋 잃은 사람처럼 그 자리에 서 있었다. 가슴 저 밑
바닥에서부터 알 수 없는 설움 같은 감정이 끓어올라 그를 떨게 했다.

그는 자신을 저주하고 저주했다. 자신의 게으르고 미련한 잠을 저
주했다.

그녀가 떠날 때, 그녀가 아침상을 차릴 때, 그녀가 편지를 쓰고 있
을 때 깨어 있지 못했음을 저주했다. 그리고 그녀를 만류하지 못했음
을 저주했다.

그러나 그녀는 이미 떠난 뒤였다. 그를 위한 마지막 아침상을 차려
놓은 채.

그는 천천히 가스레인지 앞으로 가 보았다. 그리고 거기에 올려놓

은 냄비 뚜껑을 열어 보았다. 콩나물국 1인분이 채 온기가 가시지 않은 채 냄비 속에 들어 있었다. 뚜껑에 맺힌 증류수의 물방울들이 아직 따뜻한 느낌을 주었다. 뚜껑을 열 때 그 물방울들 중 몇 개가 냄비 속으로 떨어졌다.

그는 잠시 냄비 속을 들여다보고 서 있었다. 그러고는 천천히 뚜껑을 덮고 다시 식탁 앞으로 돌아왔다. 식탁 위에 차려진 음식 그릇들을 바라보았다. 밥그릇은 그녀가 겨울철로 접어들면서 마련한 주발 모양의 보온밥통 속에 들어 있었는데 뚜껑을 열어 보자 아직 따뜻한 김이 서리어 있는 것 같았다. 밥의 따뜻하고 흰빛이 그의 눈을 찔렀다. 그는 뚜껑을 덮었다. 그리고 잠시 눈을 감고 서 있었다. 마치 그것들을 바라보는 것이 큰 죄라도 짓는 행위처럼.

그리고 그는 곧 부엌을 나섰다. 소파 쪽으로 향하려다가 다시 그녀의 방을 열어 보았다. 그러나 그녀는 여전히 그곳에 없었다. 그녀를 위해 빌려준 이부자리만이 얌전히 개어져 있을 뿐.

믿고 싶지 않지만 그녀가 떠나고 없다는 사실은 이제 부정할래야 부정할 수 없는 사실이었다. 그는 소파 쪽으로 걸어가 문득 추위를 느낀 사람처럼 자신의 양어깨를 두 팔로 감싸고 앉았다. 문득 고아가 돼 버린 느낌이었다. 알 수 없는 설움이 저 가슴 밑바닥으로부터 끓어올랐다.

그는 잠시 그 설움을 온몸으로 지그시 견디듯 그렇게 소파 위에 앉아 있었다. 그녀는 이제 떠나고 없다. 한 장의 종이쪽지만을 남겨 놓은 채. 그녀의 마지막 친절인 저 부엌 안 식탁 위의 아침상만을 남겨 놓은 채.

그러나 그녀는 이 도시 어디에 있을 것이었다. 다시 찾으려면 찾을 수 있을는지도 모른다. 밤마다 이 도시의 술집들을 하나하나 뒤지고 다니면 찾을 수 있을는지도 모른다. 어느 술집 구석 자리에서 그녀의 술 따르는 모습과 만나게 되는지도 모른다.

동표는 한순간 그렇게 하리라고 결심할 뻔했다. 그러나 그는 곧 자신의 생각을 고쳤다. 그렇게 해서 그녀를 다시 찾는다 한들 이제 와서 그것이 무슨 의미를 갖겠는가. 그녀가 자신을 정리하고 떠난 뒤에, 이제 와서 그것이 무슨 의미를 갖겠는가. 질척거리지 말자. 남은 일은 이제 그녀의 행복을 비는 일뿐이다.

그렇게 자신을 타이르고, 그러나 마음속의 공허(空虛)만은 어쩌지 못해 그는 소파에서 일어나 다시 부엌으로 향했다. 마시다 둔 술병을 찾아보기 위해서였다.

찬장 한구석에 반쯤 마시다 둔 국산 양주병 하나가 보였다. 외국 상표를 빈 블렌디드 위스키였다. 언제 마시다 둔 것인지 확실치 않았다.

그는 잔 하나와 그 술병을 가지고 다시 소파로 돌아왔다. 그리고 독작(獨酌)하기 시작했다. 빈속이어선지 술은 곧 전신으로 퍼져 갔다. 그는 거푸 술잔을 들었다. 그리고 마침내 술병이 바닥이 났을 때 그는 술이 더 있었으면 하고 바랐다.

그러나 그 바람은 오래가지 못했다. 그는 곧 쓰러지고 싶다고 생각했고 쓰러졌다. 그리고 곧 그렇게 소파 위에 쓰러진 채로 몇 마디 정미를 향한 푸념을 내뱉은 뒤 새우처럼 잠들었다.

동표는 그 뒤로도 이틀인가를 더 아파트에 틀어박혀서 지냈다. 정미가 그렇게 떠난 뒤로 그는 더욱 심한 자책의 감정 속에 휩싸여 들었었던 것이다.

그런데 그렇게 이틀인가를 더 아파트에 틀어박혀 지낸 뒤 그를 마침내 아파트 밖으로 끌어낸 사건이 일어났다. 전혀 예기치 못했던 사건이었고 그에게는 생애 처음으로 커다란 충격을 안겨 준 사건이었다.

그날 오후도 그는 제 방 속에 이부자리를 편 채 드러누워 갈피를 잡을 수 없는 생각들을 좇고 있었다. 그렇게 누워 있는 일이 이제 반타성쯤으로 되어 무엇을 생각한다기보다 거의 게으름을 피우고 있는 상태에 더 가까웠다고 할까. 그런데 전화벨 소리가 울려왔다.

그러나 벨 소리가 두 번 세 번 계속해서 울리자 그는 그것이 혹 경림이나 정미로부터의 전화인지도 모른다는 생각이 들었다. 두 사람 중 누구의 것이든 받아 봐야 한다고 생각했다.

그는 몸을 일으켜 응접실로 나갔다. 전화벨은 계속해서 울리고 있었다. 그는 송수화기를 집어 들었다.

"네, 민동푭니다."

그러자 수화기 속에서 반기듯 한 사내의 목소리가 들려왔다.

"아, 민 형이십니까?"

김광빈이었다.

"아, 김 형이시군요."

"네, 김입니다. 오랜만입니다."

"네, 오랜만입니다."

"그동안 별고 없으셨죠? 난 또 안 계시는 줄 알고 마악 끊으려던 참이었죠."

"아, 이거 미안합니다. 낮잠을 좀 자다가 그만……."

"그러셨군요. 그럼 이거 방해가 됐게요?"

"아, 아닙니다. 방해는요. 김 형은 별고 없으셨습니까?"

"나야 뭐 별고 있을 게 있습니까. 그건 그렇고, 민 형 지금 시간 좀 내실 수 있습니까? 잠깐 좀 뵙고 말씀드릴 게 있는데. 잠깐 좀 나오실 수 있으세요?"

"글쎄요, 무슨 일인지……."

"실은…… 양서한테 일이 좀 생겼습니다."

"구 형한테요? 무슨 일이?"

"양서가…… 죽었습니다. 지난밤에."

동표는 순간 자기 귀를 믿지 않았다.

"네? 그럴 수가……. 그게 정말입니까?"

"네, 실은 나도 멍한 기분입니다만 사실인 모양입니다. 나도 조금 전에 연락을 받았습니다. 양서 누님한테. 병원으로 우선 달려가 보려다가 민 형 생각이 나서 전화드리는 겁니다. 시체가 지금 병원 시체실에 있는 모양입니다."

김광빈의 목소리는 침울했으나 침착하고 확실했다. 동표는 잠시 말문을 열지 못하다가 멍청한 목소리로 물었다.

"무슨…… 사곤가요?"

그러자 그는 잠시 사이를 두고 나서 대답했다.

"아뇨…… 자살인 모양입니다."

"네?"

"아무튼 좀 같이 안 가 보시겠습니까?"

"……네, 나가겠습니다. 지금 어디시죠?"

"광화문 쪽으로 좀 나오시죠. 병원이 신촌이니까 여기서 만나서 같이 가시죠. 자세한 얘기도 좀 할 겸."

그리고 그는 광화문에 있는 다방 이름 하나를 가르쳐 주었다.

동표는 송수화기를 내려놓고 나서 잠시 멍청히 제자리에 서 있었다. 그러다가 불현듯 그렇게 서 있을 때가 아니란 생각이 들어 부랴부랴 외출 준비를 시작했다.

그리고 그가 김광빈이 지정해 준 다방으로 달려 나갔을 때 그는 먼저 와서 기다리고 있었다.

김광빈은 조용한 태도(그의 태도는 지극히 범상하기까지 했다)로 그를 맞이하고 나서 그가 의자에 앉기를 기다려 말했다.

"자, 우선 차나 한 잔씩 하십시다. 가시기 전에 미리 얘기해 둘 일도 좀 있고."

그리고 그는 레지를 불러 차를 주문했다. 동표는 레지가 돌아서기를 기다려서 물었다.

"도대체 어떻게 된 겁니까?"

그는 잠시 엽차잔을 만지작거리는 시늉을 하더니 천천히 대꾸했다.

"글쎄요. 나도 아직 진상을 확실힌 모릅니다. 병원엘 가 봐야 알겠죠. 양서 누님 말로는 뒤늦게야 나한테하고 또 한 사람 자기가 잘 모르는 사람한테 남긴 유서를 발견했다는데 내용은 가 보면 알 수 있겠죠. 총망 중에 이름을 기억하지 못하겠다고 해서 확인은 못했지만 그 또한 사람이라는 게 민 형 아닌가 하는 생각이 듭니다만. 실은 그래서 전화도 드렸고."

"……."

"그런데 가시기 전에 미리 얘기해 둘 게 좀 있다고 한 건, 뭐라고 할까요, 나로선 좀 궁색한 변명이 될지 모르지만 민 형한테 미리 밝혀 둘 일이 좀 있어섭니다. 발뺌하려는 의도는 아니고……. 뭐라고 할까요, 민 형한테 미리 얘길 해 둬야 속이 좀 편할 것 같다고 할까요. 실은 그 친구하고 내가 어제저녁에 좀 다퉜습니다."

"아…… 그럼 구 형을 어제저녁에 만나셨나요?"

"네……. 초저녁 때쯤 해서 날 찾아왔더군요. 여름에 민 형하고 셋이서 만난 후론 처음으로요."

그때 레지가 차를 날라 왔다. 김광빈은 말을 잠시 멈추고 찻잔을 저었다. 약간 창백해 보이는 표정이었다.

동표는 함께 찻잔을 저으며 조심스레 그의 다음 말을 기다렸다.

그는 찻잔을 들어 한 모금 마시는 시늉을 하고 내려놓았다. 그리고 천천히 다시 입을 열었다.

"……반가운 김에, 민 형하고도 몇 번 간 적이 있는 그 소줏집으로 데려갔죠. 절에 간 색시처럼 다소곳이 따라오더군요. 난 반가운 한편, 궁금하기도 했죠. 이 친구가 별안간 날 찾아온 이유가 뭘까 하고. 아무튼 소주 몇 잔을 나눴습니다. 무슨 생각으론지 사양하지 않고 주는 대로 받아 마시더군요. 더욱 궁금한 생각이 들었습니다. 해서 난 마침내 참지 못하고 물었죠. 물론 그 친구의 기분을 가능한 한 다치지 않도록 조심하면서 물었습니다. 나한테 무슨 특별히 할 얘기가 있느냐고 물었죠. 그랬더니 그 친군 날 잠시 물끄러미 바라보더군요. 일종의 연민 비슷한 감정을 담은 눈길이었습니다. 아니면 내가 하고 싶은 얘기는 너 스스로 잘 알 텐데, 하는 표정이었다고나 할까요. 그러더니 입을 열더군요. 그 친구의 시선을 받은 순간 내가 느낀, 그 친구가 하고 싶어 하리라고 예상한 말 그대로였습니다. 내가 지금 하고 있는 짓을 언제 그만두겠냐는 거였습니다. 난 잠시 아무 말도 안 했죠. 그리고 그 친구를 잠시 마주 쳐다본 후에 대답했습니다. 내가 그 짓을 그만두었으면 좋겠느냐구요. 그랬더니 그 친구 눈에 때아닌 눈물이 글썽거리기 시작했습니다. 그리고는 더 이상 참을 수 없다는 듯 날 공격하기 시작하더군요. 넌 그럼 그 짓을 인간이 할 수 있는 짓이라고 생각하느냐, 네 양심과 네가 받은 교육에 비추어 떳떳하다고 생각하느냐, 넌 도대체 부끄러움이라는 것을 모르는 인간이냐, 인간이 인간을 상품화하는 앞잡이 노릇에 부끄러움도 안 느끼느냐, 도대체 어떻게 그런 짓을 할 수가 있단 말이냐, 그런 짓을 할 생각부터 먹을 수가 있단 말이냐, 난 지난 몇 달 동안 너라는 놈을 안다는 사실 때문에 얼마나 고민을 했는지 아느냐, 아는 놈이 그런 짓을 하고 있는 걸 보고만 있을 거냐는 문제로 얼마나 고민했는지 아느냐, 오늘 사실은 너라는 놈과 마지막 담판을 지으러 왔다, 대강 그런 내용이었습니다. 말하자면 더러운 짓을 그만하든지 그 더러운 짓을 계속할 생각이

면 자기하곤 우정을 끊든지 둘 중 하나를 택하라는 얘기였죠. 난 그
친구의 기분을 잘 알 수가 있었습니다. 그 친구가 고민 끝에 날 찾아
왔다는 것도 알 수 있었죠. 그 친구가 어떤 친군가 하는 걸 나보다 잘
아는 사람도 없으니까요. 난 화가 나진 않았습니다. 그 친구가 나한
테 퍼부은 공격 따위엔 늠름하게 견딜 수 있는 뻔뻔함이 나한텐 있었
으니까요. 하지만 난 이 기회에 그 친구가 둘러쓰고 있는 껍질을 벗
겨 줄 수 있을는지 모른다고 생각했죠. 아마 잘못 생각했던 것 같습
니다, 결과를 보면. 어쨌든 난 빙그레 웃으면서 말했죠. 거 참 기특하
구나, 네가 어떻게 남의 일로 고민을 다 하게 됐느냐, 듣던 중 반가운
소리다, 그런 의미에서 내 오늘 예쁜 딸아이 하날 소개해 줄 테니 데
리고 자 볼래, 데리고 자 보면 생각이 조금 달라질 거다, 어떠냐, 생각
있으면 말해라, 그랬더니 그 친구 얼굴이 새파랗게 질리더군요······.”

동표도 짐작이 가는 일이었다. 구양서로서는 족히 새파랗게 질리
고도 남을 일이라고 생각되었다.

김광빈은 미간을 약간 좁히듯 하더니 말을 이었다.

“······그리고는 날 마치 더러운 짐승 쳐다보듯 했습니다. 난 개의치
않고 계속 웃는 낯으로 말했죠. 왜, 싫으냐, 싫으면 싫다고 하면 그만
이지 그렇게 무슨 모욕이라도 당한 듯한 표정까지 지을 건 없지 않으
냐, 넌 내 제의를 모욕이라고 생각하는 모양이지만 나로선 어디까지
나 우정의 표현이다, 잘 생각해 봐라, 잘 생각해 보고 웬만하면 내 제
의를 수락하지 그러느냐, 그러자 그 친군 얼굴에 핏기가 모두 걷히더
니 부들부들 떨리는 손으로 술탁자를 짚고 말없이 일어서더군요. 그

리고는 뒤도 안 돌아보고 밖으로 나가려는 거예요. 너 같은 자식하곤 더 이상 얘기하지 않겠다는 태도에 틀림없었습니다. 그제는 나도 화가 치밀어오르더군요. 벌떡 따라 일어서서 그 친굴 강제로 끌어 앉혔죠. 그리고 그 친구가 미처 방비할 겨를 없이 술잔을 들어 그 친구 얼굴에 끼얹었었죠. 좀 심했는지 모르지만 그때의 심경으로는 그러지 않곤 견딜 수가 없었습니다. 그리고는 버럭 소리를 내질렀습니다. 야이 새끼야, 세상이 다 더럽게 사는데 너 혼자 깨끗이 살려고 그래, 세상에 더럽게 살 수밖에 없어서 더럽게 사는 사람이 얼마나 많은 줄니가 알기나 해, 이 병신 같은 새끼야, 너 혼자만, 혹은 니 친구만 깨끗하게 살면 그만이야, 이 개새끼야, 옆의 사람이 더러운데 너 혼자만 깨끗한 게 그게 정말 깨끗한 건 줄 알아, 이 맹추 같은 새끼야, 누구 옆의 사람이 배고파하면 넌 그래도 동정하겠지, 그 알량한 동정심으로, 이 숙맥 같은 새끼야. 나도 아마 제정신이 아니었던 모양입니다. 딴 술꾼들이 놀라서 쳐다보는 것도 모르고 마구 욕지거리를 퍼부었으니까요. 나중에 술집 주인이 와서 왜 그러느냐고 만류를 해서야 내가 그만 장소도 잊고 마구 떠들어 댔다는 걸 알았죠. 아무튼 그 친군 얼굴에 술벼락을 맞은 데다가 내가 욕지거리를 마구 퍼부으니까 한동안 넋이 빠진 듯 멍하니 앉아 있더군요. 얼굴에 끼얹힌 술을 닦을 생각도 않고 말이죠. 그러더니 잠시 고개를 숙이고 무언갈 골똘히 생각하는 표정이더군요. 나도 주인이 와서 만류하기도 했지만 곧 쑥스러운 생각도 들고 해서 더 이상 소란을 피우진 않았죠. 떠들어 댄게 후회도 되고 창피한 생각도 들더군요. 그 친구가 그렇게 고개를 숙이고 앉아 있는 게 서먹한 생각도 들구요. 그래서 우린 잠시 그렇게 좀 서먹하게 앉아 있었습니다. 그리곤 조금 뒤에 일어나서 헤어졌어요. 그 친군 끝내 아무 말도 하지 않았고 나도 자신이 좀 쑥스럽기도 했지만 그렇다고 나도 사과할 기분이나 그 친굴 위로할 기분은 아니어서 그냥 서먹하게 그 친굴 보내고 말았죠. 이게 그 친구하고 나하고 다툰 내용의 전붑니다. 그런데 오늘 그 친구 누님한테서 그 친구의 죽음을 알리는 전화가 걸려 왔군요."

말을 마치고 그는 약간 창백한 표정으로 웃었다. 동표는 조심스레 물었다.

"그럼 김 형은 혹시 구 형이 김 형과 다툰 일 때문에……."

그는 고개를 저었다.

"그렇게 생각하고 싶진 않습니다. 그런 게 자살의 원인까지야 될 수 있겠습니까. 하지만 그게 마음에 걸리긴 하는군요. 그게 직접적인 원인은 아닐는지 몰라도 간접적인 원인, 혹은 계기가 됐을 가능성은 있으니까요. 또 모르죠. 그게 직접적인 원인이 됐는지도. 아무튼 민 형한테 미리 이 얘기를 해 두는 건, 얘길 해 두지 않으면 민 형한테 뭔가 내가 숨기는 게 되는 것 같아섭니다. 놀라셨을 것 같아 그런 일이 있었다는 사정도 알려 드리는 게 좋을 것도 같고. 민 형 기분은 어떠십니까, 내 얘기를 듣고 난……."

동표는 자기로서는 어떻게 생각해야 할는지 모르겠다는 표정으로 대답했다.

"글쎄요, 난 아직 그저 얼떨떨하기만 할 뿐이군요."

그러자 그는 의자에서 몸을 일으키려는 자세를 취하며 말했다.

"자, 아무튼 그럼 병원으로 가 보십시다. 가 보면 뭐든 좀 더 알게 되겠지요."

그리고 그는 의자에서 일어났고 동표도 그를 따라 일어섰다. 그들은 그리고 곧 다방에서 나와 택시를 탔다.

택시 속에서 두 사람은 잠시 아무 말도 하지 않았다. 동표는 무거운 기분으로 앞쪽의 차창만을 바라보고 있었고 김광빈도 묵묵히, 약간 창백한 표정으로 차창 쪽을 바라보고 있었다.

그러다가 그가 불쑥, 마치 자기 자신에게라도 말하듯 침울하게 말했다.

"……만일 어제 그 일 때문에 그 친구가 자살했다면…… 그런 자식은 죽어서 싸죠."

동표는 순간 그의 얼굴을 힐끗 돌아보았다. 그의 얼굴엔 엷은 분노의 표정 같은 게 떠올라 있었다.

동표는 조심스레 말했다.

"글쎄요……. 구 형 심약한 성격엔 혹시 그런 일이 충격이 됐을지도……. 난 잘 모르겠습니다만."

그러자 그는 동표 쪽을 힐끗 돌아보았다. 그리고 창백하게 조금 웃어 보였다.

"민 형이 그런 기분을 가지리라고 짐작했습니다. 하지만 아무리 성격이 심약하더라도 그런 일이 자살의 원인이 됐다면 그런 자식은 차라리 죽는 게 낫죠. 그런 자식을 뭐에다 쓰겠습니까. 설마 그렇진 않으리라고 믿고 싶습니다만."

"……."

동표는 더 이상 그의 말에 대꾸하지 않았다. 그의 말에 반드시 동조하고 싶은 기분은 아니었지만 적당한 말을 찾을 수 없었기 때문이다. 동표가 입을 다물자 그도 더 이상 입을 열진 않았다. 그리고 약간 창백한 표정으로 묵묵히 다시 차창 쪽을 바라보았다.

그들이 병원에 도착했을 때는 짧은 겨울 해가 병원 시체실 앞 공터에 음산하고 엷게 남아 있었다. 그들은 택시에서 내려 곧장 시체실 안으로 들어갔다. 썰렁하고 음산한 곳이었고 죽은 사람들의 가족으로 보이는 사람들과 그들을 위로하기 위해 온 사람들이 뒤섞여서 서성거리고 있는 모습이 보였다.

그들이 들어서자 30대 후반쯤으로 보이는 한 여인이 김광빈을 향해 눈인사로 알은체를 하며 다가왔다. 평상복 차림에 화장기마저 있는 얼굴이었고, 구양서와 닮은 데가 있는 얼굴이었다.

김광빈이 여인을 향해 마주 다가가며 말했다.

"얼마나 놀라셨어요, 누님."

여인은 그의 두 손을 마주 잡을 듯이 하며 다소 호들갑스럽게 말했다.

"글쎄, 이게 무슨 일이우. 세상에 몹쓸 자식도 있지."

김광빈은 잠시 고개를 숙이고 있다가 쳐들었다.

"어떻게 된 건가요?"

"글쎄, 난들 알우. 무슨 곡절인지. 밤중에 부엌에서 이상한 소리가 나는 것 같길래 가 봤더니 글쎄 부엌에 가스 냄새가 가득 찼구 그 애가 쓰러져 있구려. 가스 나오는 고무파이프가 부엌 바닥에 떨어져 있구. 애들 아빠 깨워서 병원으로 싣고 왔지만 그땐 이미 늦었구……."

여인은 손수건으로 눈물을 찍어 내는 시늉을 하며, 그러나 마치 얘기할 상대를 이제야 만났다는 듯 그렇게 말했다. 김광빈은 또 잠시 고개를 숙이고 있다가 쳐들었다. 그때 그의 눈길은 여인의 어깨너머 왼편으로 향했다가 멈칫했다. 동표도 거의 동시에 그쪽을 바라보았다. 거기엔 초라하고 허술한 구양서의 빈소가 마련되어 있는 것이 보였다. 오래전에 찍은 것인 듯한 그의 사진이 보였고 촛불 두 자루가 타고 있는 모습도 보였다.

김광빈이 말했다.

"빈소를 마련하셨군요."

그리고 그는 그쪽으로 걸음을 옮겨 놓기 시작했다. 여인이 뒤따르며 마치 자랑스런 일이라도 해 놓았다는 듯 말했다.

"아무리 그렇게 죽었기로 그냥 나갈 수야 있수. 몹쓸 짓 한 걸 생각하면 아무렇게나 어디 갖다 묻어 버리거나 태워 버려도 좋겠지만 누이 된 마음이 어디 그러우. 그래도 마음은 서운하고 아픈걸."

"……."

김광빈은 묵묵히 빈소 앞으로 가가서 신발을 벗었다. 그리고 빈소 앞에 마련된 비닐 돗자리 위로 올라서서 향을 피우고 절을 했다. 동표도 곧 그의 뒤를 이어 향을 피우고 절을 했다. 구양서의 사진은 햇빛에 눈이 부신 듯 미간을 약간 찌푸린 것이었는데 시선이 약간 위를 향한 것이었으므로 그들을 외면하고 있는 것처럼 보였다.

절을 마치고 다시 신발을 신고 나서야 김광빈은 여인에게 동표를 소개했다.

"저, 누님, 인사하시죠. 이 민 형은 양서하고 병원에도 같이 있었고 가깝게 지내던 사입니다."

동표는 여인을 향해 정중히 고개 숙여 인사했다.

"얼마나 마음 아프십니까. 민동표라고 합니다."

여인은 얌전히 마주 고개 숙여 보이며

"네, 양서 누나예요. 이렇게 와 주셔서 고맙습니다."

하고는 문득 생각나는 게 있다는 듯

"그런데 지금 민…… 동표 씨라고 하셨나요?"

하고 물었다. 동표 대신 김광빈이 재빨리 대답했다.

"네, 누님. 왜 그러세요? 혹시 그럼 아까 누님이 말씀하던 그 잘 모르겠다던 사람이……."

"그래요, 맞았수. 또 한 통에 쓰여진 이름이 분명 민동표 씨였수."

여인은 반가운 일이라도 생겼다는 듯 그렇게 말했다.

그리고 동표들은 잠시 후 여인으로부터 각각 그들에게 남겨진 구양서의 유서 한 통씩을 받아 들었다. 그것들을 건네주면서 여인은 야속하다는 듯 말했다.

"무슨 애가 친구들한텐 유서를 남기면서 제 누이한텐 이렇다 할 무슨 종이쪽지 한 장 없다우. 애들 아빠도 그게 섭섭하다면서 야속해했다우. 이따 또 올 테지만. 광빈 씨 전화번호만 해도 우리가 그 애 수첩을 뒤져 보지 않았으면 어떻게 알았겠수."

그들은 구양서의 유서를 시체실 입구께에 마련된, 문상객들을 위한 나무벤치에 앉아서 읽었다. 두 통 모두 녹색의 줄이 쳐진 편지지에 쓴 것이었고 풀로 봉해져 봉투 속에 들어 있었다.

동표 앞으로 남겨진 것은 다음과 같은 편지 내용이었다.

민 형께.

민 형께는 처음 쓰는 편지이자 마지막 편지가 되겠습니다. 용서하십시오. 그동안 연락 자주 드리지 못한 것도 아울러 용서해 주십시오.

이런 편지 민 형께 남겨도 되는 걸까, 저로서는 매우 망설였습니다. 그러나 결국 쓰기로 했습니다. 민 형은 저한테 매우 소중한 분이기 때문입니다. 경림 씨를 민 형께 부탁드리고 가기 때문입니다.

저는 오늘 저 자신을 더 이상 살려 둘 가치가 없다고 판단했습니다. 세상에 더 이상 살아남을 자격이 없다는 말로 바꿔도 좋습니다. 민 형은 의아해하실는지 모르겠습니다. 저처럼 죽음을 두려워하는 겁쟁이가 어떻게 감히 스스로 목숨을 끊는 따위의 짓을 할 수 있느냐구요. 하지만 이 편지를 보시게 될 때쯤은 전 제가 판단한 대로 행한 뒤일 겁니다.

전 물론 아직도 죽음을 두려워합니다. 그러나 죽음이라는 보편적 사실로부터 예외일 수 없는 한 죽는 시기쯤은 별문제가 아니겠지요. 전 죽음을 두려워했지 죽는 시기를 두려워한 건 아니었습니다. 그리고 자신의 죽음을 자신이 관장할 권리가 있다는 이론에 저는 동의하고 있습니다. 자신의 삶을 자신이 관장할 권리가 있다는 것과 마찬가지겠지요. 다만 저는 지금 자신이 관장할 만한 삶이 제게 없다는 사실이 슬프고 부끄러울 뿐입니다. 또 그것이 제가 저 자신을 더 이상 살려 둘 가치가 없다고 판단한 근거이기도 합니다.

경림 씨에 대해선 제가 더 이상 말하는 것이 주제넘다고 생각되지만 죽은 자는 모든 것이(무례조차도) 용서된다는 얘기에 의지해서 한마디만 드리고 싶습니다. 경림 씰 진심으로 사랑해 주십시오. 결코 일시적인 애인으로 생각하지 마십시오. 노파심입니다. 화나셨으면 제 시체에 욕을 해 주십시오.

그럼 두 분의 건강과 행복을 빌면서. 구양서 올림

동표는 떨리는 손으로 그것을 읽었다. 그리고 그것을 다 읽고 났을 때 맨 처음 떠오른 생각은 저 경림과의 성남행(城南行) 이후, 그녀에게 자신의 모든 일을 고백한 이후, 왜 그녀에게 구양서의 이야기를 하지 못했던가 하는 뉘우침이었다. 왜 그녀에게 그녀를 사랑하는 또 한 사람이 있다는 이야기를 하지 못했던가 하는 뉘우침이었다.

그때 김광빈이 옆에서 말했다.

"다 읽으셨습니까?"

약간 상기한 표정이었고 무언가를 자제하는 억양이었다. 그도 자기 앞으로 된 유서를 다 읽고 난 뒤인 듯했다.

"네……."

동표는 우울한 목소리로 대답했다.

"다 읽었습니다."

"그럼 이걸 한번 읽어 보시겠습니까?"

하고 그는 자기가 읽고 난 것을 동표에게 내밀었다.

"……괜찮겠습니까?"

하고 동표는 그가 내미는 것을 받았다.

"한번 읽어 보십시오. 어제저녁 얘기가 씌어 있습니다. 전 그 대신 허락하신다면 민 형 것을 읽죠."

"네, 그럼……."

동표는 자기 몫의 것을 그에게 주었다. 그리고 그의 앞으로 된 유서를 읽기 시작했다.

광빈에게.

아까 초저녁에 너를 만나러 갈 때만 해도 돌아와서 이런 편지를 쓰게 되리라곤 생각하지 못했었다. 그리고 이 편지를 읽고 나서 네가 비웃을 일이 두렵다. 그러나 변변치 못한 친구를 용서해 다오. 난 지금 너한테 또 한 번 꾸지람 들을 짓을 하려고 하고 있다.

물론 이것이 너한테 술잔으로 끼얹힌 일이나 꾸중을 들은 일에 대한 대답은 아니다. 그렇게 너그러운 인간은 못 되지만 또 그렇게까지 편협한 인간은 아니다. 난 다만 너로부터 오늘 내가 세상에 더 이상 살아남을 자격이 없다는 사실을 배우는 계기를 얻었을 뿐이다.

넌 내게 오늘 중요한 가르침을 주었다. 아무도 가르쳐 주지 않은 사실을 넌 오늘 내게 가르쳐 주었다. 나 스스로는 100년이 지나도 도저히 깨우칠 수 없는 사실을 넌 내게 깨우쳐 주었다. 아마 네가 술잔만 끼얹지 않았어도 난 그걸 깨닫지 못했을는지 모른다. 나라는 인간은 그렇게나 아둔한 인간이었나 보다.

어쨌든 난 내가 알아야 할 것을 알았다. 내가 여지껏 너무나 맹랑하고 가련한 자기 껍질 속에서 안주(얼마나 가증하고 어리석은 일이냐!)해 왔다는 걸 알았다. 그것이 타인이 던지는 술잔 하나를 감당하지 못하는 지극히 값없고 무력한 껍질이라는 사실도 모르고!

그러나 광빈아, 용서해 다오. 그 껍질이 그렇게 값없고 무력한 것임을 알았으면서도 난 그 껍질 밖의 일들을 감당할 수가 없구나. 껍질 밖의 햇빛과 껍질 밖의 바람을 감당할 수가 없구나. 네가 말한 이웃의 더러움을 함께 한다는 생각에 고개는 숙여지지만 그것을 감당할 순 없구나. 이런 자기 배반을 넌 아마 비웃을는지 모른다. 그러나 어쩌는 수가 없구나. 나 같은 처음부터 글러 먹은 인간은.

용서해 다오. 그리고 한 불쌍한 친구로서 기억해 다오. 자기를 다스릴 것이라곤 고작 죽음밖에 없었던 한 친구로서 기억해 다오.

이제 내가 할 말은 없다. 남은 일은 이제 내가 다스릴 수 있는 유일한 것인 내 죽음을 내 손으로 맞이하는 일뿐이다.

아, 그리고 부탁 하나. 민 형 만나거든 내 어리석음을 말해 주고, 누나 좀 위로해 다오. 그리고 너와 함께 있는 아가씨들에게도 행복을 빈다고 전해 다오. 양서 적음.

읽기를 마친 동표는 옆자리의 김광빈을 돌아보았다. 그도 읽기를 마친 듯 곧 동표 쪽을 돌아보았다. 두 사람은 잠시 할 말이 많은 침울한 시선을 주고받았다. 그러나 그들은 입을 열어 말하진 않았다. 그곳은 고인(故人)의 빈소 옆이었기 때문이었다.

구양서의 누나가 유서의 내용을 궁금해했으므로 그들은 말 대신 유서를 직접 그녀에게 보여 주었으나 받아 읽고 난 그녀는 자기로서는 도무지 무슨 소린지 종잡을 수 없다는 표정을 지었다. 그리고 다만 김광빈에게

"어제 그 애하고 다뤘수?"

라고 다소 거기에 혐의가 갈 뿐이라는 듯 물었다.

"네, 다투지 않을 걸 그랬어요."

하고 김광빈이 침울한 표정을 짓자 그녀는 곧 호들갑스럽게 너그러운 표정을 지으며 오히려 나무라듯 말했다.

"원, 다툰다고 다 죽는대서야 세상에 살아남을 사람이 어딨수. 다 저 못난 탓이구 팔자소관이지. 행여 마음에 두지 말우."

그리고는 더 이상 유서에 관해서는 천착하려고도 하지 않았다. 이제 남은 일은 오직 어차피 일어난 일을 무사히 치르는 것뿐이라는 태도였다. 김광빈과 동표는 그날 저녁과 그날 밤을 그곳에서 새웠다. 그리고 이튿날 오전 화장장(火葬場)까지 함께 따라갔다. 구양서의 시체가 든 관은, 흡사 그 관 모양을 닮은 철제 용기에 담겨 화덕 속으로 들어갔다가 그것의 물질로서의 법칙을 이겨 내지 못하고 간단히 재가 되어 나왔다. 그리고 그 재 가운데서 추려진 몇 조각의 뼈는 다시

하얀 가루로 빻아졌다.

그 뼛가루를 그들은 자신들에게 맡겨 달라고 자청했다. 그리고 구양서의 누나, 매부와 헤어진 뒤 그들은 그것을 강물에 가져다가 뿌렸다.

김광빈은 마지막 한 줌을 강물에 뿌리면서 말했다.

"잘 가라, 자식아. 촌놈의 자식아."

그의 눈가에 순간 눈물이 번져 있는 걸 동표는 보았다. 동표는 아무 말도 하지 못했다.

잠시 후 그들은 강가를 떠나 한 중국집 방 속에 마주 앉았다. 김광빈이 그러기를 청했다.

배갈을 시켜 각기의 잔에 따른 후 그는 잠시 술잔을 말없이 굽어보고 있다가 말했다.

"……자 듭시다. 그리고 그 자식 일은 이제 잊어버리기로 합시다."

"……."

동표는 말없이 술잔을 들었다. 그도 술잔을 들었다. 그의 손은 약간 떨리는 듯했다.

잔을 비우고 나서 그들은 다시 잔을 채웠다. 그리고 다시 그것을 비웠다.

두 번째 잔을 비우고 났을 때 그가 말했다.

"……민 형은 설마 날 욕하시진 않겠죠?"

동표는 천천히 고개를 저었다.

"천만에요, 무슨 그런 말씀을 하십니까."

"……."

그는 다시 말없이 잔을 채우고 또 그것을 비웠다. 그리고 나서 혼 잣소리하듯 중얼거렸다.

"촌놈의 자식 같으니라구. 제 버릇 개 못 주고……."

그의 눈에는 다시 눈물이 번쩍거렸다.

그들은 그날, 오후 늦게까지 술을 마셨다. 그리고 만취가 되어 헤어 졌다. 헤어질 때 그는 혀 꼬부라진 소리로 동표에게 말했다.

"민 형, 나도 나쁜 자식이지만 그 자식은 더 나쁜 자식입니다. 아시 겠어요? 그런 자식을 동정해선 안 됩니다. 네? 아시겠어요? 그런 자 식은 말하자면 길 가다 똥을 밟아도 그것 때문에 자살할 자식이에요. 똥 밟은 게 꺼림칙해서 말입니다. 아시겠어요? 자, 우린 오래오래 사 십시다. 그리고 또 만납시다……."

동표는 술김에, 무언가 반박하고 싶은 기분이 들었으나 적당한 말 도 찾을 수 없었을 뿐 아니라 취중에도 이런 경우 그를 반박한다는 건 그를 구타하는 행위나 다름없다는 생각이 들어 그러지 못하고 그 와 헤어졌다. 그리고 그는 자신도 모르게 경림이 근무하는 병원 쪽으 로 향했다. 취중에도 그녀를 만나야 한다는 생각이 든 때문인지 몰랐 다. 만나서 구양서의 이야기를 하지 않으면 안 된다는 생각이 든 때 문인지 몰랐다.

병원 앞 다방에 도착해서 그는 술 취한 음성으로 그녀에게 전화를 걸었다. 그녀는 놀란 음성으로 전화를 받고, 곧 나오겠다고 말했다. 마침 그녀의 퇴근시간도 가까워 있었다.

경림이 놀란 표정으로 다방에 나타난 것은 조금 뒤였다. 그녀는 근심스러운 표정으로, 동표가 앉아 있는 탁자로 다가와 앉으며 물었다.

"웬일이세요? 이렇게 낮부터 술을 잡수시구……."

동표는 되도록 바른 자세를 취하려고 하면서 대답했다.

"네, 미안합니다. 그럴 일이 좀 있었습니다."

"무슨 일인데요? 무슨 언짢은 일이라도 있었나요?"

"네, 몹시 언짢은 일이 있었습니다. 아주 순결하고 깨끗한 사람 하나가 죽었어요. 지금 그 화장터에서 돌아오는 길입니다."

"어마, 그럼 어느 분 장례식에 갔다 돌아오시는 길이군요. 어떤 분이신데요? 친구분이신가요?"

"경림 씨도 알 만한 사람입니다. 구양서 씨라고, 기억나시죠? 언젠가 나하고 같은 병실에 있던……."

"어마, 그럼 그분이……."

그녀는 놀라움을 감추지 못하는 표정이 되었다.

"네, 그 사람이 죽었습니다. 그저께 밤에……."

"어마, 그분이 거의 다 나아서 퇴원하셨을 텐데……."

"병으로 죽은 게 아닙니다."

"그럼 무슨 사고였나요?"

"아뇨……. 자살이었습니다."

"네?"

"……나한테 남긴 유서를 보여 드리죠. 보시고 난 뒤에 설명할 게 있습니다."

그리고 동표는 주머니에서 구양서의 유서를 꺼내 그녀에게 내밀었다. 그녀는 못내 놀라움과 의아스러움을 감추지 못하는 표정으로 그가 내미는 유서를 받았다. 그리고 그것을 조심스레 읽기 시작했다. 동표는 다가온 레지에게 차를 주문한 뒤 그녀가 다 읽기를 기다렸다. 그리고 그녀가 마침내 몹시 난처해하는 시선을 쳐들었을 때 말했다.

"경림 씨로선 무슨 얘긴지 얼핏 종잡을 수가 없을 겁니다. 전혀 아무 사정도 모르고 있었을 테니까……."

그리고 그는 자신과 구양서 사이에 있었던 그녀에 관한 이야기 전부와 그것을 전번에 미처 말하지 못한 점, 그리고 그의 죽음의 동기가 된 그와 김광빈과의 사건 시말까지 모두 들려주었다.

"그 유서에 경림 씨 얘기가 나오는 건 앞에 그런 사정이 있어섭니다. 용서하십시오."

몹시 곤혹한 표정으로 이야기를 다 듣고 난 그녀는 자기로서는 무슨 말을 해야 좋을지 모르겠다는 난처한 표정을 지었다.

"그런 일이 있을 수가……."

"네, 모두가 내 잘못입니다. 용서하십시오. 전번에라도 그 일을 모두 얘기했더라면 두 분이 한번 만나게라도 됐을 텐데……. 그때 왜 그 얘길 빠뜨렸는지 모르겠군요."

그녀는 잠시 고개를 숙이고 있다가 쳐들었다.

"……전 너무 뜻밖이에요. 지금 무슨 말을 해야 좋을지 모르겠어요."

"날 꾸짖어 주시면 됩니다. 그런 순수한 사람의 뜻을 제대로 받아들이지 못한 날 욕해 주세요. 그 사람에 비하면 난 짐승이나 다름없으니까요."

"전 모르겠어요. 하지만 너무 그렇게 자책하지 마세요. 모든 게 동표 씨 잘못은 아닐 거예요."

"아닙니다. 죽었어야 하는 사람은 그 사람 같은 순결한 사람이 아니라 나 같은 뻔뻔한 인간입니다. 나 같은 인간한테 더 이상 온정을 베풀지 마십시오."

"글쎄, 너무 그렇게 자책하지 마시라니까요. 그분이 자살하신 건 동표 씨 때문도 누구 때문도 아니잖아요. 그분 자신에 원인이 있는 거죠. 그리고 전 그렇게 자살하는 게 반드시 순결한 행동이라곤 생각하지 않아요."

"네, 나도 압니다. 자살이 반드시 순결한 건 아니겠죠. 하지만 그 사람이 자살한 동기는 순결한 그것이었습니다. 나 같은 뻔뻔한 인간은 온갖 더러움투성이면서도 이렇게 뻔뻔히 살아 있는데……. 자살 같은 건 감히 엄두도 먹어 보지 못하고……."

"글쎄, 너무 그렇게만 생각하지 마세요. 마음이 아프시긴 하겠지만 돌아가신 분도 그렇게 괴로워하시는 걸 바라시진 않을 거예요. 그리고 살아 있는 분들도 얼마든지 순결하게 사는 방법이 있을 거예요. 자기 직분을 지키면서."

"아무튼 난 이제 경림 씰 더 이상 볼 면목이 없습니다. 오늘은 이 얘길 하지 않고 견딜 수가 없어서 찾아왔지만."

그러자 그녀는 애써서 부러 장난스럽게 웃어 보였다.

"그분 유서에는 절 동표 씨한테 맡긴다고 했는데두요?"

"……"

"또 우리 두 사람의 행복을 빈다고도 했구요."

동표는 고개를 떨어뜨렸다.

"물론 농담이에요. 하지만 이런 일이 있었다고 해서 동표 씨가 절 볼 면목이 없다는 건 말도 안 돼요. 자, 마음 돌리세요. 그리고 미호 씨 얘기나 해 보세요. 그동안 미호 씰 만나 보셨나요?"

"……"

"아직 안 만나 보셨나요? 전 그동안 미호 씰 만나 보시느라고 아무 연락도 안 하시는 줄 알았는데……"

동표는 고개를 숙인 채로 말했다.

"아직 못 만나 봤습니다."

그리고 천천히 고개를 처들었다.

"……하지만 곧 만나 보기로 하겠습니다."

그러자 그녀는 구양서의 사건은 이제 염두에 두지 않는 표정으로 밝은 시선을 보내오며 말했다.

"네, 꼭 그렇게 하세요. 그리고 그럼, 함께 계시는 분한테는요? 그 분한텐 말씀을 잘해 보셨나요?"

"네……. 얘길 잘했다기보다 며칠 전에 자기 발로 아파트를 나갔습니다. 나 잠든 사이에 쪽지 한 장을 남겨 놓고."

"어마……. 그럼 혹시 서운한 감정을 품고 떠나게 하신 거 아녜요?"

"그랬는지도 모르죠. 하지만 남기고 간 쪽지엔 관대하고 우정 어린

작별 인사만 씌어 있었습니다. 마지막 우정이 담긴 아침상도 곱게 봐 놓고 갔구요.”

“어마, 그분 아주 착한 분 같아요.”

“네, 나한텐 과분하게 좋은 여자였습니다…….”

그리고 동표는 일어서려는 자세를 취했다.

“……자, 난 그럼 이만 가 보겠습니다.”

“어마, 벌써 가시려구요?”

그녀는 놀라는 표정을 지었다.

“제가 저녁 사 드리려고 했는데…….”

동표는 그때 마음 가볍게 그녀의 제의를 받아들일 수 있다면 얼마나 좋을까 하고 생각했다. 그러나 그는 마음속의 고통을 견디며 의자에서 일어났다.

“아닙니다. 경림 씨가 사 주시는 저녁을 얻어먹을 염치도 없지만 시장하지도 않습니다. 또 가 봐야 할 데도 좀 있구요.”

그때 그의 자세가 약간 불안했던 모양이었다. 김광빈과 마신 술 때문에 자신도 모르게 조금 비틀거렸던 걸까. 그녀가 따라 일어서며 그의 팔을 부축했다.

“어마, 술 많이 취하신 것 같아요. 정 그러심 제가 가시는 데까지만 바래다드릴게요. 염치 어쩌고 하시는 얘긴 빼시구요.”

동표는 곧 자세를 바로잡으며 대답했다.

“아, 아닙니다. 나 별로 취하지 않았습니다. 혼자서 갈 수 있습니다.”

그러자 그녀는 무언가 잠시 생각하는 눈치더니 말했다.

"……가 봐야 하신다는 데 급한 덴가요? 급하지 않으심 저 집까지 좀 바래다주고 가지 않으시겠어요?"

"……."

동표는 그녀의 마음을 헤아릴 수 있었다. 그녀가 자신의 마음을 짐작하고 그러한 제안을 해 오고 있음에 틀림없다는 심증이 갔다. 마음속에 다시 고통이 일어났다.

"……네, 그럼 그렇게 하죠."

그는 우울하게 대답했다.

"어마, 그렇게 해 주시겠어요?"

그녀는 짐짓 모른 체, 밝은 표정으로 그렇게 말했다.

그들은 곧 다방에서 나왔다. 밖은 이미 어두워지기 시작하고 있었다. 동표는 택시 한 대를 세웠다. 그녀를 먼저 오르게 한 다음 뒤따라 올랐다. 그리고 운전사에게 말했다.

"미아리 쪽으로 갑시다."

운전사는 말없이 택시를 출발시켰다.

그때 그녀가 급히 말했다.

"저, 잠깐요, 아저씨. 이 택시 한강 쪽으로 돌려 주세요."

"예?"

"한강 쪽부터 들러서 미아리로 가 주세요."

그리고 그녀는 동표를 돌아보며 말했다.

"어디 들르실 데 있다고 하신 건 거짓말이죠?"

"……."

동표는 순간, 얼른 적절한 대답을 찾지 못했다. 운전사는 백미러로 불만스런 시선을 힐끗 보내고 나서 곧 택시의 방향을 바꿨다.

그녀가 다시 말했다.

"그렇죠? 저 떼어 두고 가시느라고 괜히 그러신 거죠?"

그제야 동표는 당황스레 말했다.

"……아, 아닙니다, 그런 게."

"아니긴 뭐가 아녜요. 다 알아요, 저한테 괜히 쓸데없는 미안감을 갖고 그러시는 건 줄. 아무튼 전 그냥 보내 드리진 못하겠어요. 술도 취하셨구. 아파트까지 바래다드리고 돌아갈 테니까 정말 꼭 들러야 하실 데가 있음 그 후에 다시 들르세요. 어차피 저 바래다주시고 가는 거나 시간은 마찬가질 테니까요."

"……."

동표는 아무 말도 하지 못했다. 그리고 마음속으로 생각했다. 그래, 그녀의 이 마지막 친절에 순종하기로 하자, 어차피 그녀를 보는 건 이 것이 마지막이 아니겠는가, 아까 다방에서 미호를 만나 보겠다고 말 했을 때 이미 그렇게 작정하지 않았는가, 얌전히 그녀의 이 마지막 친 절에 순종하는 것도 그녀를 위한 작은 도리가 되는지 모른다, 아니 그 것이 오히려 나다운 것인지 모른다, 그래 뻔뻔해라, 끝까지 뻔뻔해라.

동표는 지그시 고통을 참으며, 그녀의 시선을 피하듯 묵묵히 차창 쪽만 바라보았다. 그녀도 무슨 생각에서선지 더 이상 입을 열진 않았 다. 그리고 얼마 후 그들이 탄 택시는 동표의 아파트 앞에 멈추었다.

동표가 그녀를 돌아보며 말했다.

"……안녕히 가십시오, 그럼."

"네, 안녕히 계세요."

그녀도 말했다.

"미호 씨 만나시고 나서 연락 주세요."

"……."

동표는 대답하지 않았다. 대답 대신 그는 그녀의 얼굴을 고통스레 잠시 바라보았다. 그리고 도어를 열고 땅으로 내려섰다. 도어를 닫았다.

그녀의 미소 띤 얼굴이 차창에 대어졌다. 마치 방금 자신이 한 말에 다짐이라도 두듯이. 동표는 손을 들어 그녀에게 대답했다. 그리고 천천히 돌아섰다.

등 뒤에서 택시가 출발하는 소리가 들렸다. 그는 어금니를 물었다. 그리고 천천히 아파트 현관을 향해 걷기 시작했다.

그녀의 미소 띤 얼굴이 망막에 밟혔다. 그러나 그는 뒤돌아보지 않았다. 그리고 현관을 지나갔다. 유난히 층계가 길고 아득하게 뻗어 올라간 느낌이 들었다. 그러나 한없이 높은 탑 속을 기어 올라가듯 그는 쉬지 않고 층계를 밟아 올라갔다.

마침내 낯익은 숫자 표시가 나타났다. 그는 열쇠를 꽂아 도어를 열었다. 하루 동안 비워 둔 그의 아파트는 캄캄한 채 그를 맞아 주었다. 그는 조용히 스위치를 올려 불을 켜고 고아처럼 기어들었다.

바다의 지붕

경림과 그렇게 헤어지고, 미호를 만나기로 결심한 후로도 동표는 다시 사흘인가를 아파트에 틀어박혀 지냈다.

왠지 자신을 아무렇게나 쑤셔 박아 두고 싶은 기분이 강하게 작용한 탓이기도 했지만 미호를 다시 만난다는 일이 그렇게 마음 수월한 일이 아니었기 때문이다. 또 무어라고 할까, 그것은 성질상 숙제와도 같은 미뤄 두고 싶은 일에 속했다고나 할까.

그러나 그는 결국 결심을 실행에 옮기기로 하고, 마음을 다잡아, 아파트에 틀어박혀서 지낸지 사흘인가 만에 미호네 집으로 전화를 걸었다.

전화는 미호 어머니인 듯한 중년부인이 받았다. 그런데 그 중년부인의 대답은 미호가 집에 없다는 것이었다.

동표는 물었다.

"그럼 언제쯤 돌아올까요?"

그때의 시간은 오후 2시쯤이었다.

"글쎄요……."

중년부인은 망설이듯 어미를 약간 끌고 나서

"저, 지금 전화하시는 분 성함이 혹시 민동표 씨 아니세요?"

하고 되물었다. 동표는 약간 송구한 느낌인 채 대답했다.

"네, 그렇습니다. 미호 씨 어머님이신가요?"

"네, 나 미호 엄마예요."

"아, 안녕하세요? 진작 찾아뵙고 인사를 드려야 하는 건데 전화로 죄송합니다."

"아녜요, 괜찮아요. 인사는요. 미호한테 얘기 많이 들었어요. 그건 그렇고, 민 선생 나 좀 만나 주지 않으시겠어요?"

"네?"

"다르게 생각하실 건 없고 내가 민 선생을 좀 만나 보고 싶어서 그 래요."

"……."

"어려우시겠어요?"

"글쎄요……. 어려울 건 없지만……."

전혀 예기치 못한 일이었으므로 동표로서는 얼른 적당한 대답을 찾기가 힘들었다. 필경 미호의 신상에 관한 문제 때문일 것이라고 생각되었다.

미호 어머니는 부드러운 목소리로 계속했다.

"꼭 좀 한번 만났으면 좋겠는데. 실은 할 얘기도 좀 있고…….."

동표는 조심스레 물었다.

"……저, 미호 씨한테 혹시 무슨 일이 생겼나요?"

"글쎄, 뭐라고 했으면 좋을까. 실은 그 애가 지금 서울에 없어요."

"네?"

"그래서 사실은 민 선생한테서 전화가 걸려 오길 기다렸어요. 민 선생 전화번호를 알기만 했으면 내가 먼저 걸었겠지만. 그 애 일로 의논할 일도 좀 있고 해서요."

"……."

"만나 주시겠어요?"

"……네, 장소를 일러 주시면 나가겠습니다."

"고마워요. 그럼 자세한 얘긴 우리 만나서 하기로 해요."

그리고 미호 어머니는 태평로 부근에 있는 다방 이름 하나를 일러 주었다. 그리고 깜빡 잊을 뻔했다는 듯 덧붙였다.

"참, 난 미호하고 많이 닮았으니까 알아보기가 그렇게 힘드시지 않을 거예요. 사람들이 우리 모녀를 아주 쏙 뺐다고들 하니까요."

동표는 송수화기를 내려놓고 나서 잠시 무거운 기분에 사로잡혔다. 미호를 만나는 일보다 그녀의 어머니를 만나는 일은 더욱 어려운 일이 아닐 수 없었다. 그리고 미호가 서울에 없다는 것은 무엇을 의미하는가. 혹 가출이라도 했다는 얘기일까.

어쨌든 문제가 좀 간단치 않게 된 것만은 사실인 것 같았다. 물론 미호가 임신하고 있다는 사실만으로도 간단한 문제는 아니었지만.

그러나 그녀 어머니가 어떤 이유에서건 일단 만나자고 한 이상 그 것을 피할 도리는 없는 일이었다.

동표는 서둘러 외출 준비를 하고 아파트를 나섰다. 그리고 미호 어 머니가 전화로 일러 준 다방에 도착했을 때는 2시 반이 조금 지난 시 각이었다. 미호 어머니는 아직 나와 있지 않았다.

그는 입구 쪽이 잘 바라보이는 테이블 하나를 차지하고 앉아 사뭇 긴장한 상태로 기다렸다. 어쨌든 이제부터 그가 겪어야 할 일은 결코 수월한 일은 아닐 터이기 때문이었다.

미호 어머니는 그가 그렇게 한 5분쯤 기다렸을 때 다방 입구에 나 타났다. 첫눈에 미호 어머니임을 알아볼 수 있을 만큼 그녀는 미호와 닮은 모습을 하고 있었다. 다만 중년부인으로서의 옷차림과 얼굴의 연륜만이 미호와 다른 점이라고 할 수 있을 정도였다. 그리고 그 연 륜에 따른 표정의 온화함이 미호와 또 다른 점이었다고 할까.

동표가 의자에서 일어나 고개를 약간 숙여 보이자 그녀는 온화한 미소를 띠며 곧장 다가왔다.

"민 선생님이세요?"

"네, 안녕하십니까."

"어마, 먼저 나오셨군요. 미안해요, 늦어서."

"아닙니다. 저도 방금 도착했습니다. 이리 앉으시죠."

"네."

그녀는 부드러운 눈길을 보내며 의자에 앉았다. 동표는 얼굴을 약 간 붉히듯 하며 그녀 맞은편 의자에 앉았다. 그녀가 물었다.

"차 드셨어요?"

"아직 안 들었습니다. 함께 드시죠."

"네, 그럼 여기선 차나 한 잔씩 들고 우리 장소를 옮길까요? 여긴 아무래도 얘기하기가 좀 번잡한 것 같네요."

"네, 좋으신 대로 하시죠."

그러자 그녀는 레지를 손짓해 불렀다. 그리고 두 사람 모두 커피를 시켰다.

레지가 주문을 받아 가지고 돌아갔을 때 동표는 물었다.

"……그런데 미호 씨가 서울에 없다는 얘긴 무슨 말씀인가요?"

그러자 미호 어머니는 온화한 눈길로 그러나 찬찬히 동표의 얼굴을 마주 보며 되물었다.

"……궁금하세요?"

"네, 궁금하다기보다…… 미호 씨한테 무슨 일이 생겼나 해서요."

"네, 실은 그 일 때문에 민 선생을 만나자고 한 거예요. 아무튼 우리 자릴 옮겨서 얘기해요."

곧 주문한 커피가 날라져 왔다. 그리고 그들은 말없이 커피를 마셨다.

커피를 다 마시고 났을 때 그녀가 말했다.

"자, 일어나요, 우리. 어디 조용한 경양식집에라도 가서 우리 얘기해요."

그들은 곧 다방에서 일어나 근처에 한 경양식집으로 자리를 옮겼다. 비교적 조용한 곳이었고 실내장식이 그다지 야단스럽지도 않은 곳이었다. 테이블이 촘촘히 붙어 있지도 않았고, 그리고 통로 쪽을 제외한 테이블 주위에 칸막이가 되어 있어 사사로운 이야기가 남에게까지 들릴 염려도 없는 곳이었다.

마주 앉아 동표에게는 맥주를, 자신은 오렌지주스를 청하고 난 다음 미호 어머니는 말했다.

"정말 이렇게 나와 주셔서 고마워요. 그런데 혹시 바쁜 일 있으신 거 아니세요?"

"아닙니다. 괜찮습니다."

"글쎄, 난 혹시 바쁜 분을 만나자고 한 게 아닌가 해서."

"아닙니다. 바쁜 일 별로 없습니다."

그때 주문한 것들이 날라져 왔다. 미호 어머니는 맥주병을 들어 동표의 잔에 따르면서 말했다.

"자, 드세요. 난 술을 못해서 오렌지주스를 시켰으니까."

"네, 고맙습니다."

동표는 조심스레 술잔을 잡고 그녀의 맥주 따르는 손을 지켜보았다. 희고 부드러운 손이었다. 곧 맥주잔이 찼다. 그녀가 자기 앞에 놓인 주스잔을 잡으며 말했다.

"자요."

"네."

동표는 맥주잔을 들어 조금 마시는 시늉을 하고 내려놓았다. 그녀도 주스를 한 모금 마시고 나서 내려놓았다. 그리고 천천히, 온화한 표정으로 입을 열었다.

"저, 혹시 무슨 오해가 있을까 봐 노파심에서 하는 소린데, 행여 나한테 무슨 추궁이라도 당하러 나온 것 같은 기분은 갖지 마세요. 난 그저 몇 가지 물어보고 의논도 좀 해 보고 싶어서 나오시라고 한 것뿐이니까요."

"……."

"저…… 민 선생, 우리 미호 임신한 건 알고 계시죠?"

"네, 알고 있습니다."

"누구 아긴지도 아시죠?"

"……네."

"우리 미홀 아직 사랑하세요?"

동표는 잠시 우울한 표정으로 입을 다물고 있다가 대답했다.

"……네."

"그 애 엄마 앞이라고 해서 억지 대답을 하실 필욘 없으세요. 솔직한 대답을 해 주세요. 그래야 우리가 서로 숨김없이 얘길 주고받을 수 있지 않겠어요?"

"……억지 대답을 한 게 아닙니다."

"그럼 우리 미홀 아직 정말 사랑하고 계세요?"

"……네."

그러자 미호 어머니는 고개를 약간 갸웃해 보이고 나서 말했다.

"그럼 결혼할 의사도 있으시구?"

"……네, 부모님께서 허락해 주시고 미호 씨만 괜찮다면 결혼하고 싶습니다."

"부모님들이란 우릴 얘기하는 건가요?"

"네, 그렇습니다. 저희 부모님들은 외국에 계십니다."

"그러시단 얘긴 들었어요. 그런데, 그럼 참 이상하네요. 그 애 태도를 도무지 이해할 수가 없으니……. 그 앤 지금 제주도 저희 외삼촌네 농장에 가 있답니다."

"네?"

"벌써 한 달이 다 돼 간답니다, 그리 간 지가. 서귀포에서 저희 외삼촌 한 분이 귤 농장을 하고 있거든요. 조그만 거지만 그 애 하나쯤 가서 묵을 만한 덴 물론 있죠. 한데 거기 가서 아주 살겠다는 거예요. 혼자 앨 낳아 기르면서."

"……."

"물론 그 애가 가 있는대서 못 있으랄 그 애 외삼촌은 아니지만 도무지 왜 그러는질 알 수가 없군요. 민 선생하고 다퉜느냐고 물어도 그런 게 아니라고 하고, 무조건 결혼은 않겠다니 도대체 무슨 이윤지 알 수가 있어야죠. 그리곤 우리가 말리는 것도 뿌리치고 부득부득 떠났답니다. 민 선생은 혹 무슨 짐작 갈 만한 일이라도 있으세요?"

"……."

동표는 잠시 고개를 숙이고 있다가 처들었다. 그리고 힘겹게 입을 열었다.

"……실은 제가 잘못한 일이 좀 있습니다. 용서해 주십시오."

"민 선생이 잘못하실 일이 무슨……. 어쩌다 서로 다투는 일이야 없겠어요?"

"아닙니다. 다툰 게 아니라 제가 큰 잘못을 저질렀습니다. 전 지금 미호 씨 행동을 충분히 짐작할 수 있습니다."

"그럼 두 사람 사이에 무슨 일이 있었나요?"

"네……. 실은 제가……."

"……."

미호 어머니는 부드러운 눈길로 그의 다음 말을 기다렸다.

"실은 제가…… 어린애를 중절시키자는 의견을 비쳤습니다."

그녀의 얼굴엔 순간 놀라는 빛이 떠올랐다.

"그랬었군요……. 그런데 그건 어째서? 조금 전엔 분명 그 앨 사랑한다고 하시고 결혼할 의사도 있다고 하셨으면서."

"네, 그랬죠……. 하지만 전 그때 뭔갈 잘못 생각하고 있었습니다. 옳지 못한 생각을 하고 있었습니다. 어린애를 중절시키자는 의견만이 아니라 전 그때 미호 씰 사랑하지도 않고 결혼할 의사도 없다는 말까지 서슴없이 했으니까요. 죄송합니다."

"그랬었군요……. 그랬으면 그 애한텐 충격이 되었겠군요."

"네. 제가 아주 커다란 잘못을 저질렀습니다. 하지만…… 미호 씬 제가 곧 데려오겠습니다. 사과하고 빌겠습니다."

그러자 미호 어머니는 조용한 미소를 지으면서 말했다.

"어쨌든 이제야 뭘 좀 알 것 같군요. 그런 일도 있을 수 있었겠죠. 뜻밖의 일에 부닥치고 보면. 민 선생한텐 그 애가 아길 가진 게 아무래도 좀 당황스러웠을 테니까. 서로 당황한 김에 그런 일이 있었다고 보는 게 옳겠군요."

동표는 잠자코 고개를 숙이고 있었다. 그러자 미호 어머니가 다시 말했다.

"너무 그렇게 우울해하실 거 없어요. 무슨 큰 죄나 진 사람처럼. 저, 그리고 그럼 민 선생이 제주도엘 한번 다녀오시겠어요?"

동표는 고개를 쳐들며 대답했다.

"……네, 제가 미호 씰 꼭 데리고 오겠습니다."

미호 어머니는 가만히 웃었다.

"그럴 자신 있으세요?"

동표는 다시 고개를 숙였다.

"……해 보겠습니다."

그러자 미호 어머니는 부드럽고 밝은 음성으로 말했다.

"자, 그럼 맥주 좀 마저 드세요. 시킨 거라도 다 드셔야죠. 그리고 미호 문젠 그럼 민 선생님한테 일임하겠어요."

"네……. 심려를 끼쳐 드려서 죄송합니다."

"심려는요, 젊은 사람들끼린 있을 수 있는 일이죠. 자, 어서 드세요. 김 다 나갔겠네."

"네."

동표는 맥주잔을 들어 다시 조금 마시는 시늉을 하고 내려놓았다. 그녀는 다시 온화한 미소를 지으며 물었다.

"그럼 제주도엔 언제쯤 다녀오시겠어요?"

"네, 내일이라도 당장 다녀오겠습니다."

"그러시겠어요? 그럼 내가 여비라도 좀 보태 드릴까?"

"아닙니다. 여비는 저한테 있습니다. 그런 염려 하지 마십시오."

"알았어요. 그럼 내 그 애 외삼촌 주소나 가르쳐 드릴게요. 약도하고."

"네, 그래 주시면 감사하겠습니다."

그녀는 곧 웨이터를 불러 종이와 연필을 좀 가져다 달라고 부탁했다. 그리고 종이와 연필이 오자 서귀포에 있다는 미호 외삼촌의 농장 주소와 약도를 그려 주었다.

그들이 그 경양식집을 나선 것은 그리고 조금 뒤였다. 미호 어머니는 부드러운 미소와 함께 좋은 결과를 기대하겠노라고 말하고 택시 정류장 쪽으로 향했고 동표는 그녀에게 정중하게 인사한 다음 그녀와 헤어졌다.

그리고 그는 광화문 쪽으로 향하면서 시계를 보았다. 4시가 가까워 있었다. 포도에는 겨울 오후의 햇빛이 엷게 깔려 있었고 행인들은 추위 때문이겠지만 바쁜 걸음을 치고 있었다.

그는 자신이 여지껏 너무나 공중에 뜬 생활을 해 왔음이 실감으로 깨달아지는 기분이었다. 모든 것이 다 제자리에 있는데 자신만이 허공 중에 얼마 동안 떠 있었던 것 같은 느낌이었다. 그리고 자신이 돌아와야 할 현실은 이제 우선 미호를 만나는 일이라고 생각되었다.

광화문 근처에서 여행사를 한 군데 본 적이 있었다는 기억이 났다. 그는 그 여행사가 있는 지점을 향해 걸었다. 제주도행 비행기표를 그곳에서 예매할 수 있으리란 생각에서였다.

여행사는 지하도를 지나 시민회관 쪽으로 가는 길목에 있었다. 그는 유리로 된 문을 밀고 여행사 안으로 들어섰다. 은행 창구처럼 고객과 직원이 유리를 사이에 두고 말을 주고받게 되어 있는 곳으로 가서 그는 제주도행 비행기표를 예매할 수 있느냐고 물었다.

여행사 직원은 언제 떠날 예정이냐고 묻고, 그가 내일 떠나고 싶다고 하자 그럼 내일 오후 비행기 편을 이용하실 수 있다고 대답했다. 그는 돈을 치르고 비행기표를 예매했다.

그리고 그는 여행사를 나왔을 때 그곳이 김광빈의 거처와 매우 가깝다는 생각이 났다. 그냥 아파트로 돌아가느니보다는 그와 소주라도 한잔 나누고 들어가는 편이 나을 것 같았다. 왠지 미호를 만나러 떠나기 전에 그를 한번 만나 두고 싶다는 생각도 들었다.

동표는 그러리라고 작정하고 걸었다.

그러나 그가 김광빈의 거처를 찾았을 때 그는 그곳에 없었다. 민자라는 아가씨 혼자서 동그마니 집을 지키고 있을 뿐이었다.

동표는 그녀에게 눈인사를 보낸 다음

"김 형 어디 나갔어요?"

하고 물었다. 그러자 그녀는 무언가 호소할 상대라도 만난 듯 순간적인 반가운 표정을 짓더니 곧 얼굴빛을 흐리며 말했다.

"아버진 지금 안 계세요. 하지만 잠깐 들어오세요."

동표는 약간 의아한 느낌인 채 다시 물었다.

"그런데 모두들 어디 가고 민자 양 혼자예요?"

"……."

그녀는 대답하지 않고 눈길을 내리깔았다. 그러는 그녀에게서 동표는 순간 무언가 심상치 않은 느낌을 받았다.

"무슨 일이 있었어요?"

하고 그는 잠시 망설인 끝에 방 안으로 들어서며 물었다. 그러자 그가 앉기를 기다려서 동그마니 따라 앉으며 대답했다.

"나도 잘 모르겠어요. 일 나갔다 아침에 좀 늦게 들어왔더니 이 지경이지 뭐예요. 모두 경찰서에 잡혀갔나 봐요."

"경찰서에?"

"네, 아래층 약방 주인아저씨한테 들었어요."

"아니, 경찰서엔 왜?"

"누가 신고를 했나 봐요. 아침에 형사들이 들이닥치더니 무조건하고 모두 잡아갔대요. 아버지까지요."

그리고 그녀는 겁에 질린, 금세 울먹일 듯한 표정으로 덧붙였다.

"나도 조금 전에 돌아왔어요. 도망가 있다가요. 겁이 나서 집에 가만히 있을 수가 있어야죠."

동표는 그러나 얼른 사정을 이해할 수가 없었다.

"그런데 경찰이 무슨 일 때문에 그러는 거지?"

그러자 그녀는 고개를 잠깐 숙였다 쳐들며 말했다.

"이런 장사…… 법에 걸리잖아요. 무슨 윤락 행위 방지법인가 하는 데에……."

"……."

동표는 그제야 사정을 깨달아 알고 입을 다물었다. 그것은 전혀 생각해 보지도 못했던 일이었다. 그녀에게 무슨 말을 해야 좋을는지를 알 수가 없었다. 그리고 자기가 지금 취해야 할 행동이 무엇인지도 얼른 판단이 가지 않았다.

그녀가 말했다.

"어쩌면 좋을는지 모르겠어요. 겁이 나서 면회를 가 볼 수도 없고……."

그제야 동표는 김광빈과 아가씨들이 잡혀갔다는 경찰서를 한번 찾아가 볼 수 있으리란 생각이 들었다. 그는 경찰서의 이름을 물었다.

"어디죠? 경찰서가."

"관할경찰서죠 뭐. 왜, 민 선생님이 한번 가 보시게요?"

"글쎄, 나라도 한번 가 봐야겠군요. 너무 걱정 말아요."

그리고 그는 곧 몸을 일으켰다. 그녀가 따라 일어나서 그를 문밖까지 배웅하며 말했다.

"그럼, 부탁 좀 하겠어요. 오실 때 이리 들러서 얘기 좀 해 주고 가세요."

"그래요. 너무 염려 말고 있어요."

동표는 곧 그곳을 나와 ○○경찰서를 향해 걷기 시작했다.

경찰서는 그다지 멀지 않은 곳에 있었다. 그리고 그가 경찰서에 도착한 것은 5시가 조금 못 돼서였다.

면회는 쉽게 이루어지지 않았다. 까다로운 면회 절차를 밟고, 주민등록증을 맡기고, 그러고 나서야 면회는 겨우 허락되었다. 그것도 아주 잠깐 동안만이라는 조건 밑에서 허락되었다. 물론 경찰관 입회하에.

김광빈은 약간 어리둥절한 표정인 채 면회 장소로 들어서다가 동표를 발견하자 조금 놀라는 표정이 되었다.

"아, 민 형……."

"김 형……."

하고 다가가 동표는 그의 손을 잡았다.

"어떻게 된 일입니까?"

"민 형이야말로 웬일이십니까? 여길 다 오고……."

"민자 양한테 얘길 들었습니다."

"아, 그러셨군요. 아무튼 이거 민 형한테까지 걱정을 끼쳐 드리고……. 미안합니다."

그는 조금 쑥스럽다는 듯 그렇게 말하고 약간 겸연쩍게 웃어 보였다.

"미안하긴요, 그런데 어떻게 된 일인가요?"

"네, 글쎄 뭐 이런 일도 전혀 예상 못 한 건 아니죠. 어차피 겪게 될 거라고 생각하고 있었습니다. 하지만 그게 좀 빨리 왔다는 느낌이군요. 물론 이런 일이 시기가 따로 있는 건 아니지만."

"아무튼 너무 갑작스런 일이라 나로선 무슨 말을 해야 좋을지 모르겠군요."

"너무 걱정 마세요. 법에 저촉되는 행위를 한 건 사실이지만 무슨 대단한 큰 범죄를 저지른 건 아니니까 곧 풀려나겠죠. 물론 약간의 처벌이야 없을 수 없겠지만."

"아가씨들도 함께 말인가요?"

"그렇겠죠. 하지만 그 애들이 여지껏 받아 온 모욕에 비하면 이런 일쯤은 아무것도 아니죠."

"……."

"자, 너무 걱정 마시고 돌아가 보세요. 대수로운 일 아닙니다. 민 형한테까지 이렇게 폐를 끼치게 될 줄은 정말 몰랐군요."

"폐라뇨, 폐 될 게 뭐가 있습니까. 저, 그럼 내가 혹 도와드릴 일 같은 건 없을까요?"

"글쎄, 도움을 청할 만한 일이 있으면 청하겠는데 별로 생각나는 게 없군요. 가시는 길에 민자한테나 들러서 너무 걱정 말고 있으란 애기나 좀 전해 주십시오."

"네, 그건 전하겠습니다만 혹 댁에 연락이라도 필요하시면……. 댁, 전화번호라도 좀……."

"하하, 민 형이 날 모욕하시려 드는군요. 호의인 줄은 알지만 그러실 필요 없습니다. 집구석에서 알까 봐 오히려 걱정입니다. 알기만 하면, 요놈 고것 봐라 할 테니까요."

"……."

"자, 나중에 나가서 만나십시다. 며칠 휴양하는 셈 치고 들어앉아 있겠습니다. 나중에 만나서 소주나 한잔하십시다."

"……그럼 건강이나 조심하십시오."

"서로 건강에 조심하십시다. 자, 그럼……."

두 사람은 악수를 나누었다. 그리고 김광빈은 다시 한번 걱정 말라는 미소를 지은 다음 기다리고 있던 경찰관 한 사람과 함께 면회실

밖으로 걸어 나갔다. 그의 뒷모습은 떳떳하고 꿋꿋해 보였다.

경찰서를 물러 나온 동표는 다시 민자라는 아가씨한테 들러서 그가 당부하던 말(너무 걱정 말고 있으라던)을 전하고 그녀를 위로한 다음 곧장 아파트로 돌아왔다. 그의 일이 못내 마음에 걸렸으나 그렇다고 달리 무슨 방법이 있는 것도 아니었기 때문이다. 동표로서는 다만 그에게 가해지는 처벌이 가벼운 것이기를 바라는 마음과 그는 자기 따위와는 비교도 안 되는 어떤 다른 차원의 인간이라는 생각을 가질 수 있을 따름이었다. 그런 점에서는 그는 오히려 구양서와 비슷해 보였다고 할까.

그런데 아파트로 돌아온 동표는 거기에 뜻밖의 인물이 자기를 기다리고 있음을 발견했다. 언젠가 '꼭 전해야 할 말'이 있다면서 찾아왔던 그 여전도사였다. 그리고 동표가 경림의 병원에 입원해 있는 동안, 아파트를 비워 두었던 사이에, 재차 방문했었다는 쪽지를 남겨 두었던.

그녀는 마악 초인종을 누르려던 자세로 동표를 돌아보았다.

"어마, 안녕하세요? 어디 다녀오는 길이시군요."

"아, 안녕하십니까."

동표는 덤덤한 표정으로 인사했다.

"죄송해요. 금방 다시 방문한다고 하고서 이렇게 늦게야 와 뵈어서."

"아뇨, 괜찮습니다."

"오늘도 그냥 돌아가야 하는 줄 알았어요. 몇 번 초인종을 눌러도 아무 대답도 없으시길래. 마지막으로 한 번 더 눌러 보고 돌아가려던 참인데 이렇게 와 주셨군요. 하느님의 은혜라고 생각해요."

"네……."

"저, 오늘은 시간 있으시죠? 저하고 말씀 나눌."

"글쎄요…… 이거 미안하게 됐습니다. 실은 제가 오늘도 좀 바쁜 일이 있어서……."

동표는 거짓말을 했다. 지금의 심경이 그녀와 한가하게 이야기를 주고받고 싶은 기분이 아니었기 때문이다. 또 이제 와서 그녀를 집안으로 끌어들여 무슨 수작을 붙일 것인가.

그녀는 실망한 표정으로 동표를 쳐다보았다.

"정말이신가요?"

"네, 이거 미안하게 됐습니다."

"잠깐이면 되는데……. 잠깐도 안 되시겠어요?"

"글쎄, 제가 워낙 지금 시간이 급하군요. 지금 급한 서류를 잠깐 가지러 오는 길입니다. 정말 이거 미안하게 됐습니다."

"그럼 여기서라도 그냥 잠깐 말씀드리면 안 될까요?"

"아, 이거 용서하십시오. 제가 지금 워낙 급해서요. 정말 미안합니다."

그녀는 완연히 실망한 표정이었다.

"……그럼 할 수 없군요. 언제 다시 한번 들르는 길밖에……."

"용서하십시오."

"바쁘지만 그럼 한 말씀만 드리고 가겠어요. 하느님 나라가 가까웠어요. 곧 우리들 앞에 옵니다. 그땐 우리 믿는 형제들만의 세상, 질병과 불행과 고통이 없는 세상이 됩니다. 모두 하느님 품 안에서 안락한 삶을 누리게 됩니다. 그때를 위해서 준비하세요. 기도하고 대비하세요. 그리고 전에 제가 드린 책자 잊지 말고 꼭 읽어 보세요."

"네, 고맙습니다. 안녕히 가십시오."

"안녕히 계세요."

그녀를 보내고 난 동표는 아파트로 들어와 전등 스위치를 올린 후(이미 어두웠으므로) 잠시 소파에 걸터앉았다. 남은 일은 이제 미호를 만나러 떠나기 위한 간단한 여행 준비뿐이었다.

김광빈의 일이 아무래도 마음에 걸렸으나 그건 그의 여유 있던 태도로 보아 크게 걱정할 일은 아닌 것도 같았다.

그는 천천히 소파에서 일어났다. 그리고 창가로 다가가 커튼을 열어젖혔다. 창들마다 불빛이 환하게 켜진 아파트 구내가 한눈에 들어왔다. 마치 인간들이 꾸민 거대한 반딧불의 집단처럼. 혹은 불을 켠 벌집들처럼.

그는 문득 자신도 그 벌집들 중의 한 구멍 속에 서 있다는 느낌이 들었다. 자신이 몹시 왜소하고 초라하게 느껴졌다. 이런 느낌은 생전 가져 보지 못하던 느낌이었다. 왠지 쓸쓸한 느낌이 들었다.

그러나 그는 곧 자신을 타일렀다. 자신이 지금 해야 할 일은 그런 감상적인 기분에 빠져 있는 것이 아니라 현실적인 행동이라고. 그리고 그는 곧 커튼을 닫고 창가에서 물러났다.

부엌으로 가서 아침에 남긴 찬밥으로 간단히 저녁식사를 하고 그는 곧 여행 준비를 시작했다. 여행 준비래야 세면도구와 잠옷 정도를 챙기는 일, 그리고 혹시 사진 찍을 일이 있을 것을 대비해서 카메라를 점검해 두는 정도가 고작이었으나, 또 그런 정도는 내일 아침에 준비해도 늦는 것은 아니었지만 왠지 그는 서둘러 두고 싶은 기분이었다. 그리고 일직 잠자리에나 드는 게 좋겠다는 생각이었다.

그러나 대강 준비를 마친 다음 막상 일찌감치 잠자리에 들고 나서도 그는 쉬 잠들 수가 없었다. 지나온 일들이 이것저것 자꾸 떠오르기도 하고 자신의 허황했던 생활이 후회의 감정을 동반한 채 머릿속을 자꾸 어지럽히기도 했다. 경림과 정미, 그리고 구양서와 김광빈의 얼굴이 떠오르기도 하고 외삼촌의 귤 농장에 가 있다는 미호의, 이제는 얼마간 배도 불러 보일 모습이 선하게 눈앞에 떠오르기도 했다.

그러나 결국 잠들고 말았던 모양이었다. 그는 전화벨 소리에 놀라 잠을 깼다. 전화벨 소리는 그가 잠 깨기 전부터 울리고 있었던 모양으로 계속적인 금속성을 울리고 있었다.

그는 반쯤 미성(未醒) 상태인 채 응접실로 나가 송수화기를 집어 들었다. 벨 소리가 그치고 수화기에서 여자의 목소리가 들려 왔다.

"여보세요……."

경림의 목소리였다.

"아, 경림 씨……."

동표는 일시에 덜 깼던 잠이 다 깨어 달아나는 것을 느끼며, 그러나 잠긴 목소리로 말했다.

"웬일이세요, 밤중에……."

"어머, 벌써 주무시고 계셨나 봐요. 이제 10시밖에 안 됐는데."

"아, 네……."

"저 오늘 친구 대신 밤 근무를 하게 됐어요. 친구가 아파서요. 그래서 전화드려 본 거예요. 들어오셨나 하고."

"……."

"그런데 벌써 주무시고 계셨군요. 미안해요, 주무시는 걸 깨워 드려서."

"……."

"화나셨나 봐요? 아무 대답도 안 하시고."

"아, 아닙니다. 그냥 경림 씨 목소릴 듣고 있었습니다."

"네?"

"……그냥 경림 씨 목소리를 듣고만 있고 싶어서요."

"어마, 저 놀리고 계시군요? 나쁘세요."

"……."

"어마, 정말 화나셨나 봐요? 저 그럼 전화 끊을게요."

"아, 아닙니다. 얘기 계속해 주세요. 난 정말 경림 씨 목소리를 듣고만 있는 것으로 족합니다."

"……."

이번엔 그녀 쪽에서 입을 다물었다. 이쪽의 기분을 뒤늦게나마 눈치챈 모양이었다. 동표는 약간 당황해서 말했다.

"용서하십시오. 내가 그만 분별없이……. 안 할 말을 했나 봅니다."

"아녜요, 제가 괜히 전화드렸나 봐요. 주무시던 잠까지 깨워 드리고……."

"아, 아닙니다. 내가 그만 안 할 말을 했습니다. 용서하세요."

"아녜요, 제가 공연한 전화를 드렸어요. 이만 끊겠어요."

"아, 잠깐만, 경림 씨."

"말씀하세요."

"네, 저…… 할 얘기가 생각났습니다."

"……"

"……나 내일 미호 씨를 만나러 제주도로 떠납니다."

"네? 미호 씨가 제주도에 가 계신가요?"

"네, 서귀포에 있는 자기 외삼촌 농장에 가 있답니다. 그래서 오늘 비행기표를 사 두었습니다."

"어마, 잘하셨어요. 그런데 왜 제주도엘 가 계실까요?"

"그건 잘 모르겠습니다. 오늘 미호 어머니를 만나 뵈었습니다."

"어마, 그러셨어요? 혹시…… 꾸중 들으셨나요?"

"아닙니다. 내 생각만 물어 주셨습니다. 미호가 제주도에 가 있다는 얘기하고."

"그래 뭐라고 대답하셨어요?"

"미호를 가서 데려오겠다고 말했습니다. 그리고…… 미호하고 결혼하고 싶다고 말했습니다."

"잘하셨어요, 정말. 그럼 내일 정말 떠나시나요?"

"네. 내일 오후 비행기표를 사 두었습니다."

"그럼 조심해서 다녀오세요. 미호 씨 잘 위로해 드리시구요. 그리고 꼭 모셔 오셔야 해요."

"네. 고맙습니다."

"그러고 보면 제가 공연한 전화를 드린 것만도 아니네요. 좋은 소식을 들었으니."

"경림 씨……."

"네?"

"아, 아닙니다. 안녕히 계십시오."

"어마, 무슨 말씀을 하려고 그러셨어요?"

"아닙니다. 그저 안녕히 계시란 말을 하고 싶었을 뿐입니다."

"이상하세요. 오늘 왜 자꾸 이상한 말씀만 하세요? 제주도에 가셔선 아주 안 돌아오기나 하실 분처럼."

"미안합니다. 내가 공연히…… 그저 작별 인사를 하고 싶었을 뿐입니다. 안녕히 계십시오."

"……."

"자, 안녕히."

"네……. 그럼 안녕히 다녀오세요. 몸조심하시구요."

"……."

동표는 천천히 송수화기를 내려놓았다. 송수화기의 무게가 그렇게 무겁게 느껴져 본 적은 없었다.

그러나 그는 최대한의 자제력을 발휘하여 전화기 곁에서 떠났다. 그리고 떨어지지 않는 걸음으로 다시 잠자리로 향했다.

가슴속에 납덩이 같은 것을 안은 채 다시 잠자리에 들었으나 물론 쉬 잠이 올 리 없었다. 그는 밤새 뒤채었다. 회한과 미련과 그리고 그런 것들을 자제하려는 마음과의 싸움 사이에서.

그리고 그는 외삼촌의 농장에 가 있다는 미호의 외로운 모습을 떠올림으로써 간신히 마음을 달래고 새벽녘에야 겨우 잠들었다. 기억할 수 없는 꿈들이 뒤섞인, 구멍이 숭숭 뚫린 잠이었다.

그러나 그는 그런 옅은 잠 속에서도 이튿날 오전 10시쯤까지 잤다. 머릿속이 무겁고 맑지 못했으나 그는 잠시 머리를 가다듬은 다음 시계를 보고 서둘러 자리에서 일어났다. 비행장에 가기 전에 은행에 들러 돈을 좀 찾아 두어야 하겠기 때문이었다.

비행기표는 사 두었으나 아무래도 여행 비용이 좀 더 필요할 터이었다.

그는 서둘러 준비를 마치고 자그만 여행 가방 하나를 든 채 아파트를 나섰다. 쾌청한 겨울 오전이었다. 투명한 겨울 햇빛이 아파트의 창들과 포장된 길바닥에 반사되고 있었다. 그는 차도 쪽으로 향하면서 힐끗 자기 아파트 쪽을 한번 돌아보았다. 경우에 따라서는 며칠을 비워 두게 되는지 알 수 없었기 때문이다.

은행에 들러 얼마간의 돈을 찾은 다음 그는 은행 근처의 음식점으로 가서 아침 겸 점심식사를 했다. 그의 예금 잔고는 이제 얼마 남아 있지 않았다. 그러나 그는 그것 때문에 걱정하진 않았다. 짐작을 못한 바도 아니고 또 반드시 그것 때문만은 아니지만 그는 미호를 데려오고 나서는 바로 취직을 할 생각을 하고 있었기 때문이다.

아침 겸 점심식사를 하고 나서도 시간이 남았으므로 그는 다방 한 군데엘 들러 커피를 한 잔 마셨다. 그리고 DP점 한 군데를 들러 필름도 두어 통 샀다.

그러고 나서야 그는 천천히 비행장으로 향했다. 식구들이 떠날 때 이후로는 처음 가 보는 비행장이었다. 엷은 흥분마저 느껴졌다.

그리고 그가 제주도로 떠나는 비행기에 몸을 실은 것은 엷은 겨울 햇살이 오후로 기운 뒤였다. 비행기는 얼마 안 있어 출발했고 그제야 그는 문득, 자기가 언젠가 미호에게 제주도행을 약속했던 생각이 났다. 그때 미호는 무척 좋아했었으나 그곳에 외삼촌이 살고 있다는 얘기는 하지 않았었다.

왜 그랬을까. 나중에 나를 놀라게 하기 위해서였을까. 아니면 둘이 함께 여행을 한다는 사실에 비하면 그런 일쯤은 아무런 중요성도 없다고 생각해서였을까.

어쨌든 그런데 그녀는 먼저 그곳에 가 있는 것이었다. 그리고 아마 그가 그곳에 나타나리라곤 생각지 못하고 있을 것이었다.

그가 나타나면 그녀는 필경 강한 거부반응을 또다시 나타낼 것이다. 그는 비행기의 창밖을 내다보며 생각했다. 그러나 돌아오는 길에는 그녀와 함께 비행기 속에 있게 되리라고.

비행기가 제주 공항에 도착한 것은 저녁 무렵이 다 되어서였다. 그는 비행기가 착륙하기 전, 제주 상공에 이르렀을 무렵 기창(機窓) 밖을 잠시 내려다보았는데 그곳에서 그는 바다에 떠 있는 거대한 한 지붕을 본 듯한 느낌을 받았다. 윗부분에 눈(雪)을 이고 있는 지붕이었다. 눈을 인 부분은 한라산일 터이었다.

비행기에서 내린 그는 심호흡을 한 번 하고 주위를 둘러보았다. 넓은 목초지(牧草地)를 연상케 하는 그곳은 그에게 낯선 이국(異國)에 온 듯한 느낌을 주었다. 눈에 보이는 풍경만이 아니라 피부와 코끝에 와 닿는 공기마저 전혀 낯설게 느껴졌다.

그는 곧 사람들과 함께 공항 건물을 통과해서, 대기하고 있는 택시에 몸을 실었다. 그리고 운전사에게 서귀포까지 가 주겠느냐고 물었다.

운전사는 기쁜 표정으로 좋다고 말하고 어느 길로 가라느냐고 물었다. 동표는 바다를 가까이 볼 수 있는 길로 가 달라고 부탁했다.

"예, 예, 알겠습니다. 제주도가 처음이신 모양이군요."

하고 운전사는 곧 유쾌한 표정으로 택시를 몰기 시작했다.

"예, 처음입니다."

하고 대답한 후 동표는 편안히 시트에 몸을 기대었다. 그리고 차창 밖을 내다보기 시작했다.

운전사가 물었다.

"가시는 도중에 관광지들을 경유해 드릴까요?"

동표는 고개를 저었다.

"아뇨, 그러실 필요 없습니다. 그냥 바다가 보이는 길로만 달려 주세요. 제주도가 처음이긴 하지만 난 관광객은 아니랍니다."

그러자 운전사는 더 이상 입을 열지 않고 묵묵히 차만 몰았다.

제주 시내를 빠져나와 택시가 해안으로 접어들었을 때 동표는 다시금 어떤 이국 정취를 맛보았다. 그곳의 해안 풍경은 그가 본 다른 어느 곳의 해안 풍경과도 달랐던 것이다. 검은 돌들과 그것이 주자

재(主資材)가 되어 있는 집들, 지붕을 엮고 그것을 고정시키기 위해서 매달려 있는 돌들, 밭들의 경계와 집들의 담장이 되기 위해서 쌓아 올려진 흑회색의 돌들, 그리고 그것들의 배경이 되어 있는 암녹색(暗綠色)의 바다가 어울려서 빚어내는 해안 풍경은 다른 어느 곳에서도 볼 수 없는 독특한 풍경이었다. 그리고 무엇보다 그 풍경은 겨울의 그것이 아니었다. 아늑한 봄 저녁의 해안 풍경 같았다고 할까.

동표는 자기가 만일 화가라면 서슴없이 제주도에 와서 영주하리란 생각이 들었다. 화가가 만일 강렬하고 아름다운 색채를 꿈꾸는 자라고 한다면. 그리고 자기가 꿈꾸는 것 옆에서 살고 싶어 하는 자라고 한다면.

미호가 그곳에 와 있다는 사실이 감사하다는 생각마저 들었다. 그곳에서 미호를 다시 만나게 된다는 사실이 일종의 축복처럼 여겨졌다. 비록 그녀를 만나러 떠나기 위해선 결심이 필요했던 것이지만.

택시는 쉬지 않고 달렸고 그가 서귀포에 도착한 것은 완전히 어두워진 뒤였다. 그는 우선 한 호텔에 방을 잡고 들었다.

밤중에 미호를 찾아 나설 수는 없는 노릇이었기 때문이다. 더구나 그곳은 낯선 고장이었고 미호는 밝은 날에 찾아 나서도 늦지 않을 터이었다.

호텔은 그다지 호사스럽지 않았으나 깨끗한 편이었고 객실도 청결한 느낌을 주었다. 동표는 우선 욕실로 들어가 간단한 목욕부터 했다. 비행기 여행에 이은 긴 시간의 택시 여행이 간밤의 설친 잠과 더불어 그를 얼마간 피곤하게 만들었기 때문이다.

목욕을 마치자 피곤은 한결 덜어지는 기분이었다. 그리고 시장기가 들었다. 그는 곧 식당으로 내려갔다.

맥주 한 병과 생선구이를 곁들인 간단한 저녁식사를 주문했다. 생선구이는 옥돔을 재료로 한 것이었는데 소금만 뿌려서 구워, 생선 본래의 신선한 향기와 맛을 상하지 않게 한 것이었다. 그는 오랜만에 입에 단 저녁식사를 할 수 있었다.

그리고 식사를 마친 그는 그냥 객실로 올라가 잠을 자 둘까 하다가 술을 한잔 더 마시고 자는 게 좋을 것 같아 웨이터에게 클럽을 물었다. 웨이터는 클럽이 있는 층(層)을 가르쳐 주었다.

동표는 엘리베이터를 타고 클럽으로 올라갔다. 클럽은 한산한 편이었다. 아마 관광철이 아닌 탓인 성싶었다. 테이블 하나를 차지하고 앉자 웨이터가 다가와 주문을 받은 다음 호스티스를 부를까고 물었다. 동표는 필요 없다고 대답했다. 그리고 잠시 후 날라져 온 맥주를 혼자 앉아서 마셨다.

무대 쪽에선 몇 명의 밴드가 블루스를 연주하고 있는 모습이 보였고 플로어엔 춤추는 두어 쌍의 남녀도 보였다. 남자들은 어딘가 방자해 보이는 모습이 일본인들 같았고 여자들은 호스티스인 성싶었다.

그는 춤추는 그들을 바라보며 묵묵히 맥주를 마셨다. 문득 서울에서 미호와 함께 나이트클럽엘 갔던 일들이 생각났다. 맨 처음 그녀를 나이트클럽으로 데려갔던 일과 또 그 뒤에 함께 갔던 일, 그리고 함께 춤추던 일 등이 생각났다. 그런데 그녀는 지금 이 낯선 고장, 그녀의 외삼촌 집에 와 있고 그는 그녀를 데리러, 그녀에게 사죄하고 빌기 위해서 이곳에 와 있는 것이었다. 그리고 이제 하룻밤만 자고 나면 그녀를 만날 수 있을 것이었다. 어쩌면 그리고 이곳에도 한 번쯤 같이 들를 수 있을는지도 모를 일이었다. 그것은 물론 아직 그의 희망 사항에 불과한지도 모르지만.

그런데 그때 누군가가 그의 옆으로 다가오며 말을 붙여 왔다.

"옆에 좀 앉아도 될까요?"

눈화장이 짙은, 첫눈에 호스티스로 보이는 여자였다. 그녀는 그가 미처 대꾸할 사이도 주지 않고 그의 옆에 앉으며 말했다.

"혼자 여행 오셨나 보죠? 그런데 왜 여자도 부르지 않구. 실연하셨나요?"

동표는 조금 곤혹한 표정으로 대답했다.

"아니, 난 그냥 조금 앉았다 내려갈 거라서……."

그러자 그녀는 곱게 눈 흘기는 시늉을 하며 받았다.

"어마, 뭐가 그렇게 급하세요? 천천히 춤도 추시고, 그러다가 내려 가셔도 될 텐데. 혹시 신부 혼자 놔두고 올라오신 건 아니겠죠?"

동표는 아니라고 대답했다. 그리고 자기는 피곤해서 조금 앉았다 내려갈 생각이지만 그때까지 함께 있고 싶다면 그래도 좋다고 덧붙였다.

그녀는 조금 실망한 눈치더니, 그럼 그가 앉아 있는 동안만이라도 잠깐 함께 있겠노라고 말했다. 그리고 맥주를 한 잔 달라고 했다.

동표는 잔을 비워 그녀에게 내밀고 맥주를 따라 주었다. 문득 정미 생각이 났다. 그녀도 어쩌면 이 비슷한 일을 하고 있을지 모른다는 생각이 떠올랐기 때문이다.

그녀는 맥주를 받아 단숨에 잔을 비운 후 다시 동표에게 돌려주었다. 그리고 익숙한 솜씨로 맥주를 따르며 말했다.

"속으로, 뭐 이런 여자가 다 있나 싶으시죠? 미안해요. 하지만 요즘은 시즌이 지나서 벌이가 좀 나쁘거든요. 봄부터 가을까지는 괜찮았지만."

"……"

"나쁘게 생각하지 마세요. 그리고 그 잔 드시고 나서 우리 춤이나 한 곡 춰요. 잠깐이라도 함께 있었던 표시로. 그냥 물러가면 딴 애들한테 좀 창피하니까요."

동표는 조금 망설이다가 거짓말을 했다.

"글쎄……. 난 춤을 출 줄 모르는데."

미호를 만나러 여기까지 와서 호스티스와 어울려 춤을 춘다는 게 아무래도 좀 불성실한 느낌이 들었기 때문이다.

"어마……"

그녀는 서운한 듯 눈을 흘겨 보이며 말했다.

"요즘 젊은 남자분 중에 춤을 못 추는 분이 어딨어요. 그래 고고도 못 추신단 말예요?"

"미안해요. 한 번도 춰 본 적이 없어서……."

"그냥 음악에 맞춰서 몸을 조금 흔들기만 하면 되는데두요?"

"글쎄, 미안해요. 그리고 내가 좀 피곤해서……."

"정말 너무하시다. 할 수 없죠, 뭐, 그럼. 내가 물러가 드리는 수밖에."

그리고 그녀는 야속하다는 표정을 지으며 몸을 일으키는 자세를 취했다.

"미안해요. 그리고 저 잠깐만……."

동표는 못내 미안한 표정으로 그렇게 말하고 나서 조금 망설인 뒤 지갑을 꺼냈다. 그리고 1000원권 한 장을 꺼내 그녀에게 쥐어 주었다.

"정말 미안해요."

그러자 그녀는 조금 뜻밖이라는 표정으로 동표를 쳐다보더니 곧 야릇한 미소를 지으며 돈을 받았다.

"돈이 많으시군요. 아무튼 고마워요."

그리고 그녀는 곧 의자에서 일어나 다시 한번 야릇하게 웃어 보인 다음 또박또박 걸어가 버렸다.

동표는 마음이 언짢았으나 잠자코 남은 술을 비웠다. 그곳엘 공연히 올라왔다는 생각이 들었다. 성가신 일을 겪었다거나 돈이 아깝다는 느낌이 아니라 공연히 마음 언짢은 일을 당했다는 느낌이었다.

그러나 그는 곧 마음을 달래고 웨이터를 불러 계산을 치른 다음 자리에서 일어났다. 곧장 객실로 내려왔다. 옷을 벗고 잠옷으로 갈아입은 다음 침대에 누워 잠을 청했다. 방금 겪은 일이 우울하게 마음에 남았으나 피로 때문인지 그리고 술 탓인지 쉽게 잠이 왔다.

이튿날 아침 그는 무슨 가위에 눌린 꿈을 꾸다가 잠에서 깨어났다. 낯익은 얼굴이 하나도 없는 한 무리의 여자들로부터 쫓기는 꿈이었던 것 같았다. 눈을 뜨자 창문에 드리운 커튼 사이로 환한 아침 햇빛이 스며들고 있었다.

스스로에게 조금 쓰게 웃고, 그는 침대에서 일어나 창가로 걸어갔다. 커튼을 젖히자 환한 아침 햇살과 함께 그 아침 햇빛에 반짝이고 있는 바다가 시야 가득 다가들었다. 눈부신 바다였다. 겨울 아침의 바다가 그렇게 눈부실 수 있다는 걸 그는 처음 알았다.

부두에는 아침 햇빛에 조용히 몸을 맡기고 있는 몇 척의 어선이 보였고 부두에서 얼마 떨어진 바다 가운데는 부두를 보호하고 있는 듯한 섬 하나가 보였다. 아름다운 풍경이었다.

그는 잠시 부신 듯 그 풍경에 눈을 팔고 있다가 몸을 돌이켜 욕실로 향했다. 이제 서둘러 미호를 찾아 나설 차례라고 생각되었기 때문이다.

그는 서둘러 세면을 마치고 나와 옷을 갈아입은 다음 식당으로 내려갔다. 그리고 간단한 아침식사를 한 다음 웨이터에게, 미호 외삼촌집 약도를 주며 지리를 물었다.

웨이터는 잠시 약도를 들여다보고 나서 자상하고 친절하게 지리를 가르쳐 주었다. 동표는 곧 웨이터에게 약간의 팁을 준 다음 호텔을 나섰다. 그리고 웨이터가 일러 준 길을 따라 미호 외삼촌네 농장을 찾아 걷기 시작했다.

처음 걸어 보는 서귀포의 거리는 조용하고 한산했다. 우선 행인들의 수효가 적었고 왕래하는 자동차들도 드문드문 눈에 띌 따름이었다. 겨울 오전이라곤 하지만 햇빛은 이른 봄처럼 따사로웠고 투명하게 거리에 내려앉아 있었다.

동표는 마치 관광객이나 된 듯이 천천히 거리의 모습을 둘러보며 걸었다. 그곳처럼 평화롭고 한가롭다면 세상엔 아무런 분쟁도, 문제도 없을 것 같았다.

그리고 그가 마침내 호텔 웨이터가 가르쳐 준 지리에 충실히 따라 미호 외삼촌네 귤 농장을 찾은 것은 그다지 오랜 시간이 걸리지 않아서였다. 미호 외삼촌네 귤 농장은 그가 묵은 호텔로부터 그다지 멀리 떨어져 있지 않았던 것이다. 물론 여러 개의 표적물들과 꺾이는 길목들을 지나야 했던 것이지만.

농장은 미호 어머니 말대로 규모가 커 보이진 않았으나 꽤 넓게 자리 잡고 있는 것 같았고 이곳 특유의 흑회색 돌들로 쌓아 올려진 나지막한 돌담으로 둘러싸여 있었다. 그리고 그 돌담이 양쪽으로 나뉘는 부분에 농장으로 들어가는 입구가 보였고, 입구 위쪽에는 '해돋이 농장'이라는 아치 모양의 농장 간판이 보였다. 미호 어머니가 약도에 써넣어 준 이름 그대로였다.

동표는 잠시 입구 앞에서 서서 망설이다가 열린 입구 안으로 들어섰다. 그리고 안쪽을 향해 걸어 들어갔다. 입구 근처에는 말을 물어볼 만한 아무도 눈에 띄지 않았기 때문이다.

농장은 밖에서 볼 때보다 안으로 들어서자 더욱 넓어 보였다. 그리고 겨울인데도 푸른빛을 잃지 않은 귤나무가 숲을 이루며 일정한 간격으로 심어져 있는 모습이 보였다.

입구에서부터 안으로 통하는 길은 그 귤나무들 사이로 나 있었고 저 안쪽에 살림집인 듯한 한옥 한 채가 보였다.

동표는 순간 걸음을 멈추었다.

그 한옥 앞마당에 미호의 모습이 보였기 때문이다. 그녀는 허리를 조금 굽히듯 하고 몇 마리의 닭에게 모이를 주고 있었다. 한가롭고 아무런 잡념도 없어 보이는 모습이었다. 닭들에게 마치 아침 햇빛을 뿌려 주고 있는 것 같았다.

동표는 순간 어떤 고통 비슷한 감정을 맛보았다. 그리고 마악 그녀를 향해 한 발짝 내디디려는 순간이었다.

인기척을 느꼈는지 미호가 고개를 쳐들었다. 그리고 무심한 눈길을 이쪽으로 보내왔다. 다음 순간 그리고 그녀의 얼굴엔 어떤 백치 같은 표정이 잠시 떠올랐다. 자기의 눈을 이해할 수 없다는 그런 표정이었다. 그가 그곳에 나타나리라곤 전혀 생각지도 못했음에 틀림없었다.

"미호!"

하고 나직이 그녀의 이름을 부르면서 그는 빠른 걸음으로 몇 발짝 그녀를 향해 나아갔다. 그러나 그녀는 잠시 꼼짝도 않고 그를 바라보고만 있었다. 여전히 자기 눈과 귀를 이해할 수 없다는 그런 표정이었다.

동표는 다시 한번 그녀의 이름을 부르면서 그녀를 향해 걸어갔다.

"미호! 나야, 동표야."

그제야 그녀는 표정이 조금 바뀌며, 그러나 제자리에서 움직이지 않은 채 물었다.

"……웬일이지, 여긴?"

이제 더 이상 자기 눈과 귀를 의심할 순 없으나 아직도 채 의문이 풀리지 않은 표정이었다. 그리고 냉랭한 목소리였다.

동표는 이제 몇 발짝 남지 않은 그녀 앞으로 계속해서 걸어가며 말했다.

"응, 저, 미호 어머니께서 약도를 그려 주셨어."

그리고 그는 마침내 미호 앞에 멈추어 섰다.

"미안해, 미호."

"엄마가 약도를?"

그녀는 있을 수 없는 일이라는 듯 차가운 표정으로 힐문했다.

"응, 내가 전화를 걸었었어. 그랬더니 미혼 집에 없다고 하시면서 한번 만났으면 좋겠다고 하셔서……."

"우리 엄말 만났단 말이지? 그리고 엄마가 날 찾아가 보라고 약도를 그려 주셨단 말이지?"

"아냐, 어머니가 자청해서 그려 주신 게 아니라 미호가 제주도에 와 있다길래 내가 부탁을 드렸어."

"동표 씨가? 그건 왜지?"

"미안해, 미호."

"그건 왜냐구? 혹시 내가 제주도에 와 있다니까 무슨 불쌍한 생각이라도 들어서?"

"글쎄, 그런 게 아니구……."

"내가 무슨 비참한 생각이라도 하구서 여기 와 있는 줄 알구?"

"글쎄, 그런 게 아니라니까, 미호."

"그럼 뭐지? 그리고 우리 집에 전환 뭣 때문에 걸었지?"

"글쎄, 미안해, 미호."

"글쎄, 자꾸 미안, 미안 하는데 뭘 갖고 미안하다는진 잘 모르지만 그 얘기나 어서 해 봐. 뭘 하러 여길 올 생각은 했고 뭣 때문에 우리 집에 전화는 걸었는지."

동표는 잠시 발치를 굽어보고 있다가 불쑥 말했다.

"……내가 잘못했어."

"어머? 그건 또 무슨 소리지? 밑도 끝도 없이."

"내가 잘못했어, 미호."

"글쎄, 갑자기 그건 무슨 소리냐구? 뭘 잘못했다는 거야?"

"우리 어디 다방에라도 나가서 얘기해."

"다방? 난 여기 다방이 어디 있는지도 몰라. 할 얘기 있음 여기서 그냥 해. 물론 길게 할 얘기도 없겠지만. 긴 얘기 들어 줄 시간도 없고."

"미호!"

"글쎄, 얘기해 보라니까."

"잠깐 같이 안 나가 주겠어?"

"얘기해, 여기서."

"……글쎄, 미호!"

"어머?"

그때 뒤뜰 쪽에서 수수한 집안옷 차림의 한 중년부인이 돌아 나오다가 그들을 발견하고 조금 의아한 표정으로 미호에게 물었다.

"누구…… 손님이시니?"

미호 외숙모인 것 같았다. 미호는 잠시 당황한 표정을 짓고 나서 대답한다.

"네⋯⋯."

"어디서, 서울서 오신?"

"네."

그때 동표는 고개를 숙여 부인에게 인사했다.

"안녕하십니까. 저 미호 씨 친굽니다."

"어마, 그러세요? 난 미호 외숙모예요. 그런데 왜 여기서 이렇게⋯⋯. 누추하지만 방으로 좀 들어가시지 않구."

그리고 부인은 나무라듯 미호를 바라보며 말했다.

"넌 손님이 오셨으면 방으로 모실 생각은 않구 뭘 하고 있는 거니? 먼 데서 오신 손님을⋯⋯."

"⋯⋯."

미호는 잠자코 입술만 깨물고 있었다. 동표가 얼른 말했다.

"아닙니다. 저 지금 마악 온 길입니다. 이제 마악 인사를 나누던 참인걸요."

그러자 미호 외숙모는 부드러운 미소를 띠며 말했다.

"그러세요? 그럼 어서 안으로 좀 드세요. 집이라고 누추해 놔서⋯⋯. 얘, 미호야, 뭘 하고 있니? 어서 안으로 모시지 않구."

"⋯⋯."

"아닙니다. 전 괜찮습니다."

"어디요, 그럴 수가⋯⋯. 얘, 미호야, 뭘 하고 있어?"

그제야 미호는 깨물고 있던 입술을 놓고 무언가 결심한 듯 그러나 마지못한 소리로 말했다.

"……들어가요, 그럼."

"원, 애두. 먼 데서 오신 분한테 하는 태도하구……. 자, 어서 들어가세요. 난 차 끓여 가지고 조금 있다 들어갈 테니."

"차는요, 괜찮습니다."

"글쎄, 아무튼 어서 들어가세요."

"네, 그럼……."

"애, 미호야. 네 방으로 모셔라. 너한테 오신 손님이니."

그리고 미호 외숙모는 부러 조금 짓궂게 웃어 보인 다음 동표 쪽을 호의 어린 눈길로 한번 쳐다보고 나서 곧 부엌 쪽으로 향했다. 자상하고 너그러운 부인 같았다.

동표가 미호에게 물었다.

"외삼촌께선 어디 나가신 모양이지?"

그러자 미호는 다시 냉랭한 표정이 되어 대답했다.

"조합에 나가셨어. 쓸데없는 참견 말고 그럼 들어오기나 해."

그리고 그녀는 동표 쪽은 쳐다보지도 않고 앞장서서 사랑채 쪽으로 걸어갔다. 거기가 그녀가 와서 묵고 있는 방인 모양이었다.

동표는 잠자코 그녀 뒤를 따랐다. 앞에서 볼 때는 크게 표가 나지 않았으나 뒤에서 보니 그녀의 허리 부분이 눈에 띄게 굵어졌음을 느낄 수 있었다. 동표는 어떤 엄숙한 느낌을 받았다. 뭐라고 할까, 어떤 생명의 엄숙한 무게 같은 것을 그녀의 뒷모습에서 느낄 수 있었다고 할까.

동표는 다시 한번 자신의 결심을 다짐했다. 기필코 그녀를 이곳에 혼자 놔두진 않으리라고. 무조건 이번에 그녀를 서울로 데려 올라가고 말리라고.

그러나 미호는 곧 야트막한 툇마루 위로 신발을 벗고 올라서서 방문을 열고 들어설 때도, 그리고 동표가 뒤따라 방 안으로 들어선 뒤에도 여전히 냉랭한 표정을 풀지 않았다. 그녀는 단지 냉랭하고 짤막하게,

"앉을 테면 앉아."

라고 말했을 뿐이었다.

"……."

동표는 천천히 방 안을 한번 둘러보고 방바닥에 앉았다. 벽이 깨끗이 도배되어 있는 것을 제외하고는, 그리고 그녀의 것으로 보이는, 옷걸이에 걸쳐져서 벽에 걸린 두어 가지의 옷과 여행 가방 하나를 제외하고는 이렇다 할 아무런 장식도 가구도 없는 방이었다. 그 밖에 더 눈에 띄는 것이 있다면 윗목 쪽의 얌전히 개어져 있는 이부자리 한 채와 앉은뱅이책상 하나 정도였다.

미호는 그가 방바닥에 앉은 뒤에도 잠시 오도카니 한자리에 서 있더니 이윽고 마지못한 듯 뒤따라 앉으며 말했다.

"할 얘기 있음 어서 하고 가. 이렇게 방에 들어오게 한 것만도 큰 양본 줄 알구. 외숙모 덕인 줄 알아."

동표는 억지로 조금 웃으며 대꾸했다.

"그래, 고마워. 미호한테도 외숙모님한테도. 하지만 너무 그렇게 쌀쌀맞게 굴진 말아 줘……. 내가 잘못했어."

"어머?"

"여지껏 내가 모두 잘못했어. 용서해 줘."

"글쎄, 아까부터 자꾸 뭘 잘못했다는 거지?"

"그건 미호가 나보다 더 잘 알고 있잖아. 아무튼 잘못했어. 한 번만 용서해 줘."

"글쎄, 뭘 잘못했다는 거구, 뭘 용서해 달라는 거야?"

"……여지껏 내가 미호한테 한 모든 짓이 잘못됐어. 용서해 줘. 내가 제정신을 잃고 옳지 못한 생각을 가졌었어. 정식으로 사과할게. 정말 내가 정신이 나갔었어. 자 한 번만 용서해 주고 서울로 돌아가자구."

"……."

"나, 이번만 용서해 주고 미호가 함께 서울로 돌아가 주면 취직도 다시 할 생각이야. 자, 이렇게 내가 빌게."

"가만있어 봐. 동표 씨 지금 무슨 오해를 하고 있는 거 아냐? 아까도 말했지만 무슨 비참한 생각이라도 먹고 여기 와 있는 걸로 잘못 생각하구……."

"그럴 리야 있어? 아무튼 내가 모두 잘못했어. 한 번만 용서해 줘. 그리고 나하고 같이 서울로 돌아가. 미호 어머니한테 결혼 승낙도 다 얻었어."

"뭐라구?"

"⋯⋯어머님이 물으셨어. 미홀 아직 사랑하고 있느냐구. 그리고 결혼할 생각이냐구. 난 그렇다고 대답했어. 부모님들께서만 승낙해 주신다면 결혼하고 싶다고 대답했어. 그랬더니 어머님께서 미홀 데려오라고 하셨어. 나한테 일임하시겠다구. 그래서 약도 그려 주신 거야."

그러자 그녀는 어이가 없다는 듯 차게 웃었다.

"기가 막혀. 내가 아주, 동표 씨가 데리러 오기면 하면 냉큼 따라나설 걸로 작정을 본 모양이지?"

"물론 미호 의사가 중요하지. 그래서 이렇게 빌러 온 거 아냐. 어머님한테 말씀드릴 때도 미호가 용서를 해 준다면, 이라는 단서를 붙여서 말씀드렸어. 자, 이번만 용서해 줘."

"그런데 도대체 왜 그러는 거지? 왜 갑자기 우리 집에 전화는 걸고, 엄말 만나고, 여기까지 날 찾아와서 용서해 달라 어쩌고 그러는 거지? 왜 갑자기 그럴 생각이 든 거지?"

"말했잖아. 내가 여지껏 미호한테 한 짓은 모두 잘못이었다구. 뒤늦게나마 그걸 깨달았어. 아파트에 같이 있던 여자도 내보냈어. 미호한테 친구 동생이라고 속인 여자 말야."

"이제야 실토를 하는군."

"미안해. 내가 모두 잘못했어."

"흥, 그 여잘 내보냈다구? 그럼 내가 칭찬할 줄 알구? 천만에, 나하곤 아무 상관도 없는 일이지만 그건 더 나빠. 여자는 뭐 자기가 내보내고 싶으면 내보내고 데리고 있고 싶으면 데리고 있어도 되는 그런 건 줄 알아? 여지껏 그런 착각 속에서 살아왔지? 오늘 나한테 이렇게 온 것도 그런 착각을 품은 채 온 거구. 이렇게 먼 데까지 찾아와서 빌면 제가 감동해서 따라 나섰지 별수 있나, 하고."

"그런 게 아냐. 지금 그 여잘 내가 내보냈다고 했지만 사실은 그 여자 스스로 자진해서 나간 거야. 자기 입장이 옳지 않은 입장이라고 생각하고."

"거봐, 그런데도 동표 씬 지금 그 여잘 내보냈다고 분명 말했지? 그게 여자들에 대한 동표 씨의 근본 태도구 기본 발상이야. 그 여자가 어째서 자기 입장이 옳지 않은 입장이라고 생각했는지, 또 그게 반드시 옳은 생각이었는지 어떤지 잘 모르지만, 어쨌든 자기 스스로 판단해서 나갔는데도 동표 씬 그걸 자기가 내보냈다고 착각하고 있는 거야. 그게 동표 씨의 기본적인 발상이라구. 동표 씨뿐 아니라 대개의 남자들이 모두 그런 식 발상을 갖고 있겠지만."

"글쎄, 혹 그럴는지도 모르지. 아니, 그래 왔다고 할 수 있을 거야. 그 점에 대해선 반성해 보겠어. 하지만 미호를 데리러 온 건 적어도 그런 생각에서는 아냐. 더구나 내가 이렇게 용서를 빌러 왔다고 해서 미호가 금방 감동을 해서 따라나설 거라고 생각한 건 더더구나 아니구."

"아니긴 뭐가 아냐. 지금도 분명 날 데리러 왔다고 말했지? 그게 다 같은 발상 아니고 뭐야? 혹 나를 만나러 왔으면 왔지 동표 씨가 어째서 날 데리러 와?"

"……"

"그게 같은 발상법이 아니라고 생각해?"

"……미안해. 내가 말을 잘못했어."

"아무튼 날 데리러 왔건 어쩌려 왔건 난 당분간 서울 갈 생각 없어. 그런 줄이나 알어."

"……."

"왠 줄 알어? 전에도 얘기했지만 난 누가 뭐래도 혼자 앨 낳아서 키운다는 생각에 변함이 없어. 그리고 당분간은 여기서 앨 키우면서 살 생각이야. 여기 농장 일을 도우면서 말야."

"미호!"

"그렇다고 동표 씨 때문은 결코 아니니까 주제넘게 무슨 오해는 하지 마. 주제넘게 남한테 무슨 미안한 생각을 갖는다거나 죄라도 지은 것 같은 기분은 가질 필요 없어. 난 지금 행복해. 동표 씨가 지레짐작하고 있는 것처럼 그런 비참한 상태나 불행한 상태는 아냐. 누구 애건 난 지금 한 생명을 배 속에 키우고 있고 여긴 공기랑 햇빛도 맑고 따뜻해. 여기 온 지 이제 한 달 남짓 됐지만 난 세상에서 여기처럼 햇빛과 공기가 맑은 고장을 본 적이 없어. 여기처럼 사람의 마음을 편안하게 해 주는 고장도 본 적이 없고."

"……."

"서울로 돌아가자구? 미안하지만 혼자서 돌아가. 여기까지 찾아와 줘서 고맙고 내가 좀 쌀쌀하게 구는 것 같아서 미안하지만 그렇다고 동표 씰 따라서 서울로 돌아갈 생각은 조금도 없으니까 더 이상 날 어떻게 설득해 볼 생각 말고 혼자서 돌아가. 행여 내가 동표 씨한테 무슨 감정이 남아서 이러는 거라곤 생각하지 말구."

그때 방문 밖에 인기척이 들리더니 잠시 후 조용히 방문이 열리며 미호 외숙모의 상반신이 나타났다. 그녀는 방문 밖에서 상반신을 기울여 차와 과일이 담긴 쟁반을 들여놓으며 말했다.

"자, 우선 좀 드시고 계세요. 난 찬은 없지만 점심 준비를 좀 할 테니."

동표는 부끄럽고 당황한 표정으로 말했다.

"점심은요, 저 지금 마악 아침을 먹고 오는 길인 걸요."

"글쎄, 천천히 얘기하세요. 아무리 그래도 먼 데서 오신 손님인데 점심 한 끼도 대접 안 한대서야 말이 되나요? 아침은 어디, 숙소에서 드셨나?"

"네."

"저런, 여기 와서 드시지 않구. 아무튼 그럼 천천히 얘기하세요. 내 곧 점심 준빌 할 테니."

그리고 미호 외숙모는 호의 어린 미소를 지어 보이고 나서 방문을 닫았다. 동표는 무어라고 더 사양하려 했으나 곧 입을 다물고 우울하게 방바닥을 내려다보았다.

미호가 말했다.

"차 들어, 식기 전에. 그리고 조금 기다렸다가 점심 먹고 가."

그녀의 표정은 이제 한결 부드럽고 차분해져 있었다.

"외숙모 성의를 너무 무시해도 곤란하니까. 우리 외숙모 아주 좋은 분야. 하지만 점심 먹곤 일어서야 해. 더 이상 나 성가시게 하지 말구."

동표는 천천히 그녀의 얼굴을 마주보며 말했다.

"끝내 날 용서해 줄 순 없다는 얘기로군?"

"그런 얘기가 아냐. 방금 내가 동표 씨한테 무슨 감정이 남아서 이러는 게 아니라고 했잖아. 내가 조금 쌀쌀하게 군 건 미안하지만, 그건 동표 씨한테 무슨 감정이 남아서가 아니라 동표 씨가 찾아온 게 너무 뜻밖이라서 그런 것뿐야. 찾아온 이유도 뻔하고."

동표는 잠시 고개를 숙였다가 쳐들었다.

"미혼 날 아직 못 믿는 모양이군. 내가 마음에도 없는 소릴 하러 여기까지 온 줄 아는 모양이야. 난 지금 진정이야. 진정으로 잘못을 사과하고 정식으로 청혼하러 온 거야. 제발 날 용서해 주고 나하고 결혼해 줘."

그러자 그녀는 약간 웃어 보이기까지 했다.

"말귀를 통 못 알아듣네. 그래, 그럼 그건 그렇다고 해. 무슨 까닭에서건 동표 씨가 날 찾아온 건 진정한 마음에서라고 믿겠어. 사과하러 왔다는 것도, 나한테 청혼하러 왔다는 것도. 그리고 동표 씨가 나한테 잘못했다고 생각하는 게 있다면 용서해 주겠어. 하지만 난 결혼은 안 해. 동표 씨하고도, 누구하고도."

"날 용서해 줄 수 있다면 어째서 결혼을 안 하겠다는 거야? 더구나 미혼 지금 우리들의 아길 갖고 있잖아."

"동표 씰 용서해 주는 것하고 결혼은 달라. 동표 씰 용서해 주겠다는 건 한 남자가 저지를 수도 있는 흔한 잘못을 용서해 주겠다는 거야. 만일 자기가 그걸 잘못이라고 생각하고 있다면. 하지만 결혼은 용서하곤 달라. 결혼은 용서하는 감정으로 하는 게 아니라 사랑하는 감정으로 하는 거라고 생각해. 그런데 난 냉정하게 말해서 동표 씰 용서할 순 있지만 사랑할 순 없어. 그리고 아기문제도 그래. 내 배 속에서 자라고 있는 아긴 분명 동표 씨하고 나 사이의 아기야. 하지만 그게 결혼의 이유가 될 순 없어. 아이를 여럿씩 낳고도 이혼하는 사람들이 얼마든지 있잖아. 그것만으로도 아기가 결혼의 이유가 될 수 없다는 사실은 분명해. 나도 한땐 잘못 생각했었어. 동표 씨의 아길 가졌으니까 동표 씨하고 결혼해야 한다고 생각했었어. 그래서 동표 씨의 냉담한 반응에 부딪혔을 때, 동표 씨가 나한테 돌아와 줄 의사가 조금도 없다는 걸 알았을 때 절망감에도 빠지고 배신감도 느꼈어. 자존심이 있어서 그걸 나타내진 못했지만. 어쩜 여기 올 때까지만 해도 난 그런 생각에서 완전히 벗어나지 못했는지 몰라. 단지 자존심 하나만으로 앨 혼자 낳아서 키우겠다고 생각했다는 게 옳을지도 몰라. 하지만 난 차츰 내가 아주 바보 같은 생각을 하고 있었다는 걸 깨달았어. 그리고 그건 여기 온 이후로 더욱 굳어졌어. 자존심 따위 때문이 아니라 여자도 얼마든지 떳떳하게 혼자서 앨 낳아 기를 수 있다는 생각을 한 거야. 여자 혼자서도 얼마든지 떳떳하고 훌륭하게 기를 수 있다는 생각. 남자들은 흔히 자신의 힘을 과대평가하는 버릇이 있지만 여자도 아이 하나쯤 키울 힘은 충분히 있어. 사람들은 흔히 경제력을 걱정하지. 하지만 여자도 아이 하나쯤 키울 경제력은 얼마든지 만들 수 있어. 세상 사람들의 손가락질? 그건 그 사람들에게 돌려주면 돼. 손가락질할 곳을 잘못 찾은 거니까. 손가락질할 곳은 처녀가 앨 낳은 쪽이 아니라 애를 죽이는 사람들 쪽이지. 또 애비 없는 자식은 어쩌고저쩌고하지만 더 불행한 건 나쁜 아버질 가진 애들이야. 요컨대 난 여자 혼자서도 얼마든지 떳떳하고 훌륭하게 아일 낳아서 기를 수 있다는 걸 나 자신한테 그리고 날 염려하는 사람들한테 보여 주고 싶어. 더구나 여긴 아일 키우긴 너무나 좋은 곳이야."

"……."

동표는 자기가 완전히 잘못 생각하고 미호를 찾아왔다는 걸 깨달았다. 일방적으로, 문제를 너무 간단히 생각하고 있었음에 틀림없었다. 미호는 이제 단순한 고집이 아니라 어떤 확고한 신념마저 지니고 있어 보였다. 웬만큼 이쪽의 잘못을 사과하고 설득하면 그녀의 마음을 돌이킬 수 있으리라고 생각한 건 순전히 일방적인, 그리고 허술하기 짝이 없는 판단이었음이 분명해졌다. 부끄러운 생각과 함께 엷은 좌절감마저 느껴졌다.

그러나 그녀를 데리러 제주도까지 와서 그 정도로 그냥 물러설 수는 없는 노릇이었다. 그녀의 말을 모두 수긍할 수 있다 하더라도, 그녀가 혼자서 아이를 낳아 기르는 경우 무엇보다 그녀에게 지워질 짐이 결코 가볍지 않으리라는 게 확실한 이상 어떻게든 더 설득해 보는 수밖에 없다고 생각되었다.

그는 잠시 침울한 표정으로 고개를 숙이고 있다가 쳐들며 말했다.

"할 말이 없군, 미호. 모든 게 내 잘못이니까. 하지만 조금만 더 생각을 해 봐 줘. 미호 얘기 모두 옳지만, 나로선 반박의 여지가 조금도 없지만 그래도 조금은 더 생각해 볼 여지가 있지 않을까. 나나 미호를 위해서라기보다 태어날 아이를 위해서라도."

"좋아, 얘기해 봐."

"글쎄…… 이를테면 미호 혼자서도 얼마든지 아일 훌륭히 낳아서 키울 순 있겠지만 그래도 역시 더 나은 건 둘이 함께 낳아서 키우는 쪽 아닐까."

"그건 둘이 서로 사랑하는 경우지. 내가 방금 얘기했을 텐데. 난 동표 씰 용서할 순 있지만 사랑할 순 없다구."

"알겠어. 부끄럽군. 하지만 한 번만 생각을 돌이켜 줘. 나 미호한테 사랑받을 만한 남자가 되도록 앞으로 성실히 노력할게."

"아직도 뭘 오해하고 있군. 난 동표 씨의 인격이나 성실성 같은 걸 가지고 하는 얘기가 아냐. 아무리 인격이 훌륭하고 매사에 성실한 사람이라도 사랑할 순 없는 경우가 있잖아. 그런 문제라면 난 한땐 동표 씰 경멸했지만 지금은 용서할 수 있어. 하지만 그런 문제하고 사랑은 달라. 난 동표 씰 도저히 사랑할 순 없어. 미안해."

"……미혼 한때 날 사랑했던 적도 있잖아."

"그건 그래. 지금 와서 그걸 부인하진 않겠어. 하지만 그때의 난 지금의 내가 아니었어."

"하지만 미호가 지금 배 속에 가지고 있는 아긴 우리들의 사랑의 결실이잖아. 그 결실을 난 지금 함께 거두자는 거야. 미호가 용서해 준다면."

"글쎄, 동표 씨 생각은 알아. 어떤 심경 변화 탓인진 몰라도 동표 씨가 나한테 책임감 같은 걸 느끼고 이렇게 찾아왔다는 건 알겠어. 그게 진심이라는 것도 알겠구. 한편 고맙기도 해. 하지만 다시 한번 말하지만 난 결혼할 생각은 정말 없어. 동표 씬 내가 혼자서 앨 키우겠다는 데 대해서 자꾸 무슨 미안한 느낌을 갖는 모양인데 조금도 그럴 필욘 없어. 이건 내가 선택한 거니까. 난 누구의 애를 가졌다고 해서 반드시 그 사람하고 결혼을 해야 한다고도 생각하지 않지만 그 사람한테 부담을 느끼게도 하고 싶지가 않아. 이건 내가 결코 무슨 오기를 부려서 하는 소리가 아냐."

미호의 태도는 좀처럼 흔들릴 것 같지가 않았다. 그녀는 이제 오히려 동표를 설득하려는 어조마저 띠고 있었다.

"……그리고 여기 생활이 혹 불편할 거라고 생각할지 모르지만 그건 조금도 염려 마. 조금 전에도 얘기했지만 여긴 너무 좋은 곳이야. 게다가 외삼촌이랑 외숙모한텐 애들이 없어서 날 친자식보다 더 잘해 주고 계셔. 동표 씨가 염려할 거라곤 조금도 없어. 난 지금 오히려 너무 행복하다고 할 수 있어. 동표 씨가 만일 날 조금이라도 생각한다면 내 이 행복한 생활을 깨뜨리지 말아 줘. 그냥 날 내버려두고 돌아가 줘."

"미호!"

"나 지금 동표 씨가 미워서 그러는 거 정말 아냐. 어떤 면에선 동표 씨한테 감사하고 있어. 동표 씨 아니었으면 이런 행복한 경험은 못했을 테니까 말야. 난 매일매일 배 속에서 아기가 자라고 있다는 생각을 하면 그 이상 행복이 없어. 나 몸도 아주 건강하고 모든 상태가 순조로워. 틀림없이 건강하고 예쁜 아기가 태어날 거야. 동표 씬 동표 씨 아기가 어디선가 잘 자라고 있다고만 생각해 줘. 그게 내가 동표 씨한테 바라는 최대한의 친절이야."

"……."

"자, 차 다 식었어. 어서 들어. 그리고 그 얘긴 이제 우리 그만해."

"뻔뻔한 질문이지만…… 한마디만 더 묻겠어. 날 용서할 순 있지만 사랑할 순 없다는 거…… 무슨 뜻인지 나 아직 잘 모르겠어. 나한텐 역시 날 완전히 용서할 순 없다는 뜻으로밖에 안 들려……."

"……그건 나도 어떻게 잘 설명할 수가 없어. 하지만 아무튼 그런 걸 어떡해. 동표 씨한테 무슨 감정이 남은 건 아니지만 그전 같은 마음이 도저히 안 생기는 걸 어떡해."

"알겠어. 그 얘긴 그럼 더 이상 하지 않겠어. 모든 원인이 나한테 있으니까. 하지만 미호 혼자서 아기를 낳아 기른다는 건 아무래도 자꾸 무리라는 생각이 드는군."

"글쎄, 그건 염려하지 말랬잖아. 나 자신 있어. 조금도 염려하지 마. 사람들은 흔히 여자 혼자서 앨 낳아 기른다는 걸 무슨 큰 불행으로 생각하거나 못 할 짓으로 생각하는 모양이지만 난 오히려 떳떳하다고 생각하고 싶어. 그리고 그걸 떳떳하다고 생각할 수 있어야 여자도 남자들한테 의지하지 않고 떳떳하게 살 수 있다고 생각해. 여자들은 은연중에 애를 구실 삼아 자기를 남자한테 의지하려는 경향이 있는 것 같아. 남자가 자기한테서 마음이 떠났는데도 애를 구실로 남자를 자기한테 묶어 두려는 경향도 있는 것 같구. 나도 얼마 전까지만 해도 그 비슷한 마음을 경험했지만, 그리고 얼마 전에야 간신히 그런 상태에서 벗어났지만 얼마나 부끄럽고 떳떳하지 못한 일이야. 애를 가지면 남자한테 무슨 큰 피해라도 입은 것처럼들 생각하구⋯⋯. 난 이제 그렇게 생각하지 않아. 여자 혼자서도 얼마든지 기쁜 마음으로 떳떳하게 애를 낳아서 기를 수 있다고 생각해. 또 얼마든지 잘 기를 수 있구. 그러니까 그건 조금도 염려하지 마.”

“⋯⋯.”

동표는 더 이상 그녀를 설득할 아무 말도 찾을 수가 없었다. 그녀 앞에서 자신이 다만 부끄럽고 초라하게 여겨지기만 할 뿐이었다.

극심한 좌절감과 동시에 그녀를 새로 발견한 듯한 외경감이 솟아 올랐다. 그는 침통한 표정으로 입을 다물고 있다가 말했다.

“⋯⋯알겠어. 더 이상 그럼 떼를 쓰진 않겠어. 사실 난 이렇게 그냥 물러서게 되리라고 예상하고 온 건 아니었어. 어떻게든 사과를 하고 용서를 받을 수 있으려니 생각했지. 그리고 며칠이 걸릴진 모르지만 돌아갈 땐 함께 돌아갈 수 있으리라고 생각했어. 미호 어머님한테도 주제넘게 그렇게 약속을 드렸구. 하지만 이제 그게 너무나 우둔하고 일방적인 생각이었다는 걸 알았어. 편견을 벗지 못한. 그리고 미호에 대해서 아무것도 알지 못한. 혼자 돌아가겠어. 더 이상 뻔뻔해질 용기는 없으니까. 그 대신 내가 조금이라도 미호를 도울 수 있는 방법이 있으면 가르쳐 줘. 물론 또 거절할 테지만 날 조금이라도 용서해 준다면.”

그러자 미호는 조용히 동표의 얼굴을 마주 보면서 대답했다.

“거절이라고 생각하지 마. 동표 씨가 도울 일은 아무것도 없어. 앨 키우는 건 나 혼자서도 충분해.”

“욕먹을 말 같지만 하다못해 양육비라도 매달 보내 주고 싶어.”

"우스운 소리 마. 그럼 그게 어째서 나 혼자 키우는 거야. 둘이서 키우는 거지."

그리고 그녀는 웃었다.

"글쎄, 아무 염려하지 마. 나 혼자서도 얼마든지 잘 키울 수 있으니까. 그리고 차 다 식었어. 어서 들어. 외숙모 들어와 보시면 우리가 무슨 다투기라도 한 줄 아시겠어. 차도 과일도 손 하나 안 댄 채. 자, 어서 들어."

"……"

동표는 잠자코 고개만 숙이고 있었다. 그러자 그녀가 찻잔을 집어 그 앞으로 밀어 놓았다.

"자, 어서. 식었지만 들어."

"……"

동표는 마지못해 찻잔을 집었다. 그리고 마지못해 찻잔을 입술에 댔다. 그녀도 찻잔을 집어 한 모금 마시는 시늉을 하고 내려놓으며 말했다.

"서울 가서 우리 엄마 만날 필요 없어. 괜히 거북하기만 할 테니까. 엄마한텐 내가 편지 쓰면 돼. 그리고 이왕 제주도까지 왔으니까 며칠 묵으면서 구경하고 가. 아깐 내가 좀 쌀쌀하게 굴어서 미안하지만 구경할 데가 많아. 우선 여기 서귀포만 해도 구경할 만한 데가 꽤 있구. 원한다면 이따 점심 먹고 나서 내가 몇 군데 안내를 해 줘도 좋아."

"……"

"이제 그 우울한 표정 좀 풀어. 그러고 있음 내가 꼭 무슨 죄진 것 같은 기분이잖아. 모처럼 제주도까지 찾아와 준 사람한테.”

“미안해…….”

“정말 동표 씨답지 않다. 그 대신 내가 이따 서귀포 안내해 준댔잖
아. 큰맘 먹고.”

“고마워…….”

“어머?”

“그래, 고마워……. 하지만 몸도 무거울 텐데 무리할 건 없어. 나 혼
자 조금 둘러보고 내일 서울 올라가면 돼.”

“글쎄, 염려 마. 나 아직 걸음이 불편할 정도로 몸이 무거운 건 아니
니까. 이따 점심 먹고 나서 같이 나가.”

“…….”

동표는 더 이상 사양하지 않았다. 그녀가 베푸는 그 마지막 호의를
이제 더 이상 사양하지 않는 게 그녀에 대한 자신의 마지막 예의라고
생각되었기 때문이다.

얼마 후 미호 외숙모는 정갈한 느낌의 점심상을 차려 들여왔고 그
들은 마주 앉아 점심식사를 했다. 동표는 아침식사를 한 시각도 그다
지 오래지 않을 뿐 아니라 마음이 무거웠으므로 식욕이 당기는 것은
아니었으나 묵묵히 자기 몫의 음식을 다 비웠다. 혹 마음이라도 상해
서 식사를 그르치는 것으로 생각할까 저어해서였다.

그리고 그들이 식사를 마치고 미호 외삼촌의 농장을 나선 것은 이
른 봄날 같은 그곳의 햇빛이 거리의 속속들이에 투명하게 스며들고
있을 무렵이었다. 미호 외숙모는 그들이 함께 나서는 모습을 보자 마

음을 놓은 듯한 흐뭇한 미소를 지어 보였다. 그들 두 사람 사이가 원만히 잘 화해가 된 것으로 생각하는 모양이었다.

농장을 나선 그들은 나란히, 그 이른 봄날 같은 투명한 햇빛을 받으며 서귀포의 거리를 걸었다. 바다 쪽에서 불어오는 바람에 엷은 비린내가 느껴졌다. 비린내라기보다 싱그런 바다 냄새라고나 할까. 그러나 그 투명한 햇빛과 싱그런 바다 냄새가 동표에게는 더 가혹하게 느껴졌다. 그것들이 더욱 그의 마음을 찌르고 있는 것 같았다고 할까.

그러나 미호는 극히 조용하고 온화한 표정으로 걷고 있었다. 자신의 모든 조건에 만족하고 있는 듯한, 그리고 햇빛과 바람을 기쁘게 맞아들이고 있는 듯한 표정이었다.

바다 쪽으로 향한 한 내리막길 근처에 이르렀을 때 그녀가 물었다.

"아직 바닷가에 안 내려가 봤지? 바닷가부터 좀 내려가 볼 테야?"

"……."

동표는 아무렇게 해도 좋다는 표정으로 침울하게 고개만 끄덕였다. 그러자 미호는 짐짓 못마땅하다는 듯 두 눈을 동그랗게 만들어 보이며 말했다.

"어마, 정말 동표 씨답지 않게 왜 그래? 끝내 그럼 나 안내고 뭐고 다 그만두고 집으로 들어갈 테야."

"미안해……."

"어머? 끝까지 그럴 테야?"

"아, 아냐……. 내려가 봐, 바닷가에."

"그럼 이젠 그 우울한 표정 좀 그만 풀어. 내가 농담 좀 할까?"

"……."

"홀가분하고 좋잖아. 귀찮던 혹이 자진해서 떨어지겠다는데."

"미호!"

"물론 농담이야. 동표 씨가 하도 심각한 표정을 짓고 있길래 해 본 농담. 자, 그만 표정 좀 풀어. 그리고 우리 이왕이면 사이좋게 바다 구경이랑 해."

"……."

"자, 이왕이면 밝은 표정으로, 동표 씨답게. 그리고 우리 서로 가벼운 마음으로 헤어지기로 해."

동표는 순간 마음대로 할 수 있다면 그 자리에 버티고 서서 떼라도 쓰고 싶었다. 제발 한 번만 마음을 돌이켜 달라고. 그러나 그건 이제 무모한 짓일 뿐 아니라 아무런 소용도 없는 짓일 터이었다. 그리고 그녀로 하여금 경멸의 감정만 사게 할 따름일 터이었다.

그는 억지웃음을 애써 지어 보이고 말없이 그녀를 따라 바닷가를 향해 걸었다.

잠시 후 그들은 바닷가에 이르렀다. 어선들이 정박해 있는 작은 선창을 지나 자갈길을 밟으며 그들은 저만큼 방파제가 보이는 쪽을 향해 걸었다. 방파제는 포구 앞을 보호하듯 가로막고 있는 섬을 향해 뻗어 있었다. 그들은 곧 방파제 앞에 이르렀고 그때 미호가 말했다.

"여름이었으면 좋았을 텐데. 동표 씨 수영 좋아하지?"

동표는 잠자코 조금 웃어 보이기만 했다. 그리고 그들은 방파제 위를 걷기 시작했다.

바다는 투명한 햇빛 아래 녹청색 수면을 잔잔히 내맡기고 있었고 싱그런 바다 냄새를 동반한 바람은 좀 더 강하게 살갗에 와 닿았다. 미호가 다시 말했다.

"이런 바다 처음 보지? 이런 맑고 깨끗한 바다."

동표는 말없이 고개를 끄덕였다.

"바라보고만 있어도 마음속이 투명해지는 것 같은 바다야. 여기 바다를 처음 와서 봤을 때 난 이런 깨끗한 물질이 이렇게 엄청난 양으로 존재할 수도 있구나 하고 얼마나 감탄했는지 몰라. 세상은 참 아름다운 것이로구나 하는 것도 처음 느꼈구. 세상에 내가 태어나서 이런 곳엘 와 볼 수 있게 됐다는 게 얼마나 고맙게 느껴졌는지 몰라. 내가 아기를 가졌다는 사실도 얼마나 자랑스러웠는지 모르구."

"……."

"사실 난 여기 바다를 보고 나서 마음을 굳혔다고 할 수 있어. 이런 아름다운 곳에서 혼자 아기를 낳아 키운다는 건 얼마나 자랑스런 일인가 하고 말야. 이제 자신 있게 말할 수 있지만 난 그때 벌써 동표 씰 다 용서할 수 있었어. 물론 용서하고 사랑은 다른 거지만 말야. 뭐라고 할까, 냉정하게 말하면 이제 말할 수 있을 거야. 동표 씰 사랑할 순 없지만 지금이라도 만일 동표 씨가 날 껴안는다거나 하는 경우 그런 행위를 용서할 순 있을 거야. 얘기가 좀 이상하겐 됐지만 말야."

"미호!"

"물론 껴안아 달라는 얘긴 아냐. 그때의 심경을 설명하려는 것뿐이지. 지금 말은 이렇게 했지만 동표 씨가 만일 조금이라도 이상한 행동을 하면 난 아마 용서하지 않을지도 몰라. 어쩜 나보다 배 속의 아기가 용서하지 않을 거야. 자, 우리 저기 방파제 끝까지만 갔다 돌아와."

"......."

"그리고 다시 한번 말하지만 나한테 이젠 미련 갖지 마. 무슨 책임감이나 미안감 같은 것도 가질 필요 조금도 없구. 아까 말한 것처럼 행여 무슨 양육비 어쩌고 하는 소린 할 생각도 말구. 그저 어떤 여자가 무보수로 동표 씨 아기를 잘 키워 주고 있으려니만 생각해. 다 큰 뒤에 아이가 혹시 아버지를 찾는 경우, 그리고 동표 씨가 원하는 경우엔 주저 없이 돌려줄 테니까. 내 얘기 이해하겠어?"

"......알겠어."

그들은 곧 방파제 끝부분에 다다랐다. 건너편 섬까지의 거리가 매우 가깝게 느껴졌다. 그러나 그 사이엔 깊고 푸른 바닷물이 가로놓여 있었다. 미호가 말했다.

"자, 그럼 우리 여기서 작별 인사를 해 두기로 해. 동표 씨한테 행운이 깃들기를 빌겠어."

동표는 약간 당황해서 물었다.

"......왜, 여기서 바로 들어가려구?"

그러자 그녀는 조용하고 침착한 목소리로 대답했다.

"아니, 몇 군데 더 안내해 주고 들어갈게. 하지만 작별 인사는 여기서 해 두는 게 좋을 것 같아. 지금 해 두면 이딴 그냥 웃기만 하고 헤어지면 되잖아. 가벼운 기분으로."

"......."

"자, 행운을 빌겠어."

그리고 그녀는 조금 망설이듯 하더니 가만히 웃으며 오른손을 내밀었다. 동표는 잠시 고통스런 시선으로 그녀를 마주 보고 나서 그녀의 손을 잡았다.

"건강해, 그럼……."

그들은 잠시 동안 그렇게 손을 마주 쥔 채로 서로를 마주 보았다. 그리고 손을 먼저 뺀 것은 미호 쪽이었다. 손을 빼고 나서 그녀는 짐짓 명랑한 목소리로 말했다.

"자, 그럼 우리 몇 군데 더 둘러봐. 해 지기 전에."

그들은 곧 말없이 방파제를 되돌아 걷기 시작했다. 그리고 방파제를 되돌아 나온 그들은 폭포 한 군데를 비롯한 그곳의 명소 두어 군데를 더 둘러본 다음 서귀포 읍내의 한 길모퉁이에서 헤어졌다. 아직해가 지기 전이었다.

그녀는 조용하고 맑은 웃음을 지어 보이면서 동표에게 말했다.

"자, 이제 여기서 우리 그만 헤어져, 작별 인사는 아까 했으니까 또할 필요 없구."

갈색으로 바뀐 오후의 엷은 햇빛이 그녀의 얼굴을 약간 상기한 듯한 빛깔로 물들이고 있었다. 동표는 잠시 고개를 떨어뜨리고 있다가쳐들며 말했다.

"……외삼촌 댁 앞까지만 함께 갔다 가면 안 될까?"

그녀는 가만히 고개를 저었다.

"아냐, 여기서 헤어져. 이런 데서 그냥 가볍게 헤어지는 게 좋잖아.

자, 어서 가 봐."

"미호!"

동표는 자신도 모르게 눈언저리가 뜨거워 오는 것을 느꼈다.

"어머? 정말 동표 씨답지 않아. 눈물까지 글썽거리구……. 자, 그럼 나 먼저 갈게. 안녕……."

미호는 침착하게 돌아섰다. 마치 우는 아이는 달래 주면 안 된다고 생각하는 아이의 엄마처럼. 그리고 그녀는 똑바른 자세로 걸어가기 시작했다. 우는 아이를 뒤에 남겨 둔 아이의 엄마처럼, 한 번도 뒤돌아봄 없이.

동표는 간신히 그녀의 등 뒤에 대고 울음을 억누르며 말했다.

"용서해, 미호……. 건강해……."

그러나 미호는 끝내 뒤돌아보지 않고 길모퉁이를 돌아서 사라져 버렸다. 모퉁이를 돌기 직전 그녀는 뒷모습인 채로 잠깐 멈칫했을 뿐이었다.

동표는 잠시 그 자리에 서서 끓어오르는 오열을 참았다. 그리고 그가 곧 정신을 차려 그녀가 사라진 모퉁이로 달려가 보았을 때는 미호의 모습은 이미 아무 데도 보이지 않았다.

그는 한동안 고아처럼 멍하니 그곳에 서 있었다. 그리고 그가 호텔 쪽으로 무거운 발길을 돌린 것은 마음이 텅 빈 뒤였다.

이튿날 오후 그는 서울행 비행기에 몸을 실었다. 그러나 비행기가 이륙한 후에도 그는 공중에 떠 있는 기분이 아니라 어디론가 깊숙이 자꾸 가라앉는 느낌이었다.

에필로그

  봄이었다. 동표는 조그만 한 개인회사에 직장을 얻어 나가고 있었다. 외삼촌이 알선해 준 직장이었다.

  보수가 많은 것도, 맡겨진 부서가 특별히 좋을 것도 없는 평범한 직장이었으나 그는 다시 착실한 회사원이 되었다. 정시에 출근하고 퇴근시간이 되면 퇴근하는, 그리고 퇴근 후엔 동료들과 어울려 가끔 술집에도 들르곤 하는 평범한 회사원이 되었다. 외관상으로 그는 이제 완전히 원점으로 되돌아온 셈이었다. 직장이 전에 다니던 직장이 아니라는 점을 제외하고는, 그리고 전보다 그의 성격이 다소 침울해졌다는 사실을 제외하고는.

  그의 몫으로 은행에 예치된 예금 잔고는 아직도 조금 있었으나 그는 그것을 찾지 않았다. 비록 적은 금액이었으나 그것이나마 미호의 몸에서 장차 태어날 아이를 위해 남겨 두어야 한다고 생각되었기 때문이다. 비록 미호가 그것을 원하진 않는다고 하더라도.

그리고는 외관상 그는 지극히 평범한 나날들을 보내었다.

그런데 그러던 어느 날 그는 퇴근 후 동료들에게 이끌려 한 맥줏집에 들렀다가 뜻밖에도 그곳에서 정미를 만났다. 그다지 호화롭지 않은 조그만 맥줏집이었는데 그녀는 그곳에서 호스티스 노릇을 하고 있었다.

동표들이 테이블 하나를 차지하고 앉았을 때 공교롭게도 그녀가 주문을 받으러 다가왔는데 동표와 눈이 마주치자 그녀는 잠깐 놀라는 표정이 되었다가 곧 예사롭게 상냥한 미소를 지었다.

"어마, 오랜만이에요. 어떻게 여길 다……?"

"아, 정미……."

하고 동표는 엉거주춤 일어선 채 말끝을 잇지 못했다. 그러자 함께 간 동료들이 의아한 표정으로 두 사람을 번갈아 보며 말참견들을 했다.

"아, 이거 둘이 전부터 아는 사이인 모양이지?"

"혹시 옛날 애인 사이 아냐?"

"글쎄 말야, 수상한데. 잡는 폼들이."

정미는 그러나 계속해서 상냥하게 웃었다.

"어마, 아녜요, 그런 사이. 그냥 조금 아는 사이예요. 괜히 그러지들 마세요."

그리고는 동표를 향해 나무라듯 가만히 눈총을 주며 말했다.

"아이, 어서 친구분들한테 말씀하세요. 그런 사이가 아니라구."

동표는 그러나 정직하게 동료들을 돌아보며 말했다.

"미안해, 자리를 좀 비켜 줬으면 좋겠어. 나 이 아가씨하고 할 얘기가 좀 있어. 나중에 내가 술 살게."

그러자 정미는 펄쩍 뛰는 표정이 되어 말했다.

"어머머, 그런 데가 어딨어요. 모처럼 같이 오셔서. 아녜요. 그냥들 앉아 계세요."

그러나 동료들은 동표의 진지한 표정에 눌렸음인지 슬금슬금 자리에서들 일어났다.

"야, 이건 마구 내쫓는구만, 쫓아."

"오랜만에 옛날 애인끼리 만난 모양인데 봐주지, 봐줘."

"그 대신 내일은 톡톡히 한잔 사야 돼?"

동료들이 물러가고 났을 때 동표는 정미에게 앉기를 권했다.

정미는 잠시 어이가 없다는 표정으로 그를 쳐다보고 나서 하는 수 없다는 듯 다소곳이 의자에 앉았다. 그리고 맞은편 의자에 뒤따라 앉는 동표를 바라보며 나무라듯 말했다.

"그런 데가 어딨어요. 같이 오신 분들을 그렇게 쫓는 데가."

"미안해……."

하고 동표는 아픈 시선으로 그녀를 바라보았다. 전에 비해 크게 달라진 데는 없는 모습이었으나 그녀는 조금 야윈 듯한 모습을 하고 있었다.

"뚱딴지같이 미안하긴요. 미안한 건 오히려 나예요. 그렇게 인사도 없이 도망쳐 나와서. 술 드시겠어요?"

"응, 같이 좀 하지."

"그래요, 그럼. 조금만 하세요."

그리고 그녀는 그녀보다 나이가 조금 어려 보이는 호스티스 한 사람을 불러 맥주 두 병과 마른안주 한 접시만 갖다 달라고 부탁했다. 부탁한 것들은 곧 날라져 왔다.

그녀가 그의 잔에 맥주를 따라 주면서 물었다.

"그래, 그 미호라는 아가씨하곤 어떻게 됐어요? 잘됐어요?"

동표는 천천히 고개를 저었다.

"아니, 잘되질 못했어."

"어마, 그건 왜요?"

"글쎄……. 아무튼 그렇게 됐어."

"아무튼 그렇게 되다뇨? 그런 대답이 어딨어요. 아무래도 동표 씨 진심이 모자랐던 모양이죠?"

"그랬는지도 모르지. 하지만 아무튼 그렇게 됐어."

"이상하다. 난 두 사람이 다시 잘 결합할 걸로 믿었는데. 혹시 동표 씨 기질이 되살아난 건 아녜요? 혹은 그 간호사 아가씰 끝내 잊지 못해서 그렇게 된 거거나."

동표는 쓸쓸히 웃었다.

"정민 아직 날 나쁘게만 보고 있군. 그런 건 아냐. 하지만 어쩌는 수가 없었어."

"그럼 미호라는 아가씨가 끝내 마음을 돌이켜 주지 않는 모양이군요?"

"글쎄……. 그렇다기보다 내가 자격이 없었던 거지. 미혼 날 모두 용서해 줄 순 있지만 결혼은 할 수 없다는 거였어."

"잘 모르겠군요. 용서를 해 줄 순 있지만 결혼은 할 수 없다니……. 하지만 아이는 그럼 어떡하구요?"

"혼자 낳아서 기르겠다는 결심이지. 남자한테 의지하지 않고도 얼마든지 혼자 훌륭히 낳아서 기를 수 있다는 태도였어."

"알 것도 모를 것도 같군요. 남자들 무책임하게 아무 데나 씨 뿌리고 거둘 생각 않는 걸 생각하면 알 것도 같고, 나 같은 평범한 술집 여자 입장에서 생각하면 모를 것도 같고……. 아무튼 그럼 술이나 어서 드세요. 술집에 오신 이상."

"정미! 미안해……."

"미안할 거 없어요. 이런 데서 안 만났으면 더 좋았겠지만 또 어때요. 서로 뻔히 아는 처지에. 자, 이왕 만났으니까 술이나 한 잔씩 하고 기분 좋게 헤어져요. 그리고 다시 여긴 나타나지 마세요. 크게 불편할 건 없어도 아무래도 편안하다곤 할 수 없을 테니까. 우선 나보다도 동표 씨가. 안 그래요? 자, 어서 드세요. 난 또 영업해야죠. 동표 씨한테 팁을 받을 수도 없고."

동표는 어떻게든 그녀에게 사죄의 감정을 나타내고 싶었으나 더 이상 아무 말도 못 하고 묵묵히 그녀의 말에 따랐다. 그리고 그녀의 배웅을 받으며 맥줏집을 나설 때 간신히 이렇게 말할 수 있었을 뿐이었다.

"용서해, 정미……. 정미를 알았다는 사실…… 잊지 않겠어."

정미는 짐짓 밝게 웃어 보이며 대답했다.

"고마워요. 나도 안 잊을게요. 조심해 가세요."

그리고 그 며칠 후 동표는 미호로부터 뜻밖의 편지 한 통을 받았다. 편지는 제법 두툼한 편이었는데 다음과 같은 내용이 쓰여 있었다.

내 아기의 아빠에게.

동표 씬 지금 놀라고 있을 거예요. 나한테서 이런 식의 편지를 받게 되리라곤 생각하지 못했을 테니까. 하지만 이 소식을 제일 먼저 알려야 할 사람은 역시 동표 씨라고 생각했어요. 어쨌든 동표 씬 내 아기의 아빠니까.

어제 오후에 아기를 낳았어요. 울음소리도 커다란 사내아기예요. 아주 커다랗고 튼튼한 아기예요. 태를 잘라서 뉘어 놓자마자 눈을 뜨고 나를 바라보았어요. 얼마나 기뻤던지 나는 방금까지의 고통도 잊고 한참 동안이나 아기와 눈을 맞추고 있었어요.

기뻐하세요. 어쨌든 아기는 동표 씨 아기니까. 난 지금 병원에 누워 있고 산실(産室)이 한식 온돌방이어서 아기는 지금 내 곁에서 잠들어 누워 있어요. 아기가 잠자는 시간을 이용해서 이 편지를 쓰고 있는 거예요.

지금은 오훈데 남향이라 창호지 가득 봄볕이 스며들고 있어요. 아기는 물론 볕이 안 드는 곳에 뉘어 놓았지만.

아기의 이름을 무어라고 지을지를 궁리하고 있어요. 서귀포에서 태어났으니까 서(西) 뭐라고 지을지 봄에 태어났으니까 춘(春) 뭐라고 지을지 궁리해 보고 있어요. 혹은 우리나라 역사에 나오는 어느 훌륭한 사람의 이름을 따는 게 어떨까 하는 생각도 들었어요. 물론 성은 내 성을 줄 거니까 성하고도 잘 어울려야 하지만. 그냥 한글로 짓는 방법도 생각해 보고 있어요. 예쁘고 튼튼한 내 아기에 어울리는 이름이라면 한글 이름도 좋다고 생각해요. 하지만 얼른 좋은 생각이 떠오르지 않아요. 동표 씨한테 혹 좋은 의견이 있으면 적어 보내 주세요. 아기 아빠의 의견으로서 충분히 참고로 삼겠어요.

지난번 서귀포에 내려왔을 땐 내가 동표 씨한테 너무 쌀쌀하게 대했던 것 같아요. 하지만 그때의 기분으로는 감정을 너그럽게 가지면 모든 게 곤란하게 된다고 생각했어요. 이성으로 처리할 일은 냉정해야 된다고도 생각했구요. 하지만 지금은 훨씬 너그러운 마음을 가질 수 있게 됐어요. 아기의 엄마가 된 탓인가 봐요.

동표 씨가 원한다면, 그리고 더 이상 떼를 쓰지만 않을 생각이라면 아기를 와서 보고 가는 건 허락할 수 있어요. 물론 더 이상 떼를 쓰지 않는다는 엄정한 전제 아래서예요.

아, 아기가 깨어나려나 봐요. 얼굴을 찡그리기 시작했어요. 오줌을 누었는지도 몰라요. 저렇게 불쾌한 표정을 짓는 걸 보면. 그만 써야겠어요. 안녕. 미호.

■ 작가 후기

후기

　이 소설을 신문(서울신문)에 연재하면서 나는 다음과 같은 '작가
의 말'을 썼었다.
　"우리는 지붕 밑에서 나날의 삶을 영위하는 것이 보통이다. 따라서
지붕 위로 올라가게 되는 경우는 극히 드물다. 그러나 올라가지 않으
면 안 될 경우도 아주 없진 않다. 이를테면 기와가 어긋나 천장으로
비가 새는 경우라든지 지붕 꼭대기에 설치한 텔레비전 안테나가 어
떻게 잘못되었다든지 하는 경우 우리는 각각 그 방면 전문가의 도움
을 받을 수 없는 한 스스로 지붕 위로 올라가 보는 수밖에 없게 된다.
그리고 그때 우리가 경험하게 되는 것은 약간의 위태로움을 동반한
일종의 신선감이다. 뭐라고 할까, 약간의 모험을 하는 기분이라고나
할까.
　『지붕 위의 남자』는 그러한 일상으로부터의, 잠시 동안의 자유를
얻은 한 청년의 이야기다. 물론 안전이 보장된 자유는 아니고 약간의
위태로움을 동반한, 실족하면 굴러떨어져서 다치게 될는지도 모르
는 자유다. 일종의 모험을 동반한 자유다.

그러나 아마 독자들은 이 청년을 부러워하게 될 것이다. 땅바닥에 남아 있는 아이가 지붕 위에 올라간 아이를 부러워하듯. 그러나 안심하시라. 그 대신 안전한 것은 여러분 쪽이다. 여러분은 구경만 하면 되니까.”

그런데 막상 소설을 끝맺고 보니 약간 아쉬운 느낌이 없지 않다. 그것은 주인공의 모험을 보다 과감하게, 그리고 좀 더 활발하게 전개시킬 수도 있지 않았을까 하는 생각에서다. 물론 ‘지붕 위’라는 장소가 그렇게 넓고 자유로운 장소는 못 되지만.

그러나 어쨌든 나로 하여금 근 1년을 주인공과 함께 지붕 위에서 모험을 하게 한 작품이다. 애착이 안 갈 수 없다. 또 내가 주인공과 함께 지붕 위에서 만난 몇몇 인물들에게도 애착이 안 갈 수 없다. 특히 미호(美浩)와 정미, 경림(慶林), 그리고 구양서와 김광빈에게……. 그리고 특히 나의 1년간의 동료였던, 주인공 민동표(閔東豹) 군에게…….

아무튼 그러나 나는 지금 나의 주인공과 함께 지붕에서 내려왔다. 역시 ‘지붕 위’라는 곳은 그렇게 오래 있을 곳은 못 된다. 나는 지금 편안하고, 편안하다. ……글쎄, 얼마 안 있어서 또 이 땅바닥이 불편하게 느껴질는지 모르지만.

1977. 2. 조해일

비일상과의 조우를 통한 성장, 교양소설로서의 『지붕 위의 남자』

추선진(문학평론가)

1. 1970년대 청년의 방황과 성숙

조해일의 『지붕 위의 남자』는 1977년 『서울신문』에 연재되었다가 열화당에서 두 권의 단행본으로 출간되었으며, 1978년 박남수 감독에 의해 영화화되었다. 『지붕 위의 남자』는 대중의 기호에 맞춰 창작된 대중소설로 알려져 있지만, 자극적인 섹슈얼리티를 내세워 당대의 지배 이데올로기에 편승한 작품은 아니다. 『지붕 위의 남자』는 한 청년의 방황과 성숙의 과정을 '여행'으로 은유할 수 있는 서사에 담아 보여 주면서 당시 사회상에 대한 비판적 시선을 견지한다는 점에서 1970년대 교양소설로 분류할 필요가 있다.

청바지와 기타로 상징되는 1970년대 청년의 방황은 외적으로는 성장 위주의 경제 정책과 권위적인 사회 분위기에 기인한다. 그리고 어쩌면 외적인 요인보다 그 방황을 더욱 심화시킨 내적인 요인이 있는데, 그것은 이들이 자본주의적인 욕망과 반성적 지식인으로서의 자의식을 모두 획득한 세대라는 점이다. 기성세대의 질서에 저항하지만 사회적 성공을 거부하지 않는 이들의 모순적인 성향은 내적 갈등을 배태하고 증폭시키는 기점이 된다. 이러한 1970년대 청년의 전형에 천착하여 이들의 방황을 성장으로 이끌고자 하는 것이『지붕 위의 남자』가 지향하고 있는 주제 의식이다.

『지붕 위의 남자』가 기대하는 성장의 종착점은 교양 있는 시민으로서의 자세를 가지는 것으로, 그것은 당대 사회가 요구했던 '국민'의 조건과는 차이가 있다. 1970년대 군부 독재 체제에 순응하는, 군인과 다를 바 없는 국민은 국가의 교육제도를 거쳐 성장하여 강력한 '아버지' 국가의 구성 요소인 가족을 결성하고 이끌어야 한다. 그러나 조해일의 서사는 체제에 순응하는 '아버지'에게 반발하고 가족제도를 거부하면서 권위적인 관계가 아닌 인정하고 존중하는 관계를 수립하는 것을 지향하며 타자와 공존하는 교양 있는 시민의 상을 제안한다. 이것이『지붕 위의 남자』를 새로운 시각에서 바라보아야 하는 이유다. 대중성 혹은 남성성의 표상을 탐색해 내는 데에만 몰입했던 그동안의 연구 경향에서 벗어나야 한다.

이제『지붕 위의 남자』를 주인공인 '민동표'의 여정을 따라가며 편력을 통한 타자와의 대면, 비판적 자의식의 발견, 교양 있는 시민으로의 귀환, 세 단계로 나누어 살펴보면서 조해일이 바라본 1970년대 청년의 방황과 성숙의 면모를 확인해 보려 한다.

2. 편력을 통한 타자와의 대면

주인공 민동표는 서울의 중산층 가정에서 자란 27세의 청년으로 대학을 졸업하고 취업한 지 3개월이 된 직장인이다. 그런데 의사인 아버지가 캐나다에서 근무하게 되어 자신을 제외한 가족이 이민을 떠나게 된다. 이로 인해 민동표에게는 혼자 지낼 수 있는 아파트와 1년여 동안 직장을 다니지 않고도 생계를 유지할 수 있는 돈이 생긴다. 조해일이 부여한 이 "갑작스런 행운"은 웹소설의 시작만큼이나 파격적으로 삶의 조건에 변화를 가져다주면서 민동표의 삶을 흔든다. 민동표는 일상에서 탈주하여 비일상과의 만남에 탐닉한다. 애인을 집으로 불러들이고, 직장을 그만두고, 일제 카메라를 사서 사진을 찍으러 다니면서 한 여자를 유혹하고, 또 다른 여자와는 동거를 시작한다. 여자들과 클럽과 호텔에 드나들고 여행을 다니면서 돈을 마구 쓰고 다닌다. 아버지가 떠나면서 유의하라고 당부했던 "방종"에 빠져든 것이다. 그런데 그 편력의 여정에서 민동표는 자신과 같은 남성과 동등한 '여성'이라는 타자와 대면하게 된다.

민동표의 비일상으로의 여행, 그 시작과 끝에는 안경림이라는 여성이 있다. 안경림과의 만남은 민동표가 "갑작스런 행운"으로 얻게 된 카메라로 우연히 그녀를 발견하고 흥미를 느껴 찍게 되는 것에서 시작된다. 안경림은 타인에 대한 애정과 배려가 남다른 지극히 이타적인 인물이다. 가족의 생계를 돕기 위해 간호사로 일하지만 투철한 소명의식도 가지고 있다. 2년 전 간호학을 공부하는 학생이었을 때,

안경림은 연인의 병을 치료하지 못해 죽음에 이르게 만든 병원의 실상을 지켜보면서 간호사라는 꿈에 대한 회의감을 가지기도 했지만, 자신의 감정보다는 다른 사람들의 필요를 충족시키는 것이 우선이라는 생각에 간호사가 되었다. 민동표는 안경림을 유혹하기 위해 갖은 계략을 꾸민다. 안경림은 민동표가 내적 아픔을 겪고 있는 환자인 줄 알고 이성적인 관심은 없지만 그에 대한 실망감을 가지는 것마저도 자책하면서, 그를 연민의 마음을 가지고 돌보려 한다.

> "밤을 새우면서 저 자신을 꾸짖었어요. 아무짝에도 쓸모없는 옹졸해 빠진 계집애라고 저 자신을 꾸짖었어요. 민 선생님의 괴로워하실 모습이 자꾸 눈앞에 떠올랐어요. 어떻게 보면 병자라고도 할 수 있는 민 선생님의 작은 실수를 마치 무슨 큰 죄악이라도 대하듯이 저 자신이 가증스럽고 미웠어요. 간호사라는 주제에 도저히 그럴 순 없었다는 생각이 들었어요. 그렇게 자신을 꼭꼭 닫아걸고 어떻게 남의 고통을 이해하고 보살펴야 하는 간호사 노릇을 할 수 있느냐는 생각이 들었어요."

자신의 감정과 기분만을 생각하는 "망나니"였던 민동표는 자신을 양보하고 희생하면서까지 그를 이해하고 존중해 주는 안경림을 보면서 자신이 그녀의 순수함을 더럽힐지도 모른다는 '두려움'을 느낀다. 이제 민동표는 그동안 자신이 그래 왔던 것처럼 다른 사람에게서 자신이 원하는 것만을 얻어 가려고 해서는 안 된다는 사실을 깨닫는다. 민동표는 안경림에게서 "깨뜨려선 안 될 그 어떤 것", 자신이 훼

손할 수 없는 타자의 고유한 영역, 생명의 존귀함과 아름다움을 발견하고 경외감을 느끼게 된다.

"……경림 씨가 너무나도 아름다웠기 때문입니다. 겁이 날 만큼. 더이상 죄를 짓기가 겁이 날 만큼. ……마치 더러운 것이 깨끗한 것 앞에 섰을 때 비로소 자기가 더럽다는 걸 깨닫고 그 깨끗한 것 앞으로 가까이 가기가 겁이 나는 것처럼"

그로 인해 민동표는 27세에 이르러서야 비로소 '첫 경험'을 하게 된다. 민동표의 '첫 경험'은 처음으로 "정직한 관계"에 대해 알게 된 경험이기도 하다. "정직한 관계"란 "정직한 마음으로 누구를 사랑"하는 것이다. 안경림은 민동표에게 타자에 대한 진실한 사랑에 대해 생각하게 만들었다. 그동안 민동표에게 여성은 자신과 동등한 타자가 아닌 쾌락을 주는 대상에 불과했다. 그러나 안경림과의 만남을 통해 민동표는 여성을 바라보는 새로운 시각을 가지게 된다.

박정미 또한 민동표의 여성에 대한 인식을 바꾸는 한 계기가 된다. 박정미는 민동표의 아파트에 갑자기 그리고 우연히 찾아와 집안 살림을 돌보면서 방 한 칸에 기거하게 해 달라는 요청을 한다. 박정미 역시 민동표에게 온 "갑작스런 행운"으로 인해 조우할 수 있게 된 비일상적인 사건이다. 처음, 민동표에게는 귀여운 얼굴에 독특한 매력을 가지고 있는 그녀 역시 "흥밋거리"였다. 남자 혼자 사는 집에 찾아와 함께 살겠다고 말하는 데다 술집에서 일한다고 하자 당장 민동표는 박정미와의 섹스를 기대한다. "돈을 아끼기 위해서라면 그녀는 돈 이외의 다른 것은 얼마든지 아끼지 않아도 좋다는 태도였으니까." 이러한 민동표의 생각은 당시 사회가 가졌던 여성에게 대한 편견에 부합한다.

박정미는 아버지가 없는 집안의 생계를 책임지는 가장이다. 돈이 무척 필요한 박정미는 술집에서 일하면서 집세와 생활비를 아끼려고 낯선 남자의 집에 들어간다. 그리고 한집에 사는 남자와 섹스하는 것은 당연한 일이라고 말한다. 박정미는 자신이 자유로운 성 의식을 가진 여성이라고 주장하지만 그것은 자신이 처한 고단한 현실을 외면하고 자신을 위로하기 위한 방어 기제에 가깝다. 박정미는 민동표의 연인이 아니라고 강조하면서도 민동표를 살뜰하게 돌보고 그의 애정을 원하는 말과 행동을 한다. 경제 활동을 해서 가족을 부양하지만 가장으로서의 권위는 물론이고 자존감도 지키기 힘든 자신의 처지를 인지하고 있기에 모순적인 태도를 보일 수밖에 없다. 안경림만큼 민동표의 인생관을 결정적으로 변화시키는 인물은 아니지만, 민동표가 가졌던 여성에 대한 편견을 깨뜨리고 여성을 타자로서 존중하게 만드는 데 중요한 역할을 수행한다.

3. 비판적 자의식의 발견

"갑작스런 행운"이 가져다준 여정에서 민동표는 그동안 가지지 못했던 비판적 자의식을 얻게 된다. 같은 또래의 청년인 구양서와 김광

빈 그리고 민동표의 인생관을 바꾸게 한 안경림 때문이다. 먼저 구양
서는 안경림을 만나기 위해 건강검진을 핑계로 입원한 병실에서 만
나게 되는 인물로, 인생이 즐겁기만 한 민동표와는 정반대의 성향을
가지고 있다. 그는 죽음과 연애에 대해 진지하게 고민한다. "인간의
자기만의 고유한 영역"을 존중하면서도, 사랑하는 사람과 그것을 공
유하는 것이 불가능하다는 사실에 절망하는 비관론자이자 회의론자
이다. 동요를 즐겨 듣는 순수함을 가진 사람이면서 독서하고 사색하
며 삶과 사회에 대해 고민하고 비판하는 성숙함을 가진 사람이기도
하다. 그런 구양서가 민동표와 얘기를 나누다가 구토를 하는데 그것
을 보면서 민동표는 처음으로 "자기가 갑자기 오물이라도 된 듯한 느
낌"에 사로잡힌다. 게다가 구양서는 민동표의 안경림을 대하는 자세
를 비난하며, "절대로 그 여잘 농락해선 안 됩니다. 약속하시겠습니
까?"라고 여러 번 요청한다. 구양서는 결국 비관과 허무에서 벗어나
지 못하고 자살을 선택하며 민동표가 다시 한번 자신의 삶을 돌아보
게 하는 계기가 된다.

김광빈은 구양서와 만나던 자리에서 우연히 알게 된 구양서의 친
구이며 포주이다. 그가 포주가 된 데에는 이유가 있다. 그는 원래 대
학교를 졸업하고 잡지사에서 일했는데 그곳에서 처음으로 사회의
부조리한 모습을 접하게 되었다. 김광빈은 그러한 사회에서 부를 축
적한 아버지에 대한 반발감으로 사회의 부조리를 조금이나마 해결
해야겠다는 의지를 가지게 되었다. 김광빈은 자신이 데리고 있는 여
성들의 아버지를 자처하며 그들과 숙식을 함께 하고 그들이 빚을 갚

고 저축도 시작할 수 있게 지원한다. 그는 자신을 비난하는 구양서가 자신만의 결백을 위해 사는 이기적인 친구라고 말한다. 그리고 세상을 알기 위해서는 개인의 결백을 지킬 수 없으며 그것을 지키는 것보다 중요한 것이 있다고 주장한다.

세상엔 여러 가지 삶의 형태가 있다는 것도 피부로 알게 됐고 그중엔 인간으로서의 최소한의 대접도 받지 못하고 사는 사람도 있다는 사실도 알게 됐습니다. 그리고 그 최소한의 인간적 대우도 받지 못하고 있는 사람들 중 대부분은, 물론 자신의 게으름이라든지 하는 이유들 때문에 그렇게 된 사람들도 있지만, 거개가 도둑맞은 사람들이라는 걸 알게 됐죠. 말하자면 그 사람들은 인간으로서 누릴 권리가 있는 최소한의 삶의 조건들을 모두 도둑맞은 사람들이었습니다.

민동표는 김광빈을 만나고 "전에 경험하지 못한 야릇한 기분"에 빠져든다. 그것은 자신은 "컨닝을 열심히 하고 있는데 백지 답안지를 그대로 들고 나가는 친구를 보는 기분"이었다. 김광빈은 구양서와는 다른 차원에서 민동표에게 '부끄러움'을 알게 한 사람이다. 구양서가 자신에 대한 반성에만 머물러 있던 사람이었다면, 김광빈은 자신에 대한 반성을 실행에 옮기는 의지와 실천력을 바탕으로 타자에게 공감하고 그와 공존하려는 사람이었다. 민동표가 구양서를 통해 자신에 대해 성찰하지 않음을 부끄럽게 여겼다면, 김광빈을 보면서는 자신의 이기주의에 대해 부끄러움을 느낀다.

민동표는 안경림을 만나면서도 줄곧 '부끄러움'을 느낀다. 안경림도 구양서와 김광빈처럼 강한 성찰적 자의식을 가지고 있는 인물이기 때문이다. 그런 안경림이 전람회에 걸린 민동표가 찍은 행상 여인의 사진에서 "거짓을 지적당할 때의 수치심"을 발견해 낸다. 민동표는 그것이 자신에 대한 안경림의 기대임을 깨닫고 "자신에 대한 정직하고 가혹한 마음"을 가져 보려 한다. 민동표의 노력은 소설의 중반부인 전람회가 열린 날 크게 심화했다가 후반부인 안경림과의 성남 데이트에서 최고조에 이르게 된다. 둘은 눈 오는 날 데이트를 하기 위해 만났다가 성남에 가게 되고, 거기서 예기치 않게 빈곤의 실상을 목도하게 된다.

어쨌든 동표는 이제껏 경험해 보지 못한 심한 마음속의 동요를 느꼈다. 형언할 길 없는 일종의 선명한 각성상태(覺醒狀態) 비슷했다고 할까. 무언가 여지껏 호도되었던 또는 무지했던 자신의 치부(恥部)가 일거에 눈들을 뜨고 고개를 쳐드는 듯한 느낌에 그는 사로잡혔던 것이다. 자신의 내부에 갑자기 수많은 눈(眼)들이 생겨난 듯한 느낌이었다고 할까. 결코 감으려고 하지 않는 눈들이.
그리고 그 눈들이 그의 외부의 눈(肉眼)과 긴밀히 협동하여 그를 계속 극명한 각성상태로 이끄는 것이었다.

민동표의 "새로운 눈"은 여행의 처음, 카메라를 살 때부터 암시되었다. 카메라는 민동표가 안경림과 자신을 둘러싼 세계에 존재하는 타자들을 발견할 수 있게 했다. 타자를 인정하고 그것을 통해 비판적 자의식을 가지게 된 민동표는 성남에서 부조리한 세계의 모습을 응시하게 된다. 그때 판잣집으로 이루어진 '달나라 별나라' 마을을 보는 안경림의 눈빛과, 고등학생 정도의 나이인데도 생계를 잇기 위해 공장에 다녀야 하는 영수의 처지와 문을 닫아야 하는 야학의 상황을 만나고 흘리는 안경림의 눈물을 보면서 민동표는 타자에 대한 공감과 공존을 가능하게 하는 사회에 대해 진지하게 생각한다. 그러면서 안경림과 민동표는 가족제도가 양산하는 이기주의라는 허점에 대한 문제의식을 가지게 된다.

> "그러니까 결국 남의 불행보다는 자기 집으로 돌아가는 게 더 급하다는 얘기밖에 뭐가 되겠어요. 무슨 일이 있어도 결국 자기 집엔 돌아가야 한다는 얘기밖에…… 결국 사람은 모두 이기주의가 될 수밖에 없다는 얘기밖에……."

성남에서 돌아와 민동표는 안경림에게 자신이 이기적이어서 타자를 대면해 본 적이 없음을 고백한다. 그리고 "일생일대의 자기반성의 며칠"을 보낸다. 민동표의 문제의식이 더 심화하기 전에 소설은 종결되지만 민동표가 타자를 인식하고 존중하며 배려하는 교양있는 시민으로서의 모습을 갖추기 시작했다는 것을 보여 주는 데에는 부족함이 없다.

4. 교양 있는 시민으로의 귀환

민동표는 서사의 초반에 애인이었던 여대생 미호와 헤어진다. 그런데 이후 민동표에게 알려진 미호의 임신 소식은 민동표가 여행에서 돌아와 일상으로 귀환해야 하는 이유가 된다.

> 그는 자신이 여지껏 너무나 공중에 뜬 생활을 해 왔음이 실감으로 깨달아지는 기분이었다. 모든 것이 다 제자리에 있는데 자신만이 허공 중에 얼마 동안 떠 있었던 것 같은 느낌이었다. 그리고 자신이 돌아와야 할 현실은 이제 우선 미호를 만나는 일이라고 생각되었다.

"허공 중에 얼마 동안 떠 있었던 것 같은 느낌"은 민동표의 여정을 지칭한다. 민동표는 여러 여성들을 만나 낯선 시공간을 겪고 있는 자신을 『구운몽』의 주인공이라고 언급한 적이 있다. 『구운몽』의 주인공이 꿈을 통해 성장했던 것처럼 『지붕 위의 남자』의 민동표도 낯선 여정을 통해 성숙하며 아버지가 된다. 타자를 인식하고 비판적 자의식을 가짐으로써 교양 있는 시민으로 성장하는 이 여정은 민동표의 아버지 되기를 위한 것이다.

민동표의 여정에서 미호는 중요한 역할을 수행한다. 우선 미호는 민동표가 타자의 존엄을 깨닫게 한다. 여정의 초기, 민동표는 삶의 조건에 변화가 생기자 미호와의 관계에서 더욱 큰 즐거움을 느끼고 싶어, 결혼을 약속하는 척하며 처음으로 미호와 섹스를 하게 된다.

그런데 이후 민동표가 알고 있던 것과는 다른, 낯선 미호가 모습을 드러낸다. 민동표가 알기로 미호는 학교에서 공부를 하기보다는 클럽이나 다방에 가서 노는 것을 즐기고 대학을 졸업한 후에는 연인인 자신과 결혼해서 가정을 이룰 것만을 기다리고 있는 의존적이고 순진한 여학생이었다.

"동표 씨가 혹시 잘못 생각하고 있을까 봐. 그런 일 한 번 있었다고 해서 날 무슨 책임져야 할 상대로 생각한다거나 자기 소유물처럼 생각하는 엉뚱한 생각 갖고 있을까 봐."

"자기를 남자하고 대등하게 생각하지 못하고 항상 자기 자신을 낮추고 들어가는 그런 노예근성에 젖은 여자들하곤 난 다르단 말야."

그런데 이제 미호는 이전과는 다르게 자신이 남성과 동등한 여성임을 강조한다. 혼전 순결을 강조했던 당시 사회 분위기에 순응하며 자랐을 미호의 내적 갈등은, 서사에 드러나고 있지는 않지만 극심했을 것이다. 그러나 그 갈등의 끝에서 미호는 당시 사회에서 요구하는 여성의 역할, 즉 가족제도의 틀 안에 들어가 '아버지'인 남성에 순종하는 것에 반기를 들기로 한다. 미호는 동표가 다른 여자와 살고 있다는 사실을 알자마자 이별을 고한다. 그리고 동표의 아이를 임신했음을 알고 학업을 그만두고 제주도에 내려가 혼자 아이를 키울 준비를 한다.

"희생? 웃기는 소리 좀 작작해. 그게 어째서 희생이야? 결혼이 무슨 대단한 거라구. 기껏 고이고이 자라서 교육받고, 알량한 남자한테 시집이나 가서 평생 예속당해 사는 게 그게 그렇게 대단해서 희생이야? 제발 웃기지 좀 마."

　민동표는 안경림과 박정미의 도움으로 뒤늦게나마 자신의 잘못을 깨닫고 미호에게 결혼하여 아이를 함께 키울 것을 제안한다. 하지만 미호는 사랑이 없는 결혼은 할 수 없으며, 자신이 혼자 아이를 키우는 것이 희생이 아니며, 남성에게 의존하지 않아도 아이를 키울 수 있다고 주장한다. 자신만을 바라보고 있던 순진한 여대생이 독립적이고 자의식이 강한 여성으로 변화하는 모습을 보면서 타자의 존엄에 대해 다시 한번 인식하게 된 민동표는 연애를 유흥거리로, 결혼을 여자를 유혹하기 위한 미끼로 생각했던 과거의 자신을 부정한다.
　또한 미호는 민동표에게 공동체 내에서의 소속감과 책임감에 대한 필요성을 인지하게 한다. 미호를 만나러 가기 전 민동표는 건너편 아파트를 바라보면서 '쓸쓸함'을 느낀다.

　그는 천천히 소파에서 일어났다. 그리고 창가로 다가가 커튼을 열어젖혔다. 창들마다 불빛이 환하게 켜진 아파트 구내가 한눈에 들어왔다. 마치 인간들이 꾸민 거대한 반딧불의 집단처럼. 혹은 불을 켠 벌집들처럼.
　그는 문득 자신도 그 벌집들 중의 한 구멍 속에서 서 있다는 느낌이

들었다. 자신이 몹시 왜소하고 초라하게 느껴졌다. 이런 느낌은 생전 가져 보지 못하던 느낌이었다. 왠지 쓸쓸한 느낌이 들었다.

그러나 그는 곧 자신을 타일렀다. 자신이 지금 해야 할 일은 그런 감상적인 기분에 빠져 있는 것이 아니라 현실적인 행동이라고. 그리고 그는 곧 커튼을 닫고 창가에서 물러났다.

'두려움'과 '부끄러움'을 알게 된 민동표는 이제는 성숙한 인간으로서 타자와 함께 꾸려 가는 공동체의 일원임을 자각한다. 그 안에서 개인은 한편으로는 "왜소하고 초라"할 수 있지만, 이에 대해 '쓸쓸함'이 아닌 책임감을 가질 필요가 있다. 민동표는 감상에 빠지려는 자신을 돌려세워 미호를 찾아간다. 제주도에서 미호는 끝내 민동표와의 동행을 거절하지만, 이들은 가족제도의 틀을 넘어서 함께 아이를 키워 나갈 것을 약속한다. 이처럼 조해일이 완성한 교양인은 이기주의를 초래하는 가족제도에서 벗어나 새로운 공동체 의식을 가진다. 서사의 끝이 그 시작이므로 민동표의 성장은 지속될 것이다.

조해일 연보

1941 중국 하얼빈시 근처에서 아버지 조성칠과 어머니 김순희 사이에서 장남으로 출생. 본명 조해룡.

1945 가족들을 따라 귀국. 이후 서울에서 성장.

1950 6·25를 서울에서 겪음.

1951 1·4후퇴 시 부산으로 피난. 이때 바다를 처음 봄.

1954 서울로 돌아옴.

1961 보성고등학교 졸업. 경희대학교 국문과 입학.

1966 경희대학교 국문과 졸업. 육군 입대.

1969 육군 제대.

1970 단편 「매일 죽는 사람」이 『중앙일보』 신춘문예에 당선되어 등단. 단편 「멘드롱 따또」(『월간중앙』), 「야만사초」(『월간문학』), 「이상한 도시의 명명이」(『현대문학』) 발표.

1971 단편 「통일절 소묘」(『월간중앙』), 「방」(『월간문학』) 발표.

1972 단편 「대낮」(『현대문학』), 「뿔」(『문학과지성』), 「전문가」(『문학사상』), 「항공 우편」(『월간중앙』), 중편 「아메리카」(『세대』) 발표.

1973 경희대학교 대학원 졸업. 단편 「심리학자들」(『신동아』), 「임꺽정 1」 (『현대문학』), 「내 친구 해적」(『월간중앙』), 「무쇠탈 1」(『문학과지성』), 「1998년」(『세대』) 발표. 숭의여전 강사로 출강.

1974 첫 소설집 『아메리카』(민음사) 출간. 단편 「애란」(『서울평론』), 「할머니의 사진」(『여성중앙』), 「임꺽정 2」(『한국문학』) 발표. 중편 「어느 하느님의 어린 시절」(『세대』) 발표. 중편 「왕십리」(『문학사상』) 연재.

1975 단편 「임꺽정3」(『문학과지성』), 「나의 사랑하는 생활」(『문학사상』) 발표. 중편 「연애론」(『서울신문』, '반연애론'으로 개제), 「우요일」(『소설문예』) 발표. '겨울여자'를 『중앙일보』에 연재. 소설집 『왕십리』(삼중당) 출간.

1976	단편「순결한 전쟁」(『문학사상』) 발표. 장편『겨울여자』(문학과지성사) 출간. '지붕 위의 남자'를 『서울신문』에 연재.
1977	단편「무쇠탈 2」(『문학과지성』), 「임꺽정 4」(『문예중앙』) 발표. 단편집 『매일 죽는 사람』(서음출판사), 중편소설집『우요일』(지식산업사), 장편『지붕 위의 남자』(열화당) 출간.
1978	콩트·에세이 집『키 작은 사람들』(삼조사) 간행, '갈 수 없는 나라'를 『중앙일보』에 연재.
1979	「자동차와 사람이 싸우면 누가 이기나」(『창작과비평』) 발표. 장편『갈 수 없는 나라』(삼조사) 출간.
1980	단편「도락」, 「비」, 「낮꿈」(『문학사상』), 「임꺽정 5」(『문예중앙』) 발표.
1981	'X'를 『동아일보』에 연재. 단편「임꺽정 6」(『한국문학』) 발표. 경희대학교 국어국문학과 교수로 재직.
1982	『엑스』(현암사) 출간.
1986	「임꺽정 7」(『현대문학』) 발표. 『아메리카』(고려원), 『임꺽정에 관한 일곱 개의 이야기』(책세상) 출간.
1990	단편집『무쇠탈』(솔), 중편집『반연애론』(솔) 출간.
1991	장편『겨울여자』(솔) 개정판 출간.
2006	경희대학교 국어국문학과 교수 퇴임. 경희대학교 명예교수 위촉.
2017	「통일절 소묘 2」 발표(손바닥 소설집『이해없이 당분간』, 김금희 외 21명, 걷는 사람).
2020	6월 19일 경희의료원에서 지병 치료를 받던 중 이날 새벽 별세.

출전(저본) 정보
『지붕 위의 남자』(경미문화사, 1980)

조해일문학전집 8권
지붕 위의 남자 하

1판 1쇄 인쇄 2024년 6월 7일
1판 1쇄 발행 2024년 6월 14일
—
지은이 | 조해일

기획 | 조해일문학전집 간행위원회
책임편집 | 강동준

발행처 | 죽심
발행인 | 고찬규

신고번호 | 제2024-000120호
신고일자 | 2024년 5월 23일

주소 | (04029) 서울특별시 마포구 양화로 7길 84 영화빌딩 4층
전화 | 02-325-5676
팩스 | 02-333-5980

값은 표지에 있습니다.

ISBN 979-11-94110-00-2 (04810)
ISBN 979-11-985861-2-4 (세트)